帝国第11前線基地
魔導図書館、
ーただいまー
開館中
佐伯庸介
illust.
きんし
The Imperial 11th
Frontline
Base

プロローグ

お前はけだものになっていない。何故《なぜ》なら本を読んでいる。

そういう許しをあの場所はくれたのだ、とカリア＝アレクサンドルは後から聞いた。

とはいえ。当時のカリアはどんな職業にでも、それが相応《ふさわ》しい場所とそうでない場所があると思っていて、後者の最たる物はと問えば、

「戦場に司書がいる必要、ある？」

という具合だった。

——その言葉が、泥と後悔と自責と罪に塗《まみ》れた今、自分に返ってきている。

「要る、なあ……」

そう呟《つぶや》きながら、彼女は瓦礫《がれき》の上に座って、戦火を浴びた後の基地を眺めている。

視界の中ではどうにか今日の戦闘をしのいだ兵士たちが、慌ただしく瓦礫の撤去や防壁の修復などを行っており、怪我人《けがにん》や死者の搬送も並行して行われていた。

怪我もすれば死にもする。ここは戦場なのだから。

人間性へ背を向けて、狂気に向き合って殺し合う。

生命として意識的に狂わねばならないのが戦場という場所で、兵士という職業だ。だというのに規律は守り、効率のために冷静であれと求められる。

「まともでいられるわけがない」

それでも、まともでいるために。兵士は家族を、恋人を、友人を想う。そんな上等な理由でなくても、賭《か》けの金がまだだとか、煙草《たばこ》が吸いかけだとか。中には、読みかけの本の続きが気になるからという理由だってあるのかもしれない。

何でもいい。何でもいいけど、その内のひとつになるのなら。

「要るんだ。あたしが。これが」

握り締めて、尻を上げる。立ち上がる。そして、手の中の本を振り上げて声を張った。

「野郎ども！」

その動作と声に、視線が返る。その中に常連の兵士の顔を見て、カリアは続けた。

「図書館は明日っから開けるから！　待ってるぞボンクラども！」

見返す傷と疲れに染まった兵士たちの顔に、いくつかの笑いが浮かんだ。

「明日も！　明後日《あさって》も！　来週も！　……生き残って、図書館に来い！」

一章

クソみたいな図書館だ・表

——帝国軍第十一前線基地は、大陸中央北西部に位置している。

南側を横切る峻厳《しゅんげん》なガルンタイ山脈の北側裾野に基地はある。西へは断崖《だんがい》の海まで山脈が横切り、東へはしばらく先で山が途切れ、基地駅から南西の街カミルトン、そして山脈の向こうへと、大陸中央への鉄道・街道が通っている。

「こちら辞令です。お受け取りください」

列車を降りたカリアを迎えるようにやってきた士官が、一枚の紙を渡してくる。

茫然自失《ぼうぜんじしつ》のまま、彼女は渡された辞令の短い文章を熟読した。

『辞令　帝暦八九〇年三月四日をもって、カリア＝アレクサンドル特務千剣長を第十一前線基地図書館司書に任ずる』

「なによそれぇぇぇぇぇぇぇぇぇぇぇぇぇぇぇぇぇえ!!」

それー……それー……それー……数日分溜《た》まった悲鳴が山麓《さんろく》に響き渡る。

「……健康上の問題は無さそうで安心いたしました、アレクサンドル特務千剣長。こちらへ」

着くなり急に叫んだ変な女に大分退《ひ》き気味の士官に案内され到着した基地は、五メルほどの高さの外壁が敷地《しきち》をぐるりと囲い、コンクリートと木材による各種棟が立ち並び、一種の町めいた雰囲気すらある。

（当然だちくしょー！　ここには数千人が駐留してるんだから！）

しかし基地という性質上か、無機質な雰囲気が全体を貫いている。

先週までカリアがいた帝都の街並みは、メインストリートの石畳にほぼ凹凸も無く、ガス灯は——昨今電灯に徐々に切り替わりつつも——夜を照らし、何かが潜む闇《やみ》を追いやった。

帝都には、遙《はる》か北で行われている戦争の影など何一つ無かった。

そんな場所から、カリアは直通でこの殺風景に到着したのであった。

「こっちは戦争の影どころか前線。あははは～確かに帝立図書館だわ。ていりつ。それ以外ないよね。戦場だもんね軍基地内だもんねえ！」

基地内の照明は配線が剝《む》き出しで、地面の半分方は土のままだ。通る人々も当然のようにほとんどが軍服やトレンチコートに身を包んでいる。

ふひひと半笑いで器用に嘆く女に、前を歩く士官が耐え切れずといった様子で尋ねた。

「……その。どのような経緯が？　我々は貴官の任務自体は知っておりますが」

「あ、聞きますかそれ？　良いですよ話しますよここなら皇女殿下の耳も無いでしょ」

問いを発した事を後悔していそうな士官の顔色を他所《よそ》に、カリアは語り出す。


あの日。カリアは帝都オリルダラン離宮、奏麗殿《そうれいでん》にいた。

「カリア＝アレクサンドル様をお連れしました」

「ありがとう。下がって頂戴《ちょうだい》」

涼やかな声。背を向けたままの主の声を受けた侍女が下がるのを確認して、カリアは盛大に嘆息した。

「は────あ。お久しぶりでご機嫌麗《うるわ》しゅう、皇女サマ。あたしは超〜疲れま・し・た」

華は無いが、目を引く女だった。色艶《いろつや》こそ鮮やかだが伸びるに任せた金の髪、大きな丸眼鏡で縁取られた三白眼《さんぱくがん》は反対に鋭さを帯びて。頬のそばかすに、やたらと尖《とが》った犬歯。そういった容姿を上に乗せたそこそこの長身とスタイルの良さは、肌をほぼ見せぬような黒いドレスに包まれることで、威圧的ながらどこか颯爽《さっそう》とした魅力を彼女に与えていた。

「もの凄《すご》い挨拶しますわね、貴女《あなた》……」

そう言って振り返った女性──オリルダン帝国の第一皇女クレーオスター＝オリルダンは、カリアとは対照的に、細部に至るまで完成された美貌《びぼう》に呆《あき》れを混ぜた苦笑を浮かべている。

「あのですね、僻地《へきち》から理由も聞かされず皇族に呼び出されたんですよあたし。丸五日馬車と列車に揺られて。仕事世話してくれるって話じゃなかったら手紙は途中で紛失してましたね多分。どうやってあの速度であたしの失職知ったんですか怖ぁ」

　学生時代の同期ということを差し引いてもとんでもなく不遜《ふそん》な事を述べる彼女へ、しかしクレーオスターは全く頓着《とんちゃく》せず、むしろ懐かしむように笑みを返した。

「学生の頃からバリバリと学院図書館の司書をやっていた貴女がまさか、貴族の邸宅図書室の司書になんかなるだなんて。続くわけないと思っていたら予想通りでしたわ」

「人の失敗待ち構えるとかさ〜」悔しそうに元司書は答える。「楽でチョロい仕事だと思ったんですよ当時は。ボンクラが箔《はく》付けるためだけの図書室なら、思う通りに蔵書作れそうだし」

　しかして実際のところは、予算も何も書架（本棚のこと）すらほとんど無い、先祖伝来の本を積むだけの物置、その管理人扱いであったのだ……！

「しかもあのクソバカ色ボケ息子、逢引《あいび》き部屋代わりに使いくさって！　挙句の果てには何が『たまにはお前のようなはねっ返りも乙なもの』だこんにゃろめ……！」

「それで殴りつけて首になって、おまけに裁判起こされていたら世話ありませんわね」

「へーん。証拠証言完備してたから返り討ちでしたけどね。まっ、せしめた賠償金も裁判費用と引っ越しと旅費で消えましたが。クソッタレ」

「いや、そんなお金お金って……貴女、もしかしてまだご実家と絶縁状態ですの？」

「追い出したのはあっちですもん。独立ですよ独立。だ〜れが頼るか」

思い出しギレするカリアを可笑《おか》しそうに見ながら、クレーオスターは本題を切り出した。

「それなら……帝立の図書館司書の口が空いていましてよ」

「だからあたし今文無し……へ？」

間の抜けた声が漏《も》れた。

「貴女《あなた》のような技術を持った、私の意図を汲《く》める方を就けたい理由がありまして。如何《いかが》？」

「は!?」

憤怒《ふんぬ》から一転、純粋な驚きの表情になったカリアがぐわっと身を乗り出した。

帝立と言えば帝都の帝立図書館。国中の印刷物が集結する蔵書はもちろん国内最大。豊富な賃金に、高い技術を持った司書たち。言うまでもなく国の図書館の頂点だ。給料だって良い。

「マッジですか？　マジで帝立？　臨時雇いじゃなくて？」

「マジですわウチのですわ正職ですわ。こちらサインを」

「うおおおおおヤッター！　持つべきは皇族の友人!!　コネ最高！」

己の希望百%の職場かつ、現在無一文&無職のカリアは一瞬で飛びついた。すっと出された契約書に、無職の彼女はノールック条件反射思考ゼロでサインを返し、意気込んで尋ねた。

「で？　これ何時《いつ》から勤務なんです？」

「勤務というか、叙任は今からですわね、略式でごめんなさいねアレクサンドル特務千剣長」

「ん？　なんて？　じょにん？　せんけんって、え？」

聞き慣れぬが意味は知っている言葉に、彼女は首を傾《かし》げる。

「信頼してますわよ我が親友《ディアフレンド》。はいこちら任地への切符。午後からの列車です。中央駅への馬車は正門前に待たせてありますから」

「え？　にんち？」

呼び鈴によりやってきた侍女たちに運ばれ、カリアはあれよあれよと奏麗殿《そうれいでん》を出て馬車に乗り、駅へと運ばれ特急寝台列車に詰め込まれた。

「は？」

線路上の人となり数日間。カリアは渡された書類が主張する任務内容から寝台で逃げ続け、

「…………………んお？」

今いるここ――帝国軍第十一前線基地にいた。そんなわけである。


「それが先ほど目の前で突如《とつじょ》叫ばれた訳ですか。狂を発したのではなくて安心しました」

「そういうワケです。現実に追い付かれて取り乱しました。ご理解いただけて嬉しいです」

「……司令の前では控えてくださいね、くれぐれも」

出迎えの士官にやんわりと注意されて、カリアは「はぁい……」と項垂《うなだ》れた。ド正論。

「では付いて来ていただけますか。略式ですが着任式を行いますので」

「はい、ってあたしの方が上官になんだっけ。慣れないな……」

カリアは意識を現実へ戻す。士官に促され、司令部と書かれた建物へと入る。

最奥《さいおう》には『基地司令室』と板が下げられた部屋。士官がノックして声をかける。

「アレクサンドル特務千剣長をお連れしました」

「入ってくれ」

カリアたちが言葉に従えば、部屋の主はデスクに積まれた紙束を横にどけて顔を上げた。カリアを出迎えた士官は部屋の端に控えた。どうやら、彼は副官であるらしかった。そう思って見れば胸の百剣長を示す徽章《きしょう》の横に小さい赤の飾緒《しょくしょ》がある。

「ようこそ。帝国第十一前線基地へ。私が基地司令のテルプシラ＝ピタカ万剣長だ」

「あ……はい、カリア＝アレクサンドルです。特務千剣長……の」

長く艶《つや》やかなブルネット。軍服を着こなして凛《りん》とした表情は中世の女騎士を思わせた。

（いかついのが出て来ると思えばすっげー美人。皇女《クレオ》とタイプは違うけど）

「驚いたかな？　基地司令が女で」

言い当てられた、とカリアは少しどぎまぎする。

「正直言えば。どれだけ爵位が高くても、それだけでなれるものではないでしょうし」

階級にしても万剣長。最大で万の兵を率い、戦艦の指揮すらも任される階級だ。

「ふふ、良い気分だ。では、形式的にだが」テルプシラは立ち上がり、目でカリアを誘《いざな》う。

カリアが机の前まで来るのを待ってから、司令官は辞令を繰り返すように述べた。

「カリア＝アレクサンドル特務千剣長。貴女《あなた》を本日より帝国第十一前線基地兵站部《へいたんぶ》図書館司書、並びに魔導司書として任ずる。帝暦八九〇年三月四日」

「うう――拝命、します」

ここまで来れば仕方がない、とカリアは渋面ながらぎこちない敬礼をする。何を言おうがサインしたのは彼女自身だ。そもそもこの話が無ければ彼女は文無し&無職である。

テルプシラは応礼してから頷《うなず》き、公の空気を霧散《むさん》させた。応接机を指し示す。

「詳しい説明をするからそこに座ってくれ」机を挟み、万剣長が魔導司書の対面ソファへと座る。「まず。君は階級通り千剣長相当の地位はあるが、直属の部下は今のところいないし隊を率いて銃を持って戦う訳では無い」

『特務』とは文字通り、特殊な任務を行う士官に付くものだ。

「承知しています。一応学生時代、士官候補生課程を受けてたんです」

実際は皇女に受けさせせられた、だ。貴族用課程とはいえ、真面目に受ければそれなりに辛《つら》い。

「うん、よろしい。図書館司書――君の通常業務だな。ここ帝国第十一前線基地の最大収容可能人員は一万。現在は戦闘兵の他、後方兵站部――衛生、輜重《しちょう》（食料・武器などの物資のこと）合わせて、総人員四千弱。そしてこの基地の特色のひとつが――

前線基地内に、図書館を備えていることだ」

「はい。理由は、兵士の士気高揚……と聞いてます」

躊躇《ためら》いがちにカリアは呟《つぶや》く。上官は再び頷いた。

「馬鹿みたいに聞こえるかもしれないが、図書館があると兵がやる気を出す」

「士官以外、基地生活にはプライベートというものが有りません。軍隊とは究極の規律行動を行う集団でありますから。スポーツや合唱のような活動は人気が薄くあります。まあ訓練と戦闘でくたびれ果てていれば、仕方のないことです」

副官の補足説明に、司令は肩をすくめてみせてから続けた。

「人気上位は演劇鑑賞、棒球突き、カードゲーム等々。その中でもコストが安く、場所を選ばないのが本という訳だ。これにはきっちりと調査結果が出ている」

だがそれを見てなお効用に半信半疑な軍上層部（実のところカリアもちょっとそう思っている）は、基地に図書館を置くという運用をこの基地で行うに至った。発案者は、

「調査自体を行った戦時図書委員会会長、皇女殿下、ですね。なるほど。なるほどなー……」

独りごちるようにしてから、内心でカリアの眉毛は八の字を描く。

（まんっまとハメられた。あんのク・ソ皇女〜！）

「そして、君のもう一つの任務――『魔導司書』」

その役職名の響きに、カリアは僅《わず》かに現実の眉をひそませる。言い辛い。

「え、えーと。資料は行っているかと思いますが。こちらにおいては――その〜……」

特務千剣長の言葉の途中で、万剣長は分かっているという風に手を振って見せる。

「権限は全て君に預けられている。それ故《ゆえ》の『特務』千剣長だ。——私も正直、資料を見た今ですら半信半疑だがね」

「半信半疑はあたしもですが。ご理解いただけて良かった。仕事には全力で当たります」

カリアも苦笑を返せば、テルプシラは半分同情するような視線を寄越した。

(この人もクレオに無茶ぶりされたことがあるのかな……)

などとカリアは同類を見るような思いに囚《とら》われる。

「では、次の話をしようか。状況は——」

『敵襲————!』

瞬間。大型メガホンで変質した声と、鐘の音が響き渡る。カリアは頓狂《とんきょう》な声を上げた。

「うぇ!?」

「ふむ、今日は来たか」「ですな」

騒音の中、基地司令と副官は平静なものだ。立ち上がり、新任司書を促した。

「続きは実地だな。君も名目上は士官だ。『特務』のこともある。戦場を見て行くといい」


数分後。カリアとテルプシラがいる場所は、基地北正門の外壁上だ。ここからであれば、基地周辺をざっと俯瞰《ふかん》することが出来る。

南方向には、基地に山裾を触れさせる雄大なガルンタイ山脈がそびえ立つ。

「西はしばらく行けば断崖《だんがい》と海、東は大陸中央部へ向かう。北は見ての通り平原から森――風断ちの森と呼ばれている。魔王軍の陣地はあの中にあると目されている」

風にブルネットをなびかせながら、テルプシラが言う。カリアは黙って聞いている。戦争自体の大まかな戦況を知識で知ってはいても、現場で戦っている人間の発言は特別だ。

「第十一前線基地の名が示す通り、主戦場は遙《はる》か東の大陸中央北部でここでは無い。この場所は、連合軍側からすれば攻め上るには森で進軍を妨げられるが、魔王軍からすればこの基地を攻め取れば主戦場に西側から戦力を送ることが出来る」

西から東、テルプシラの指が動く。それは東方の地平を指した。その先は大陸中央北部、数万同士の大きな戦いが行われている最前線が幾つもある。

「そのため、最重要拠点というほどでは無いものの度々攻撃があり、防御を固めなければならない場所である。というのが――帝国軍部の認識だ」

「軍部は、ですね」

含みのあるやり取りをして、カリアとテルプシラは同じ危惧があるとお互いに認識した。

「ところで……い－んですか、司令官が指揮しなくて」

「この規模の戦闘で私が出る意味は無い。現場に任せる」

平原を渡る風を受けながら、二人の女性士官は眼下、平原の戦場を望遠鏡で見た。

（あたしは参加しないにせよ、実戦だ。不安だけども確認しておきたくもある……）

「平原の基地よりに塹壕《ざんごう》が三列見えるだろう。あの中に今百剣隊が一隊詰めている」

言われて、カリアは望遠鏡を向ける。塹壕——兵が隠れ潜むために掘る穴——の中で、言葉通り動く幾人もの姿が見える。

百剣隊は、文字通りに百～二百人ほどの兵で構成される部隊だ。

「敵の規模は五十ほど。散兵で大砲も効果的ではない」

「数は勝ってるけれど、魔族相手に数で負けてたら詰みですもんね」

望遠鏡の中の守備兵たちが、ジグザグながらも横に長く三列掘られた塹壕に隠れながら小銃を撃ち放っている。塹壕は回り込まれないよう、現在も横へと掘り進められているようだった。スコップが端に立てかけられている。

塹壕の前には、複数の柵《さく》と進軍防止用の鉄条網が構えられている。

カリアは望遠鏡を敵へ動かしつつ、連合国の人間なら誰でも知っていることを諳《そら》んじ始めた。

つまりは、この戦場は誰とのものか。

「我々の国——帝国、そして周辺国家は現在連合を組み、ここ数年魔族と戦争をしています」

「その通り。魔国だな」

魔国。現代では人類よりほぼ失われた力——魔力によって特異な身体形質を持つ種族の内、知性を持つ存在を魔族という。その諸族が大陸北方に構成した国だ。

「国というからには王がいます——魔国の王だから、魔王」

人呼んで魔王軍。時代がかった呼称だが、数百年前にも今の魔国とほぼ同一の勢力圏が人間国家群と戦争をした経緯があり、この度もそう呼ばれている。

「そう。魔国の侵略を防ぎ、帝国、ひいては連合国家の安寧を守るのが我らの任務だ」

かつての剣槍《けんそう》と弓から小銃へと武装を変えた帝国兵へと撃ち放たれるものは、しかし矢だ。

一キル近く先から空を裂いて飛び、鉄条網を貫き、塹壕をすら通り過ぎる、もしくは周囲の土を盛大に跳ね飛ばして着弾する。

無論そのようなことは、人力で為《な》し得るものでは無い。

「うっわ飛ばしてくるな……おおー、あれが蛇人《ナーガ》か。実物は初めて見る」

カリアが覗《のぞ》くレンズ越しに映る魔族は、冗談みたいな大弓を抱えた、上半身が人間、下半身が数メルはある蛇体をしていた。万剣長が説明を加える。

「太い腕と、さらに太い最大筋力である尻尾《しっぽ》を使い、専用の大弓を引く種族。そこから放たれる巨大な矢の破壊力と射程は、帝国軍の制式小銃ペルタ四十式を上回る」

その周囲には、人間よりも小柄な魔族――小鬼《ゴブリン》が抱えた矢を蛇人へ渡している。

「一部の部族が手柄挙げようとしてちょっかい出してきた、ってとこですか？」

「小鬼は給矢と手柄の確認役かな。歩兵的役割もすることがあるが」

これが魔王軍だ。人類側が捨てた個の武勇、戦場の勲《いさおし》が未《いま》だに存在する軍。

今回は蛇人を主体とした弓兵が主だが、全体は更に多くの種族で構成されている。

「肉体で劣る人類は科学を発展させ、体格と素養によらない破壊力を発揮出来る火薬と銃で武装し、集団戦術と戦略を進化させた——が、戦力評価としては魔族の平均個体一に対し人間は三で同等というところだ」

「ええ、それは士官課程で習っ——うわっ、ちょっ、やられた！　大丈夫かな」

塹壕《ざんごう》から大きく乗り出した兵が肩を射貫《いぬ》かれ、赤いものが飛び散る。望遠鏡の中の兵が悶《もだ》えている。悲痛な叫びが外壁まで聞こえるようだ。反撃の銃弾が続けざまに放たれる。

嘆息してカリアは望遠鏡を下ろす。テルプシラが無感情に呟《つぶや》いた。

「現状は薄く負け続けてる、というところだ。今のように、ほんの少しずつ」

撃ち合いはそれから小一時間も続いた。被害はカリアが目にした一人の重傷。魔王軍にはさほどの被害無し。その日の戦闘は終わった。


夕暮れが迫る中で、カリアは仕事場——図書館へと送り出された。

もらった軍服に袖を通し、広い敷地《しきち》を、基地内図を見つつ日が落ちる前に見学がてら歩き回ってから、図書館へ向かう。戦闘はあったものの今は後処理も終わり、夕の大休息時間だ。

（主な建物は兵舎、そんで兵器庫器具庫備蓄庫、食堂に司令部、一番隅っこに弾薬庫と工場）

運営は彼女の好きにして良い、と基地司令は言った。

「配属初日に丸投げか……いや、専門に投げてくれるってのは賢明かもな」

図書館は、北正門にほど近い場所にあった。他の兵舎や食堂と同じく簡素なコンクリートと木造だ。そうと言われなければ、備蓄倉庫であると言われても通りそうではあった。

（んん～……まあ、大事なのは中身だ中身！）

扉を開けて風除室に入れば、インクの匂いと古書の発する揮発性化合物の少し甘い香りが鼻をつく。カリアは自身の荷物と、任官において渡された新しい荷物を持ち直し――

「ん？」

新任司書は内扉の向こうから聞こえる喧騒《けんそう》に気が付いた。ひっきりなしの話し声、笑い、物音。不審そうにカリアが内扉を開けば、それはいっそ衝撃を伴って彼女の顔を打った。

「うるっさ……！」

個々を聴き取れぬ数多《あまた》のざわめき、笑い声。時折響く怒号。合間にか細く聞こえる泣き言。図書館内は、まさに騒然としていた。中にいるのは数十人か。閲覧机で飲食している者もおり、休憩所じみた扱いだ。書架から取り出した本を、ひょいとそのまま持っていく者もいる。

「なっ、ちょおま、おいこらー！」

戸惑い交じりのカリアの声は、数多の声にかき消される。一際大きな怒声を上げかけて、本末転倒だと首を横に振る。大声を出すべき場所はここでは無い。

「どーなってんのこれ。無法地帯！　あたしの前に管理してる人も――いないっぽいな」

彼女は帝国軍人たちの合間を抜けて入り口近くのカウンターへと歩いていく。

「おっ姉ちゃん、あんたどこの隊？」「夜空いてる？」

「少し待ってなさい」

無論、兵たちのほとんどは男性だ。ナンパめいた言葉が降ってくるがあしらう。カウンターへたどり着き、内部に入ってから館内を見回した。

私語、飲食、居眠り、椅子以外での座り込み、カウンターを通さぬ本の持ち出し。書架の陰に隠れて何事かしている気配もある。図書館での禁止行為のオンパレードだ。

「ふ……ふっふふふ……間違いないわね……懐かしい空気だわ」

「あん？　何してんのお前、カウンター入って」

「久しぶりに一般利用者ってやつの認識を噛《か》みしめてたとこよ」

名も知らぬ兵隊に答える。ましてや普段から戦争やっている前線兵である。まずは強烈に自分を示さねばならない。図書館において禁忌をあえて犯す。

「これ一回で済むことを祈ってるよ」

新しい荷物を腰のホルダーから取り出す。筒先を上に向け、耳を押さえて引き金を引く。

だぁんッ!!

「「「「ッ……………！」」」」

騒音が、一発の銃声で断ち切られた。流石《さすが》に前線の兵隊らしく、大半が身を伏せて警戒態勢を取っている。そんな彼等に、上からカリアは告げた。

「図書館では静かに。あたし以外は、な」

「なっ……」「い、イカれてんのか！」「お前一体何して――」

「静かにしろと言ったぞクソども！　あたしの名はカリア＝アレクサンドル！　司書だ!!」

強制的に静まり返った館内に湧いた声を、更に吹き飛ばす。

「し……司書？　なんだそりゃ」「待て！　あれ制式の軍用拳銃だ」「つまりあの女――」

啞然《あぜん》とした空気の中、一人が気付く。帝国軍において拳銃を携帯する軍人は限られる。

即《すなわ》ち、上級士官――将校だ。

「安心しろ。空砲だ。後で始末書も書く」

実際のところは空砲でも燃焼ガスや放出される紙栓により、近距離においては死傷の危険性はある。カリアも思ったより衝撃があって大変びっくりしているが、表情には出さない。

（以後止《や》めとこ……図書館では火気厳禁徹底だわホント）

「そっ、そういう問題じゃ」「おい馬鹿、口答えは」

よせ、と兵隊同士で口を覆い、再びの静寂が訪れた時だ。

かぁぁぁぁぁん――。鐘の音が基地内で鳴り響く。カリアが意味を推察して眉を寄せる。

「しめた！」「ズラかれ」「失礼します、上官殿！」

蜘蛛《くも》の子を散らすように兵が去っていく。大休息の終わりを示す鐘だったのだ。

「逃げやがったか……軍隊の時間割までは干渉できねーしなー」

後に残るは、喧騒《けんそう》の跡だ。散らかされたゴミ、投げ出された本、好き勝手に移動した椅子。

ふぅぅ、と行き先を失った息を吐き出して、カリアはそんな館内を眺めた。

「こーりゃ、難題だな～……ん？」

雑然とした図書館の中に、一人だけ残っている兵がいた。尻もちをつき、今にも泣きそうな顔をしていた。そのシルエットは、

（女性兵か。まあいるにはいるよね）

帝国軍の男女比はおよそ九九対一。その多くは事務職とはいえ、数千の人員がいる基地ならば、テルプシラのような女性士官よりは目にする存在だ。

「ねーちょっと、貴女《あなた》は戻らなくていいの？」

声をかければ、彼女はびくっ！　と肩をすくめた。慌てて左右を見回して、

「ふぇっ！」カリアの姿に驚いたように尻ごと下がって、背中を机にぶつけている。

（ありゃ、腰抜けてる。やりすぎたかしらん）

「あ、あの、私、図書係、ですから……その、命だけはぁ……すぐ立ち上がりますから」

「取らない取らない。……って、図書係？　いたんだ」

返答にぴくりとカリアの眉が上がる。

カリアはかつ、と踵《かかと》を鳴らして居住まいを正す。とりあえずは彼女からだ、と思う。

「カリア＝アレクサンドル特務千剣長。本日よりこの図書館の司書として着任した」

「ふぇぇっ!?　せ、せせせせ千剣長ッ!?」

図書係と言った女性は、さらに素《す》っ頓狂《とんきょう》な声を上げて仰《の》け反《ぞ》ってコケ……そうになったところをギリギリ堪えた。大きなお尻で起き上がり小法師《こぼし》のように戻ってくる。

補足すると、現在四千人近くが詰めるこの基地に、千剣長はカリアを含めて四名しかいない。

「し、失礼いたしました千剣長どの……！　わた、私は衛生第二百剣隊所属エルトラス一等剣兵です！　この図書館の管理運営を、こっこれまで任されておおおりました！」

それでもなんとか、慌ててエルトラスと名乗った女性兵は自身の名前と階級を名乗る。

「管理……運営………これで」

館内を今一度見回して、カリアは呟《つぶや》いた。それにエルトラスは「ひぃっ」と涙目になる。

「すすすす、すいませんへ〜！　私も何とか注意しようと思うんですけど、ぜ、全然言う事聞いてもらえなくててぇ！　懲罰《ちょうばつ》はご勘弁を……！」

怯《おび》え切った衛生兵を見ながら、特務千剣長は嘆息した。

図書館に入った時、か細く聞こえていた鳴き声のようなものは、彼女の注意だったのだ。

（しゃあないよねえ……士官でもない。それも女。間違いなく舐《な》められるよそりゃ。あたしが士官課程受けてたとはいえ、クレオが千剣長なんて階級にした理由のひとつはこれか）

配下の人員はいないとはいえ千剣長。一兵卒にすれば雲の上の階級だ。

「どうどう……大丈夫、話を聞きたいだけだから」落ち着けるように言って、カリアはカウンターへエルトラスを呼んだ。「ここ、ずっとこんな感じなの？」

彼女は安堵《あんど》するように息を吐いてから、えっちらおっちらやって来る。

「ええと、この図書館が出来たのは、半年前です。その時は、ピタカ万剣長から管理を任されていた百剣長の方が。私も、最初はその方の下で」

「なぁんだ。ちゃんと士官がいるの？　それで今はどうしてこんな有《あり》さ——ええと、状態に」

一応言葉を選んだ質問に、エルトラスはしょぼんと肩を落として答える。

「えと、その、二か月ほど前に魔王軍との戦いで戦死されまして」

カリアはコケた。

「それ以来、私の言う事では皆さんあまり響かない様子で。たがが緩みきってしまいまして。さっきはその、めちゃくちゃびっくりしましたけど、助かった面もあるというか、その」

「な、なるほど。なるほどぉ～……」

彼女は立ち上がりつつズレた眼鏡を直す。それは、そういうこともある。戦場だもの。

(そのまんま後釜《あとがま》は来ず管理はエルトラスさんに、か。つまり、責任を追及するべき前職はいないわけね。彼女にそれを負わせるのは酷ってものだろうし——なら)

前任者との無益な諍《いさか》い無しで、立て直しにだけ集中出来るとも言える。カリアは顔を上げた。

「エルトラスさん」

「はっ、はい」

「貴女《あなた》をここ帝国軍第十一前線基地図書館における補佐に任命する！　ってね。……このまま、あたしについてくれる？　司令や所属隊への許可はあたしが取るから」

「…………」エルトラスは。少し驚いたような顔で垂れ気味の瞳を瞬《またた》かせた。「わ、私、でいいんでしょうか？　その、こんななのに」

エルトラスは荒れた館内を見回すが、カリアはむしろ彼女自身を見ていた。身長は低いが、後方とはいえ兵隊だけあって筋骨はしっかりとしている。

（下半身も割と――）「どっしりしてるし、まあ大丈夫でしょ」

「な、何がですかぁ？」

途中から声に出た。何でもない、と言い直す。

勘違いされやすいが、司書の仕事は大半が力仕事だ。何故《なぜ》なら、本はたくさん持つと重いからである。大量の本を元の場所に戻す返本。本が満載の木箱を持って動く事も数多い。

それでいて、貴重な本を扱い、時には修繕も行う繊細さが求められる。その辺の雑な手伝いではむしろ本の行方不明や破損が増える。

「男手はまた見繕《みつくろ》うとして。それより貴女の持ってるこの場所の情報が欲しい。喫緊《きっきん》の仕事が無いのなら、上にはあたしが言っておくからこれから話せる？」

ぱあっ、とエルトラスの表情が明るくなる。

――数十分後。大雑把《おおざっぱ》な片付けを終えたカリアは、台帳を見つつエルトラスから話を聞きながら、夜の図書館で情報を吟味《ぎんみ》する。帝国内から皇女が寄付を募《つの》った蔵書はかなり多いが。

館内、ごちゃごちゃ。

書架、ぐちゃぐちゃ。

配架、めちゃくちゃ。

貸出記録、超雑。数秒顔を突っ伏して、カリアは地の底から響くような怨嗟《えんさ》を発した。

「クッ……ソみたいな図書館ね……！」

「ひぇえええ。お許しをお許しを」

「いやその、オーケーオーケー。ごめんなさい、感情的になった。……でも、理解して欲しいんだけど図書館っていうのはただ本を大量に置いてあればいいわけじゃないの」

「は、はい。それはなんとなく。分類？　ですっけ」

「そう。本が大量生産品になったのも二十年ほど前だから、まあ仕方ないことはあるけどもね。現状のままでは利用者は本がどこにあるかも分からない。借りたい本があってもいつ返却されるのかも不明。それじゃあ、常連以外に新しく来る人もいなくなる」

「わ、私も貸出記録は付けてるんですけど、実際に持ち出されてる数とはぜんぜん……」

「現状のままでは、求めている人に本が行き渡らない。それは分かる？」

「うう、その通り、です」

エルトラスは絞り出すように答えた。カリアは頷《うなず》く。問題点は共有出来た。

「っし。まずはそっからだね。蔵書の把握、そんで分類に配架に不明本の抽出に規律強化に……うははは。しばらくは忙しくなるか……エルトラスさんもお願いね」

「こ、この図書館、三万冊ありますけど……」

「エルトラスさんもお願いね？」

繰り返しつつ。にこり、とカリアはエルトラスに笑いかける。

彼女もまた、笑い返した。涙目で。

翌朝。開館前の図書館で。

「カリア＝アレクサンドルです。司書です。以後よろしく」

そう言ったカリアの前には三人の兵がいる。彼等は呼び出されたメインホールで迎撃するように立っていた女の着任挨拶に戸惑っていた。理由はもちろん、昨日のアレだ。

（やべえのに呼び出されたであります……）（司書って言ってたな）（将校には違いないですよ）

彼等の内心はこんな具合だ。昨日も図書館にいたので発砲も見ている。

「は、はっ！　アレクサンドル司書殿！　フルクロス二等剣兵であります！」「ペイルマン一等剣兵っす！」「シミラー剣兵長です！」

答礼と自己紹介をカリアは一旦笑顔で受け止め、横に控えたエルトラスに聞いた。

「エルトラスさん、この人たちは常連だよね～？」

「そ、そうですね、まあ」

「規則違反も～？」

「あ、は、はひ……」

にこり、と笑顔を深めたカリアが兵たちへと向き直る。口調を意識して変える。

「クソども。まず言っておく――あたしは万剣長からここの全権を任された特務千剣長だ」

「「「！」」」

宣言された雲上の階級に、三人の兵隊はびくりと居住まいを正す。

「本を司るのが仕事だ。図書館においては人間の立場は本より下。命以外はね。お分かり？」

「はっ、千剣長殿」手を挙げたのはペイルマンと名乗った兵だ。「どういう意味でしょーか」

「良い質問だクソッタレその一。本日より。意図的、もしくは度を過ぎた不注意で本を汚す、破損させる、紛失させた場合は処罰する。具体的に言えば」

す、とカリアが懐《ふところ》より取り出したのは、昨日床に散らばっていた本の一冊だ。

「げぇっ」とペイルマンが声を上げた。その天（本の上辺）や小口に、コーヒー染みがある。

「図書館内は飲食禁止。そして飲食により本を汚したものは二重に処罰」

ざ、と場の視線が彼に集まった。

「お、俺はやってな――」

「クソ――ではなく、彼だよね？　エルトラス一等剣兵」

カリアはエルトラスに『図書館の常連』で『昨日来館して』おり『違反を犯している者』を挙げさせていた。エルトラスは昨日夜の打ち合わせの通り告げる。

「は、はい。ペイルマンさんです。私、見てましたので……」

「あっこらテメエ！」

「ひぃぃっ」

「飲み物をこぼせば汚れる上にたわむし、食べ物で汚れた手でページをめくれば染みになる。ページに食いカスが挟まる。備品損壊だ。許しがたいなあ……」

ペイルマンとエルトラスの間に入るようにしてから、カリアは彼に歩み寄る。

「い、いやしかしアレクサンドル千剣長！　あんなもん誰でも」

「そうだなクソッタレ。誰でも昨日まではやっている。だから手始めなんだ。血祭りのなぁ？」

カリアは彼の元へ歩いていき、その肩に手を乗せた。真っ青になるペイルマン。

「そして周りのふたり。貴様等もだ！」ぐるん、とカリアは勢いよく首を向ける。

びくり、と肩を跳ねさせる彼等の事も、無論カリアはエルトラスから聞いている。

「クソッタレシミラー剣兵長、貴様は貸出カードを作らず本を持ち出すことを繰り返している」

「うっ。……そ、そのっ、自分は輸送管理担当でしてっ。忙しくてつい、ですね」

「尚更《なおさら》重罪だ。貴様事務屋だというのに伝票を蔑《ないがし》ろにするか？　記録を残さなきゃ本は行方不明状態だ。貴様が死んだりしたら余計に。管理上見過ごせないな。エルトラス。備品盗難は？」

「ちょ、懲戒処分ですっ。減給か、悪質なら降格」

眼鏡の下の顔を青くするシミラーを置いて、最後のひとりへカリアは向き直る。

「クソッタレフルクロス二等剣兵はパズル・クロスワードに書き込み多数。図書館の本において書き込みは破損と同義だ。それと煙草臭《たばこ》ね。軍人に煙草を手放せとは言わないが、図書館の本を読んでいる間くらいは禁煙しなきゃあなあ？」

「あわわであります……」

不定形の重圧ともいうべき負の念を強烈に漂わせて、司書は違反利用者に迫る。

「図書館としてはまず見せしめが欲しくてね。貴様等を処罰——そうだね。ピタカ万剣長に頼んで営倉……いや、塹壕《ざんごう》延長専従がいいかな。そうして綱紀粛正《こうきしゆくせい》と行きたいところね」

塹壕延長。しかも専従。聞こえた言葉に三人が一斉に顔を青くして頭を抱えた。

「嫌だ嫌だ塹壕掘りは嫌だ」「持ち回りで回ってくるのですら嫌なのに」「塹壕延長自体は必要ではありますが」「キツいし寒いし湿気すげーし」「虫もたくさん出るんですよねぇ」「襲撃あったら応戦せねばならんであります」

虚《うつ》ろな目でぶつぶつと呟《つぶや》きだす三人に、カリアはエルトラスと目を合わせて頷《うなず》いた。

「だけど安心して！　今回だけ、呼んだ君たちだけ。処罰を逃れる方法があるのよ！」

「え、えぇー？　そんな方法がー。本当ですかぁ？　それはいったい」

だいぶ棒な声を発するエルトラスだ。わざとらしいが追い詰められた三人は気付かない。

「な、なんですか？」「教えてくれ……ください！」「なんでもするであります千剣長殿！」

「えっ何でも？　今何でもって言った⁉」

いっそわざとらしい勢いで、カリアは三人の首をまとめて抱きかかえた。耳元へ囁《ささや》く。

「君たちを図書係に任命する。大休息の時間、交代であたしを手伝ってもらいましょーか」

そういった次第で。詐欺めいて手下を三人増やした司書は彼等に指示を出し始める。

「さて！　それじゃひとまず貴方《あなた》たちには規則の徹底周知をお願いしたいの」

「今は利用規則をまず知らない人多すぎですもんね……」

「そゆこと。この三バカ含めてね。資料に書いておいたから、図書館来る人に配って、隊の人や友人にも教えてあげて。自分の兵舎にも置いて」

「それはいいんですが、アレクサンドル千剣長殿」

手を挙げたのは事務方のシミラーだ。カリアは唇を尖《とが》らせた。

「図書仕事の仲間に家名と階級で呼ばれたくねーなー。あたしの呼び方はカリアでいいよ」

「あっあっ、私もエルでいいですっ。隊ではそう呼ばれてるのでっ」

ぴょいっと手を挙げて主張するエルトラスにカリアは頷いて、

「了解、エル。で、どうしたのシミラー？」

「今日明日の大休息はどうします、えー……カリアさん。まず周知が間に合いませんよ」

「はっはっは。多少強引でも構わない。暴れるようなやつはあたしに投げて」

カリアはクマの浮いた顔で眠そうに欠伸《あくび》する。横からペイルマンが聞いた。

「ところで、その目のクマはどうしたんすか」

「アレ」と言いながら彼女が指さすは、書架の数々だ。

男三人が怪訝《けげん》そうに書架に歩み寄って眺める。やがて、彼等の目が見開かれる。

「きちんと種類ごとに収まってるであります！」「小説が全部著者順に並んでる！　すげー」

そう。めいめい勝手に返されていた書架は今や、ひとつの秩序の下に整理されている。

「超適当に本棚に戻されてたあれを全部？　気が遠くなりますね……」

「その通り……！」

ぎょろり、と据わった目でカリアは図書係の面々を見る。迫力にざざ、と彼等が退《ひ》いた。

「帝国十分類で！　ぜんぶ！　小等部のガキの本棚よりひっでえクソ棚をね！」

キマった女の返答に、昨日まで図書を散らかし放題だった三名は顔を見合わせる。

「利用者に規律を求めるなら、図書館も求めに応えられる状態でなくちゃならない」

彼女が肩をぐるぐる回せば、ごきりごきりと徹夜した身体《からだ》の音が鳴る。

「さあ、次は粛正を始めるわよ……！」

「行けっ！　我が図書係たちよ!!　ボンクラ利用者どもを根絶やしにしろ！」

その日から。図書館には軍隊さながらの（軍なのだが）鉄の規律が敷かれ、その洗礼を浴びた兵たちは一様に『司書』という存在に恐怖を募《つの》らせ、館内に悲鳴があふれた。

「これ以上返却が滞《とどこお》るならば、貴隊上官に督促連打するであります！」貸出延滞取締り、「オラ、出した本適当に返すなって。分かんねーなら返却台置いとけ」書架整理、「規約書作ったんで見といて下さい。知らなかったは通りませんよ」取扱の明文化、「か、かかかかカード作ってない人には貸せませんよ～！」無断持出禁止と貸出カード整理、ｅｔｃ．ｅｔｃ．カリアと、彼女の指令を受けた図書係が違反者へ襲い掛かっていく。

そんな日々が続けば、新任の風変わりな特務千剣長の噂《うわさ》は否《いや》が応でも兵たちの口に上る。打って変わった強烈な運営は、既に基地内の兵たちの知るところである。

「いや怖かった……兵舎まで本取り返しに来るんだもん……」

「お前も搾《しぼ》られたか……」

「マジなんなんだよあの、えーと、司書っての？　鬼かなんかの別名か」

「首から下は百点なんだけどなぁ」

「首から上も六十点は無い？」「嘘《うそ》だろお前」「五十くらいなら」「あの眼鏡がな」「なんだと」

「めちゃくちゃ細かい上に圧がヤバい。あの三白眼《さんぱくがん》で睨《にら》まれると死ぬほど怖い」

「手も早い。一回注意聞き逃すと即実力行使」

「まあ、俺は三回頭叩《たた》かれたけどな……」「俺はほっぺたつねられた。すげえ痛かった」

「ちょっと羨《うらや》ましい」「おいマジかお前」「戻ってこい」「眼鏡派か」

「こないだ逆ギレした塹壕《ざんごう》工兵が速攻返り討ちに遭《あ》ってたぞ」

「えっ嘘《うそ》だろあのマッチョどもが？」

「アゴにワンパンで沈んだ。東方格闘三段だと」

「怖え～……」

このような具合だ。とはいえ。規律というものは悲嘆だけではなく利便化を生む。

「少しはマシになって来た気がしますね」

しばし後。エルトラスが大量の返却本を持って昼の館内を歩きつつ呟《つぶや》いた。適切な返却というやりとり自体が、数多くカウンターで行われるという事がこれまでは無かったのである。

「そりゃよお、あんだけビシバシとやったらな」

「図書館で物食べながら騒ぐ人も少なくなったでありますな」

ペイルマンとフルクロスが苦笑する。今そんな粗相をしようものなら、即座に叩《たた》き出される。

「司書殿、いいだろうが後二、三日くらいよお！」

そこへ、胴間声《どうまごえ》が響いた。大柄な下士官がカリアに食ってかかっていたのだ。

「あの人は……サルッキ十剣長、でしたっけ。命知らずというか……」

シミラーが声の方を向いて――しかし嘆息ひとつ、程なく作業に戻った。

「そう言ってもう延滞が二週間超えてるでしょーが。延長も予約があるから出来ねーのその本は！　元気なんだから今すぐ兵舎行って取ってくる！」

　大柄な男にも全く引かず、カリアは言い返す。押せば引いていたエルトラスとは正反対の対応に、叩き上げの荒くれ士官がこめかみに血管を浮かべる。

「……っ、そりゃアンタはここで安穏《あんのん》としてられっから良いけどよ。俺ら前線の奴《やつ》らは運が悪けりゃ明日戦闘で死ぬかもしれねえんだ。読み切るまで待てってんだよ！」

　思わず、といったような大声に、ぴくりと司書――カリアの眉が動いた。

　音量に集まる兵らの注目に、サルッキ十剣長もやや気まずげになる。施設長かつ特務千剣長であるカリアとの階級差を考えれば、先の発言は命令不服従でも暴言でも処罰できるものだ。

（でも、それじゃ駄目だ。図書館にきっちりとした規律を敷くには）

　カリアは、静かに頷《うなず》いた。落ち着いた声で語り出す。

「そうだね。図書館司書のあたしは貴方《あなた》たちに守ってもらっている」指を三本、立てる。「けれど。その本には三人の予約が入ってる。貴方と同じ、いやそれより下の兵隊だ。次の人は、貴方がその本を返さなければ、読むことも出来ず明日死ぬかもしれない」

　発言をほぼそのまま返されて、サルッキは唸《うな》る。

「次の次の人も。次の次の次の人も。貴方と同じ。分かる？　分からない？　返事はどちらだ」

　館内に沈黙が数秒落ちた。そこにいた兵たちは、自分が借りている本の期限と、予約している本に意識を向けた。

「…………………ええい、分かったよ！　了解しました！　今持ってきますよ！」

サルッキもそれは同様だった。根負けしたように一声上げて、彼は図書館を出ていく。

「おお〜……」「やるじゃんあの姉ちゃん」「サルッキを正面からやり込めやがったぜ」

ギャラリーと化していた利用者が感嘆の声を次々呟《つぶや》いた。口笛を吹く者もいる。

「貴方《あなた》たちも」ぐるり、と。フクロウの如《ごと》くカリアは周囲を見回す。「予約本受取の遅滞が常態化してるぞ。その間は誰も読めないし、次の人がその分余計に待つことになるから」

一斉に、こくこくと兵隊たちは頷《うなず》くのだった。


「タミー千剣長、次にアレクサンドル特務千剣長より面会の予定が入っています」

「ん……アレクサンドル？　ああ、ちょっと前に来たという。通してくれ」

タミー千剣長は副官に答える。カリアとは違い、純粋に軍人としての千剣長である。千人〜二千人規模の大規模隊を統括する立場であり、帝国第十一前線基地には戦闘兵の統括に彼ともう一人、後方部の統括にもう一人、と三人の千剣長がいる。

つまりは、押しも押されもせぬ上級士官だ。基地内に個室も持つ身で、無論多忙である。

「しかし特務士官が何の用事で――――あ」彼はそこで気付く。最近噂《うわさ》の特務千剣長の仕事ぶりを。「いかん！　ちょっと待て！　やっぱり入れるな！」

「は？　了解……！　アレクサンドル特務千剣長、少しお待――――！」

一瞬戸惑った副官が、それでも上官命令を忠実に行おうとした時だ。

がっ！　と。塹壕《ざんごう》にも対応出来る軍用ブーツの硬い爪先が、閉じかけた扉の間に挟まる。

「はいこんにちはぁぁぁ」

次いで。鉤爪《かぎづめ》を思わせるような指が、がしりと扉板を摑《つか》んだ。

「う、うおおおお、ち、力が強い！」

副官ごとがばりと扉を押しのけて、女将校が踏み込んでくる。

「司書です！　督促に参りましたァ！」

「うわー来た！」

無論、カリアだ。タミーは思わず叫んでしまう。彼には思い当たる件があった。

「タミー千剣長～？　三か月前に取り寄せたという資料。先方から返還要求が来ています。これ、要求二度目ですね。覚えてますよね。忘れたとか仰《おっしゃ》ったら承知しませんが」

カリアが着任する前の話だ。基地から東南方向に鉄道でしばらく行くと、カミルトンという古い街がある。今は基地の兵站《へいたん》輸送の中継その他も担《にな》っている街なのだが、古いだけあって近隣の郷土資料を揃《そろ》えている。タミーは魔王軍に侵攻された場合の反攻計画用に、近隣地理の資料を取り寄せた。のであるが、

「う、うむ。利用自体は終わっているのだが、少し見えなくなって。待ってもらっていて」

「探して下さい。先方の貴重書扱い資料を無理言って寄越してもらってるんですよ」

ずい、と。カリアは執務机に上半身を被《かぶ》せる勢いでタミーへと顔を寄せ、冷然と告げる。郷土の調査資料は、地方図書館にとって永年保存するべきものだ。

「い、いやそのですな。最近ちと多忙で暇が」至近に髪の香りが来て、少し彼は身を引く。

「優・先・を。貸出期限に上も下もありません。むしろ規範をお示し下さい。手が離せないようならこちらで探しますが。司令の許可は取ってますよ～？」

「な――――っ」

即答に、タミーは口をあんぐりと開ける。千剣長の個室となれば、部外秘資料も山ほどある。

「では失礼して。エロ本あるかな」ずかずかと、カリアが別室へと踏み込もうとする。

「ま、待てっ！　待ってください！　探す、探すから！　少しここで茶を飲んでてくれ！　あとエロ本は無いい！　おい、やるぞ！」

慌てた副官と共に、彼は寝室に至るまでひっくり返す羽目となった。

◇

今日も、戦闘が終わる。塹壕《ざんごう》でサルッキ十剣長はひとつ息を吐いた。

撃ち放たれ、交わされた石と矢と弾は千を超えるが、戦闘としては小規模なものだ。

「死人は無し。負傷者数人か。ま、いつも通りだなぁ、ったくよ」

突撃も含まれる本格的な衝突にならなければ戦争というのはこうしたものだ。

　敵との距離が百メルも超えれば、小銃弾を狙って当てるのは難しい。だから集団で多数の弾を撃つのである。魔族側も、命中率が高まる距離までは中々近付いてこない。

「帰ってクソして寝てやがれ猿ども！」

　威嚇《いかく》の吠《ほ》え声を置き土産《みやげ》に退いていく魔王軍の大猿人投石部隊《ハヌーン》に対抗して中指立てて、サルツキは自身の十剣隊へ指示を出していく。

「よし、敵さん撤退したな。負傷者救助したら夜襲警戒部隊と交代だ。動け！」

　わらわらと動き出す兵たちを見守りつつ、彼は塹壕の隅に置いておいた娯楽小説を手に取る。警戒待機中に読もうと持ってきていたものだが。

「襲撃あったからロクに読めなかったな……あの司書がまたうるせえから延長申請しとくか」

　数日前、自分を正面から言い負かした女を思い出す。

「ああ、あの人。聞きました？　タミー千剣長ともやり合って延滞本回収したらしいっすよ」

「ふんっ……俺にあれだけ言ったんだ。そんくらいはしてもらわなきゃよ」

　部下にサルツキは鼻を鳴らすが、その口元は愉快そうに笑っている。

　徐々にではあるが。図書館規則は兵たちに広がりつつあった。

　ちなみに、戦場へ図書館の本を持っていくのも実は違反である。

◇

「こちら、貸出お願いします！」

「でかいでかい声がでかい。ほら、二週間後までな。次は遅れないよーに」

「はっは。それまで生きてたらそうしまさぁ」

「その場合は地獄まで取りに行くからね」

注意交じりの会話に、図書館内にいた兵たちも苦笑を漏《も》らす。

目つきがキツい。手も早い。そして苛烈《かれつ》だ。しかし、性格は陽気で図書館利用者への気遣いは行き届いている。この風変わりな司書の調子に、そろそろ彼等も慣れ始めていた。

「あ？　記入ね。はいはい、ちょいと待ってなよ」

今も、カリアは字が書けない利用者のために貸出カードを代わりに書いてやっていた。

その光景を横目で見ながら、珍しく当日届いた新聞を読みに来ている常連が囁《ささや》き合う。

（アレでまあ、優しいとこもあるっつうか）

（規則守ってる内はスイッチ入らねえからな）

（要は笑って話出来る爆弾みたいなもんだよな）

（火気厳禁ってか。聞こえたら殺されるぞお前）

「おいおい、いっくら兵隊っつっても図書館では殺しは禁止だよ」

いつの間にか。にこやかに笑うカリアが新聞コーナーの傍《かたわ》らに立っていた。

「「うわあああああああ出たあぁぁぁぁ！」」

「よーし図書館で騒ぎよったな死ねェ！」

どたばた。どかばき。――常連の利用者には、このような余裕も出来てきていた。

「……おし、昼は大方終わりっとォ」昼の大休息における兵の来館ラッシュが過ぎ去り、図書館に静寂が戻る。「準備室にいるから。何かあったら言ってちょーだい」

はぁい、というエルトラスの返事に軽く手を振って、カリアは司書準備室へと入る。

司書準備室は、来館者対応中には出来ないような作業のための部屋だ。設備は小さめの書架、作業机と椅子、そして休憩・仮眠用のソファ。

カリアはソファに寝転がり、書類をチェックしながら予《あらかじ》め食堂で買っていたサンドイッチで手早く昼食を済ませる。

「仮眠でもキメたいけど、ピタカさんに急《せ》かされてるからな～……」

自分に強いるようにそう呟《つぶや》いて、作業机に向かう。

来館者対応中には出来ない作業。図書の補修作業もそのひとつだ。

作業机に、様々な道具が置かれた。

布。鋏《はさみ》。糊《のり》。筆。重し。糸紐《いとひも》。ヘラ。ハンマー。ピンセット。目打ち。針。やすり。定規。メス。特製のインク。古い作法で造られた紙。拷問具《ごうもんぐ》のようにも見える締め機。拡大機能を備えたモノクル。

それら多々ある道具の中央に、そっと丁寧に本が置かれる。白い革装丁の、重い本だ。

普段から本に対しては丁寧な司書の手つきが、一際繊細に動いていた。

その本は、古びて端々が綻《ほころ》び、破損している。装丁は汚れ、字は掠《かす》れ、消えている箇所もある。本来の蔵書ならば、廃棄扱いとなる状態だ。

複雑な吐息を、ひとつ。眼鏡の奥の瞳を悩ましく細めて。

「……さぁて、やるか」

——帝国軍第十一前線基地図書館司書カリア＝アレクサンドルは、ある意味で。

この本を利用可能なまでに補修するためにこそ、ここにいる。

◇

戦場から南、コンクリートと木材で造られた基地の中。『基地司令室』と板が下げられた部屋。

部屋の主がデスクに積まれた紙束をめくっている。

「司書の着任から貸出数が目に見えて増えたな」

基地司令官——テルプシラ＝ピタカ万剣長は、月報告を見て感嘆の声を漏《も》らす。

着任から一か月と少し。配架規則の徹底、蔵書の管理、利用方法の矯正《きようせい》。司書のやりようは強引かつ苛烈《かれつ》ではあるが、それらの実行は図書館の利用回転を明らかに向上させていた。

「皇女殿下肝煎《きもい》りで送られてきただけはある人材、ということかな。——多くの兵が本を持つことは、彼等の精神衛生的にも効果がある」

「『凄惨《せいさん》な光景、残忍な行為。だが自分は本を読んでいるのだからまだ人間なのだ』――かつて最初に戦場へ本を持ち込んだ王国の将軍、ケンドラーの言葉ですな」

本を読めるのだから、普通の人々と同じように心が動くのだから、狂っていない。

副官が諳《そら》んじた言葉にテルプシラは自分が借りた本をひらひらと振った。

「確かに効果はある――とはいえ、図書館運営にばかり一生懸命になられても困るのだが」

目配せを受けて、副官は再び頷《うなず》いた。

「そ、そちらの方も、順調に進めておるようです。図書館運営がある程度安定した今、兵が訓練と戦闘に出ている間は暇ですからな」

「森の魔王軍、増援は来ているだろうな。新しく来た幹部とそれまでの指揮官との鍔迫《つばぜ》り合《あ》いの期間という辺りか。このところの静かさは」

椅子に背を預け、忌々《いまいま》しげにテルプシラは舌打ちする。

「敵の指揮官はやり手だよ。ほんの少しの打撃を繰り返してこちらを疲れさせながら、一気呵成《いっきかせい》に攻め落とせる戦力が揃《そろ》うまで待ってる。――こっちは森まで攻め込めんからな」

魔族が陣を張っている森へ軍隊が攻め込むなど、半ば自殺行為のようなものだ。

憂《うれ》うように、基地司令は窓から見える図書館の入った棟を見る。

「どうにか、こっちも間に合わせてくれればいいいんだが」

一章

クソみたいな図書館だ・裏

基地内中央広場。朝日の中、兵隊に交じってカリアが体操を行っている。

ぐっと反らした腰がバキバキと音を立てる。

「んが〜〜〜…………！　腰いったい！」

「おや、千剣長殿お盛んですな」

「ＨＡＨＡＨＡ！　何者だよその命知らずな勇者は」

「息するようにセクハラかましてんじゃねー！　本の補修してたらそのまま寝ちゃったの」

嫌そうに嘆息しつつ、空いた手でアイアンクローをかましておく。軍隊においてはこの程度の揶揄《やゆ》は日常茶飯事だが、シメておくことは忘れない女である。

「おごごご……そ、そうだ、勇者といえば」

こめかみを圧迫されているサルッキ十剣長が、制裁から逃れようと話題を振る。

「知ってますかい、この基地にどうも、本物が来るようで」

本物。その単語にカリアの三白眼《さんぱくがん》が怪訝《けげん》そうに細められた瞬間、

「傾注！」

壇上から基地中央広場に張りのある声が響き渡る。司令――テルプシラだ。基地トップの登場に、にわかに場の空気が引き締まった。

「後で掲示連絡や回覧も回すが、この場にいる者たちへ先んじて紹介しておく。――こちらへ」

彼女の声に導かれるように、いま一人の人物が壇上に上がる。

（あれは）

――第一印象としては、時代錯誤な若い男だった。

外套《がいとう》はまだいいとして、銃器の発展により今は廃《すた》れた軽鎧《けいがい》。おまけに腰に帯びているのは銃ですら無い。剣だ。涼しげな顔は、それを当然のものとして着こなしている。

その数百年前から来たような男の姿はひとつの伝説を示していた。

本物。

「本日よりこの基地に臨時で配属される」万剣長は一呼吸溜《た》めた。

「『勇者』アリオス殿だ。階級上は特務千剣長として扱うが、この基地の指揮系統からは独立し、単独行動を許可されている。彼の作戦行動には、諸君等は最大限の便宜《べんぎ》を図るように」

ワンマンアーミー。組織で戦う現在の戦場では通常あり得ぬ明確な特別扱い。

物語から飛び出たような、人類の例外。それは一礼した。

「アリオスです。勇者なんて呼ばれているけれど、気楽に接してくれると嬉しいです」

その名は、前線兵たちに熱狂の歓声と共に迎えられる。

喧騒《けんそう》の中で、カリアは壇上の男の顔を眺めている。少し幼さを残しつつも整った容姿。着飾って街に行けば道行く婦女子が歓声を上げそうだ。

「はわ～、勇者様……」というかいつの間にか来ていたエルトラスがそんな感じだ。

「何かうさんくさい笑顔～。勇者アリオス、ねえ──どんなもんなんだ……か？」

そう呟《つぶや》くカリアの半眼が、ふと片方見開かれた。

勇者が。その微笑《ほほえ》みが。彼女の方を向いている。

（……まさか、聞こえてないよね？）


その日の夕大休息だ。閉館少し前の図書館には、アリオスの姿があった。

（なんでここいるのあいつ）

流石《さすが》に鉄血の司書にも多少の緊張がある。他の利用者も中々近付き難《にく》そうにしており、彼のいる机の周りは一種のエアポケットと化している。自問する。

（いや待てよカリアさん……もしや、勇者殿は読書好き？　それなら話が出来るかも）

返本ついでに、カリアはそっと彼が座る閲覧席近くの書架へ行ってみる。

（一体何読んで──）

ちらりと視線を投げたカリアの瞳が、怪訝《けげん》に眇《すが》められた。

『砲兵戦術論』『方陣の基礎』『東国刀法』『魔族解剖図』『戦《いくさ》における詭道《きどう》』『魔法　失われし技術』『兵站《へいたん》基礎論』……他、多数。

基地図書館にある本の大半は、皇女クレーオスターが国中に発した『兵に本を』という寄付活動によるものだ。無論、多くの兵士は小説など娯楽本を求めるのだが、

（当然、そん中にはこんなん兵士の誰が読むのよ、みたいな本も大量にあって、書架不動の住人になってるわけだけど）

そう言った本も含めて大量に、アリオスは目の前に積んでいた。

ジャンルはてんでばらばら……ではあるが。根底で共通する点がある。

（『戦い』の本……。しっかしあんな量、閉館までに読み切れないだろ。貸出するのかな？　なら貸出カードを作らなきゃ）

勇者の図書館貸出カード。その想像は少しだけカリアも面白く感じる。

アリオスは今まさに分厚い専門書を開いたところだった。目次を一瞥《いちべつ》する。

「…………うん」

数秒。頷《うなず》いて、アリオスはページをぱららら、と指で流す。

（あ？）

カリアが疑問に思うのも一瞬、彼はぴたりとページを止めて数ページを読む。そうするとまたぱららら、とページを流し、また止める。

それを数回繰り返し、ものの数分もかからずに数百ページが尻まで終わる。アリオスは読んだ本を横にどけ、次の本をまた同じように読み出す。

（なんだあれ。すんごいテキトーな。あれで読んでるっていうの？）

少し不機嫌になって、カリアは返本作業に戻る。

そもそも、勇者という存在は連合国全体の切り札、国境を越え重要な戦地に派遣される『無敵の歩兵』という戦術兵器だ。彼女は小声で漏《も》らした。

「……なんでまた、中央からも離れたここに派遣されるんだか」

「分かってるでしょう？　貴女《あなた》には」

カリアの口元で消えるようなほんの小さな呟《つぶや》きに、さらりと返事が返ってきた。

気付かれた。多少ばつが悪い思いをしながら、司書は顔を勇者へと向ける。

「あたしがなんだって？」

「ここに僕の派遣を要請したのは帝国のクレーオスター＝オリルダン皇女殿下です。戦場の図書館なんて、どんなものかと思っていましたけど。いや中々大したものですね」

「へえ――だから、あたしに絡《から》んできたワケ。勇者様におかれましては、あたしがここにいる理由もぜんぶ御存知ってこと」

出された名に、カリアは小声で言う。同じく、特に感動も無さそうに彼も囁《ささや》いた。

「保険ですね、貴女が間に合わなかった時のための」

「クレオが言う、この基地が抱えているかもしれない戦略価値も？」

「はい。この第十一前線基地は、主戦場からは西へ逸《そ》れた場所であり、南の山脈が魔王軍の進軍を妨げる……と思われているけれど。魔王軍――魔族の特定種族には、この山を越えられる可能性がある。その場合、この基地は重要な拠点になる」

「人間には無理な山道でも、魔族なら。一気に人類側の中央部に兵を送り込めるかも、と」

この可能性を危惧《きぐ》している者は現状そう多くない。クレーオスターはそのひとりだ。故《ゆえ》に、それを知る勇者アリオスは、皇女がその手腕で無理矢理ねじ込んだ抵抗ということだ。

「魔族側もその検討はしているみたいですよ。北の森、魔族陣地に幹部クラスが送られたという情報があります。精度は低いので目下確認中らしいですが」

魔王軍の幹部、という存在は人間の軍における将校とは大きく意味が異なる。人間を遥《はる》かに超える膂力《りょりょく》を誇る魔族にとって、幹部はその多くが超抜した個体戦闘力とセットだ。追い詰めた魔王軍部隊の最後に残った幹部によって、逆に壊滅させられる連合軍部隊という例は多い。

「文字通りの一騎当千――例えばそう、勇者みたいな、ってね」

カリアの言葉に彼は肩をすくめる。彼女もまた、同じ動作で返した。

「ふ～ん。そんなら多少気が楽ってなものね。せいぜい皇女殿下の顔を潰《つぶ》さない程度にやらせてもらおっかな」

「帝国軍部も大して期待してはいないでしょう。皇女殿下が主張して貴女が進めている『補修作業』——効果を発揮すると思っている高官はそう多くない。所詮《しょせん》皇族の道楽だとね」

さらりとアリオスがそう言えば、ぴきりとカリアのこめかみに血管が浮く。

「僕はまあ、半々というところで。興味はあります。あなたにも、その作業にも。皇女殿下の優秀さは知っていますし」

いっそ露骨なほど、値踏みするように勇者は司書を見た。彼女のこめかみの血管が増える。

（おーし分かった、コイツ嫌い。どんだけ強くても絶対頼りにしねー）

勇者の相手はおしまい。カリアは図書館をエルトラスたちに任せ、司書準備室へ入る。

始めるのは『補修』作業だ。その対象は無論、白い装丁の以前よりも綺麗《きれい》になった図書だ。

しかし内部は未《いま》だ数限りなく破損している。その一ページを広げる。

破れ消えかかった文字に、同材質の紙をあて、特製インクで文字を補筆する。

（つながれ……つながってよ……）

じわりじわり、とインクが紙に浸透し、元の文字と触れ合う。字が崩れぬよう、元の字と自然に調和するように、彼女は拡大鏡内の筆先を微細に動かす。

念に応えるように、筆先に『通る』感覚があった。連なる文字に、意味以上の何かが。

「——よっし」

数時間後。その日の補修を終え、顔を上げてひと息吐《つ》く。カリアはうっとりとした目で、特殊溶液糊《のり》と保革油によって滑《なめ》らかに修復された数百年前の革装丁を撫《な》でた。

破損し、読まれることも無くなった本。それが本来の機能を取り戻す様は美しく、愛《いと》しい。

その本の目的が、なんであれ。

そうして司書は、勇者へのムカつきを忘れて気分良く寝た。しかし――翌朝だ。

「人狗《コボルト》が五十ほど夜襲に来たでありますが、勇者殿がぶっ飛ばしたであります」

「一人で？　人狗を？　んなバケモンみたいなことある……？」

前夜から塹壕《ざんごう》に詰めていたフルクロスの説明を、カリアは唖然《あぜん》として聞いている。

（夜の間ずっと補修作業してたってのに、気付きもしなかった。戦闘があった？　本当に？）

銃の一発も放たれなかったということ――だが、信じざるを得ない。何故《なぜ》なら。

彼女の目の前――塹壕地帯の地上には、二十近い人狗の斬殺死体が転がっているからだ。

「あはは……これやった奴《やつ》に興味持たれてんのか、あたし」

さしもの鉄血司書も、少しだけ肝が冷える思いであった。

◇

帝国軍第十一前線基地より北、『風断ちの森』魔王軍陣地。
（死亡十八、戦果無し。あれが勇者、というモノか。まるで殺戮《さつりく》の機構だな。生物とは思えん）
人狗族は、部族次第では人類側にも付いている魔族だ。元の生態としては夜行性で、人間と
共に暮らす部族は昼行性に変化したが、魔王軍側として暮らす者たちは今も生態を変えずにい

る。敏捷性《びんしょうせい》で言えば相当なもので、近接戦を得意とする。夜襲にはうってつけの種族と言えた。

(それが、たった一人に蹴散らされた。勇者か。伝聞以上と見た方が良いな)

そう戦力評価するのは、一年以上も前よりこの陣地を預かる魔王軍指揮官・グテンヴェル。

だが彼は今、その立場を失おうとしていた。

「最後に醜態《しゅうたい》を晒《さら》したものだな。今よりここの指揮権はこの私、ヴァイトーンが預かる」

誇るように名乗った人狼《ウェアルフ》種の将官は、蔑《さげす》むような視線で彼を見下した。

「あの程度の基地に時をかけおって。所詮奸智《しょせんかんち》で地位を築いた者の実力などこの程度のものか」

「かの基地には連合軍が有する『勇者』が現在駐留しております。ご留意下さい」

侮蔑《ぶべつ》を受け流し、グテンヴェルは進言する。敵陣に勇者がいるといないとでは、取る作戦行動に大きな違いが出る。勇者は通常の人類軍相手の戦術では対応出来ないからだ。

(前夜の夜襲で、勇者の存在を明らかに出来た——奴《やつ》にやられた人狗第二隊は災難だったが)

彼としては業腹《ごうはら》だが、兵の犠牲《ぎせい》を無駄にしないためにも情報は共有せねばならない。

「ふん、勇者か。魔力を人類で唯一、その身に活用可能な量で宿す個体、だったか？」

「勇者は魔力を体内で操作し、流すことにより理外の運動能力と強度を得ます。侮《あなど》れませぬ」

その技術は最早《もはや》、魔王を除けば魔族ですら不可能なものだ。

「まァ——勇者といえど、所詮は珍しい曲芸が出来るだけの人間よ。恐れるに足りん」

(自惚《うぬぼ》れ——とも言えんか。人狼族の鋼《はがね》を裂く牙《きば》と爪。鉄の強度とゴムのしなやかさを併せ

持つ筋肉。人の肌ならば切り裂きかねない体毛）

魔族が持つ魔力は、彼等の特異かつ強靱《きょうじん》な生態を成長・維持するために使われる。勇者が魔力を燃料の如《ごと》く使い人間の身体《からだ》を強化するものとは異なるが、結果として近しくなる。

（上位魔族ならば勇者の動きにも対抗出来ると聞くが、果たして……）

昨夜の戦闘を思い出すグテンヴェルへ、頭上から嘲《あざけ》りが降る。

「人狗のような犬風情《ふぜい》や、人もどきの貴様には抗する手もあるまいが。上位魔族たるこの私が葬《ほうむ》ってやればすむことだ」

（脳筋め。上位幹部がこれでは魔王軍の足元は危うい）

魔王軍では、部隊管理や兵站《へいたん》が軽視されやすい。兵糧《ひょうりょう》は攻め落とした場所から奪え、ひどい場合には人間を食え、などという指示が下ることも珍しくない。

（魔族ごとの食性を考えぬ将校も多いしなぁ。結局現場が苦労するのだ）

――これには理由があり、魔王軍は、基本的に階級が上であればあるほど戦闘力も高い。

多種族の集合体、かつ同種族内でも個体としての戦闘力に幅が大きく、人間の世界では数百年前に廃《すた》れた個人の武勇が未《いま》だに通用してしまう。

結果、単純に強い個体が戦果を上げやすく、結果偉くなりやすい。

（魔王軍の最強戦力が魔王様であることが最たる例だ）

「グテンヴェル。貴様のような人間と大差無い貧弱な種族では不可能な戦《いくさ》を見せてやろう」

彼の種族、灰人種《グレイマン》は数百年前には高名な魔法使いの記録が多くあるが、魔法が失われた現代においては頭脳労働に向いた種族、というものでしかない。

グテンヴェルが現在魔王軍で千を超える兵の指揮官という立場にあるのは、ただただ本人の指揮・軍団管理能力によるものだった。

（そして、私のような存在は舐《な》められやすい）

相手の階級が上であれば尚更《なおさら》だった。頭でっかちの軟弱者、という揶揄《やゆ》は幾度も聞いた。

「はっ、恐れ入ります。帝国軍は強固な防衛塹壕《ざんごう》陣と監視態勢を敷いております。人狼族の勇士たるヴァイトーン殿には言うまでもありませんが、何卒《なにとぞ》御注意を」

帝国軍基地への攻撃計画自体は、グテンヴェルがとっくに上げている。それを実現するための増派兵を要求したところ、その隊長にヴァイトーンが割り込んできた、という具合だった。

（増援に前任の私より階級高い奴《やつ》を送り込むとか、どういう判断しているんだ……）

うんざりしつつ、彼は鋭い爪を備えた毛むくじゃらの手へと、攻撃計画書を渡すのだった。

◇

カリアの思いに拘《かかわ》らず、アリオスは図書館へ入り浸ることとなった。

「なーんーで毎日来るのよあんた」

「敵の本格的な攻撃が始まるまでは暇ですからね」

「あっそ！　それと司書準備室に本持ち込むのは話が別だよねえ!?」

作業机で『補修』作業をする司書が唇を尖《とが》らせて言っても、

「館内だとちょっと注目集めちゃって、煩《わずら》わしくて」柳に風、というように答える。「ほら、僕の行動には最大限の便宜《べんぎ》を、って司令さんが言ってたでしょう?」

ちっ、とカリアはわざと聞こえるように舌打ち。アリオスは聞いていないフリだ。

ここ数日、こんな具合である。

（あたしに興味があるとかの与太《よた》は置いとくにしても……飄々《ひょうひょう》としたもんよね）

彼は作戦行動において多くの場合、魔王軍指揮官を単身討ち取るという、いわば特攻隊のような役割を担《にな》う。その未来を知っているはずなのに、感情を波立たせる事も無い。

（人間味が無いっていうか。機械で出来てんじゃないでしょうね）

嘆息して、カリアは作業に戻る。やることは以前の続きだ。無数にある各部ページの補修。破れを補い、消えた文字を補筆する。没頭すれば、数十分程度は瞬《また》く間に過ぎていく。

「…………んむ?」

視線を感じて振り向けば、アリオスが目線だけを向けていた。何度も繰り返している工程ではあるものの、真剣な表情を見られていたと思えば彼女も少し恥ずかしい。

「ねえあんたさ。その読み方で内容分かるの?」

カリアは照れ隠しに、前から気になっていた事を聞く。アリオスの読書法だ。

目次を見る。高速でページをめくる。少しだけ熟読する。以下繰り返して終わり。

そんな、読んでいる、ともいえぬような読書。

カリアは写真記憶能力、というものが世の中にはあると聞いたことがあった。見た物を一瞬で記憶し、後から正確に思い出せる、という才能だ。

(だけどそれも違う。彼は明確に読む場所を決めていた)

速読、などという領域でもない。摘《つ》まみ読みも良いところだ。考えている間にも、アリオスはそのまま二冊、三冊と読み終わった本の山を積み上げながらさらりと答えた。

「大体は。僕に必要なとこだけですし」

(参照業務《レファレンス》舐《な》めんなよこんにゃろ)

司書にとって、情報を本から取り出す、という行動は専門だ。そんな雑な読み方で本にある情報の何が分かる、とカリアの鼻息が荒くなる。

「ほー。ふーん。へー。……じゃそれ」

アリオスが最初に読み終わった(?)本をカリアは指さす。

『歩兵装備の発展』。個人的に昔読んだことがあった本だった。

「問題です。ででん。歩兵装備から鎧《よろい》が廃《すた》れた理由と、その戦闘史的経緯は?」

「一般兵の防具としては、弓矢や剣槍《けんそう》に対し有効として近世まで主流だった鎧でしたが、個人兵装としての銃が普及した結果、機動性利便性に劣るため、兜《かぶと》が姿を変えたヘルメットを残してその姿を消しました。当たって死ぬなら鎧でも服でも変わらないということですね。一時期そのために奇襲戦における抜剣突撃がその有用性を取り戻したことはありますが、それも一時的なものに過ぎなかった。近年戦争が始まった魔族に対しても、一般装備に回せる鎧では魔族の剣槍や強弓はとても防ぎきれないため、同じ結果を辿《たど》りました」

流れるような即答だった。なおかつ彼はふむ、とひと息入れてから、

「僕みたいに装着した鎧ごと魔力で守れる者はまた別ですが。多量に魔力を含んだ金属は、材質にもよるけど色んな衝撃を減衰しますから」

例外オブ例外の補足まで入れてみせる。

「ぐ、ぐぎぎ。なんであの読み方で……」

額を押さえるカリアにとっては腹立たしいことに、的確に要点を押さえている。

アリオスは不思議そうな顔を返した。

「……？　目次でも見てパラパラめくれば大体見当つきませんか？」

常人には信じ難《がた》いが、つまりは抜き読みの極致だ。超人的な視力と勘で必要な情報だけを引き出して読み捨てる。余りに効率にのみ特化した読書法。機械にも近い実用主義の極み。

「ぐぬぬぬ……」悔しさに唸《うな》って、カリアは唇を尖《とが》らせた。「じゃーそんな読書に忙しいあんたが何であたしをじっと見てんの。閲覧料取るぞ」

「その、魔導書ですが」

勇者は切り出した。魔導書。今、カリアが補修するもの。魔導司書という役職の根幹。白い装丁の、あちこちが綻《ほころ》び、破損した古い本。

(見てたのはこっちかよ。そういえばアリオスは魔導書の事もクレオから聞いてる……)

「力はどうやら本物ですね。貴女《あなた》の補修が進むにつれ、それがはっきり分かります」

徐々にその姿を取り戻しつつある魔導書を、カリアは一旦閉じて掲げた。

「——あんた、もしかしてこれの効果が分かったり、もしかして使えたりもする?」

アリオスは微笑《ほほえ》んで首を左右に振った。

「古代語も稀覯書《きこうしょ》の扱いも不得手です。僕は暴力装置なので。そこは貴女が頑張るしかない」

「残念無念。楽出来るかと思ったのに」

しかし、分かったこともある。カリア自身も補修を通じてうすうす感じてはいたが。

(勇者が言うならマジか。この魔導書には——確かな力が宿ってる。効果はまだ翻訳《ほんやく》半ばだけれど、それ次第では——。気が、重いなァ……)

そんなカリアの内心を見透かしたかのように。アリオスが言葉を投げた。

「司書さん。その本は——魔導書は。貴女が完璧に直した場合、戦争に使われるかもしれません。それでも、やりますか」

憂鬱《ゆううつ》の原因をずばり、言い当てられて。カリアはひとつ、息を吐いた。

「殺すために直すんじゃない。直した結果がそうなるとしても」カリアの声には逡巡《しゅんじゅん》も恐怖もあった――しかし、覚悟と意思も同時にあった。「この子を――本を直せるのは、自慢じゃないが今この国にあたしだけだ。だから、やめない」

表情を僅《わず》かに曇らせながらも、彼女は再び作業机に魔導書を置き、補修作業を再開する。

そんな彼女をそのまま、しばらく見続けて――アリオスは言った。

「……司書というのも、中々にやるものですね」

「はぁ？　イヤミかなんかか勇者様？　大体やんなきゃあたし無職なんだよ」

「心外ですね。そのままの意味ですよ。――僕は壊す殺すしか出来ないから」

つまらなそうに言って、彼は再びソファに寝転がり、本のページを高速でめくる。

いまいち意図が摑《つか》めずに、カリアはがりがりと頭をかく。

（思えば、こいつも常に殺すか死ぬかの生活だ。こういう時間が癒《いや》しになってんの……かも）

きっかけが何であれ、読書法がどうであれ、本読みならば仲間だ。カリアは歩み寄った。

「あー……なんだ。アレだ、小説とか読む？」

「特に興味は無いですね。ほら、虚構とか良く意味分からないので」

「よーし！　あたしやっぱお前嫌い！」

読書に『愉《たの》しみ』を見出《みいだ》さない人種。たまにいるが、ここまで極端な例は彼女も初めてだ。

ここで初めて、顔を上げたアリオスは明確に不満そうな顔をした。

「なんでですか」

「うっさい。今日はもう閉館ですぅー。帰りやがれー」

そんなわけで。図書館における勇者の扱いは、日々ぞんざいになっていくのだった。


そんな日々が、数日続いて。

「斥候《せっこう》が魔王軍の増援を捉《とら》えた。恐らく近日中に攻撃がある」

司令室に呼び出されたカリアへ、司令ことテルプシラが伝える。

「……前から思ってたんですけど、あたしたちはどうしたら勝ちなんです？　この戦場」

「防衛側ですからな、我々は。攻撃に対し迎撃を繰り返し魔王軍側に被害を与え『この基地を攻めるのは費用対効果に合わない』と思わせれば、といったところですか」

（無理では？）

副官の答えにカリアは暗澹《あんたん》たる気持ちになる。

そして、こんな話を基地図書館の司書などに言うには、当然のこと理由がある。

「アレクサンドル特務千剣長。仕事は間に合いそうですか」副官が問う。

「微妙です。現時点で八割方は終わってますけど、安定発動するかどうかは賭《かけ》になります」

カリアの返答に、テルプシラは椅子に背を預けて天井を見た。

「確認出来た範囲からの推定でしかないが、今、風断ちの森にいる魔王軍と衝突した場合、まず負ける。平均一対三の戦力評価である敵兵が、おそらく三千は、いる」

カリアの背筋が冷えた。つまりは戦力評価で言えば三倍以上。

帝国第十一前線基地人員の内、戦闘を担当する兵が二千五百。敵は少なくとも三千と考えた場合、人間で言えばおよそ一万相当――三倍以上の戦力だ。

「砲は大小含め七。だが奪取の可能性を考えると基地外壁からの使用に留《とど》めねばならない」

「戦力差により平地での衝突は塹壕《ざんごう》防御をもってしても不利。よって本格的な攻撃が来たと判断した時点で塹壕陣地は一旦放棄《ほうき》、基地にこもって防衛戦になりますな」

テルプシラと副官が続ける。魔族の武器を奪っても人間が使うことは難しいが、逆は別だ。

「魔族陣地がある森を砲で狙うのは、目をつむって撃つようなもんですしね」

基地の大型砲ならば森まで砲弾は届くが、広大な森の中に潜んでいる目視も出来ない陣地に当たる訳も無く、そんな火薬と弾の無駄を出来る状況では無い。

「そう。だから、それは勇者と随伴の精兵三十に任せることになる」

思わずうすら寒くなることをテルプシラは言った。この時代に。三十一の兵隊で陣地を落としてもらうのが頼みの綱だと。

ただ。それよりも次に響く副官の言葉が真実カリアの背筋を真に凍らせる。

「アレクサンドル特務千剣長の仕事が間に合えば――」

「…………！」

司令官は手を横に振った。

「やめろ。勇者が来てくれている時点で僥倖《ぎょうこう》というものだ。そもそも魔導書は使用含め、判断は魔導司書の権限だ。忘れてくれ。……ただ作業自体は続けて頼む」

「――――はい」

声が硬くなっていることを自覚して、カリアは退出した。


(う～間に合う……？　間に合わなきゃ仕方ない、でも間に合わせれば……)

歩きながら、カリアの脳内で相反する思考がぐるぐると回る。

無駄に修めた士官課程の知識が、現状の基地が迎えた危機をカリアに理解させる。

事実を言えば、今彼女が手がけている本の修復が完成した時、具体的にどうなるかを知っている者はこの世界に一人もいない。ただ魔導書の発見者であり計画発案者である皇女と、補修し、解読を進めている本人だけが、朧気《おぼろげ》ながらその効果を摑《つか》んでいる。摑めてきている。

たったそれだけで、カリアは魔導書を心底恐れていた。

(くそぉ、恨むからねクレオ……)

修復を放り投げてしまえば、という選択肢が全く考慮にも入らないのが彼女であった。

何故《なぜ》なら。図書修復は、図書館司書の基本業務のひとつだ。

図書館に行き着く。自分の居場所に帰ってきた安堵《あんど》と、作業の憂鬱《ゆううつ》が同時にのし掛かる。

「カリアさん、顔色が悪いですよ～。コーヒー、飲まれます？」

出迎えるエルトラスが、ぐでっと座り込んだカリアにマグカップを持って来る。

「ありがと、エル。数日、司書準備室に籠《こ》もるから。悪いんだけど、来館者対応よろしくね」

「は、はい。その、カリアさん……大丈夫、ですか？」

カップを受け取って頷《うなず》き、カリアは司書準備室に『勇者お断り』の紙を貼って作業に入る。

◇

戦闘は、それから三日後の白昼に始まった。

「――――十剣長」「ああ」

長く掘られた三重の塹壕《ざんごう》から、三キル彼方《かなた》の森を睨《にら》むサルッキが、硬い声で応答する。

ざわ、と。そこから人間の軍隊にはあり得ない多様な影が湧いてくる。

小鬼《ゴブリン》、人狗《コボルト》、緑大毛《オーク》。蛇人《ナーガ》、大猿人《ハヌーン》、岩吐き獣《ロックボミット》。

その数は確実に千を超えている。サルッキが叫んだ。

「敵襲だ！　伝令走れ！　本チャンだぞ!!」

「くっそ、帰ったら『ラ・パン二世』読んじまおうと思ってたのによ」

「それ次の予約俺。死んだら兵舎から持ってくからな……死ぬなよ」

「お前もな。死んだら可哀相《かわいそう》だから墓でネタバレしてやる」

「死ね！」

速攻で前言を翻《ひるがえ》し、彼は仲間たちと小銃を構える。

ペルタ四十式の最大射程は千メル。だが実質的な殺傷有効射程は六百メル。中級以上の魔族に対する有効打撃射程——一射ではまず殺せない——としては、更に近付いて四百メルだ。

「来い……来いよこの野郎ども。俺たちは逃げねえからよ」

だからサルッキたち、塹壕《ざんごう》に籠《こ》もる歩兵は、最低でもまぐれ当たりで低級魔族を殺せる七百メルまで待つ。ひたすらに待つ。至近に炸裂《さくれつ》する蛇人《ナーガ》の大型矢や、音速に近い速度で吹き飛んでくる飛礫《つぶて》に頬を裂かれながら。

九百メル。

基地外壁から支援の榴弾《りゅうだん》砲撃が魔王軍に炸裂する。幾らかが吹き飛ぶが、足は止まらない。

「よし。俺らで可能な限り削るぞ。ここが抜かれても、基地で跳ね返しゃあこっちの勝ちだ」

塹壕陣地を捨てて基地で防衛するとはいっても、丸々素通りさせるという選択肢は無い。ここで多少なり魔王軍に出血と遅滞を強いねばならない。

百剣隊のいくつかは、侵攻があった場合、その役目を負うために塹壕を輪番で守っており。

八百メル。

そして第一～五番百剣隊の今この時、サルッキもいる時にそれが来た。

それだけのことだった。

七百メル。

「撃て!!」

◇

一斉射が轟《とどろ》く。アリオスはこの時、既に風断ちの森にいた。基地から地下道で出て、平原を大きく西側——海の断崖《だんがい》方向から回り込み、森に入っている。そんな隠密《おんみつ》行動が可能な理由は、基地内奥に備え付けられた、外部に通じる隠し通路と、

「始まってしまったか。急ぎましょう」

数だ。彼に付き従う精兵三十が頷《うなず》く。装備は小銃、長剣。そして勇者と同様の軽鎧《けいがい》だ。

「勇者殿、装備の交換を」

兵の声に頷いて着替え作業をしながら、アリオスは彼等に言う。

「僕たちの仕事は魔王軍の陣地を発見し、指揮を執る魔王軍幹部を撃破することです」

彼等はこの時代において、今や少なくなった剣術技能を持つ者たちだ。森林などにおける遭遇戦では、時に剣の有効性は銃を上回る。軽鎧も、低級魔族の爪や牙《きば》への防御には役に立つ。

無論、彼等は勇者のように馬鹿げた速度と力を出すことは出来ない。それでも、熟練者の剣の一撃は、まともに決まりさえすれば殺傷力という一点において銃弾に引けを取らない。

これまでの斥候《せっこう》が目撃した森の魔王軍兵から、陣地の大枠の位置は出ているが、

「ケッコ範囲広いですね……」兵の一人が顔をしかめる。

「進軍跡か哨戒《しょうかい》跡を見つけてそれを辿《たど》ります。森の中とはいえ複数種族が多数通行した跡を、数か月にわたって隠すことは不可能ですから」

身を潜めながら進む。今は数千の兵が出て行った直後だ。

「勇者殿」

先行していた帝国兵が戻ってくる。

「数十メル先に蛇人《ナーガ》の集団が動いた跡があります。それを辿れば」

一団は進み、ほどなく蛇体が蠢《うごめ》いた跡を確認する。

「百剣隊規模ですね。森の中央部に向かう方へ」

――そう言って進むアリオスたちは知らない。

人狗《コボルト》部隊の夜襲によりアリオスが出た戦いで、魔王軍元指揮官のグテンヴェルは勇者が戦場にいることを知り、指揮権を譲る直前にその対策を講じていたということを。

彼等の進む先には、グテンヴェルが最後に考案した勇者対策の罠、蛇人であれば木々を登って上方へと移ることが出来る、大木を組み合わせた隘路《あいろ》が存在することを。

枝の間から彼等を狙う数多くの大弓と、幹部の人狼《ウェアルフ》ヴァイトーンの爪牙《そうが》が存在することを。

「狙え」

弦が軋《きし》む音がする。殺気にアリオスが空を仰ぐ。

「撃て」

◇

人間同士の戦争では、千の攻め手を塹壕《ざんごう》で守る百が撃破することも珍しくは無い。しかし、

「退却！　退却だっ！」

第一番百剣隊長が叫ぶ。柵《さく》と鉄条網は突破され、塹壕は二列目途中まで攻略され、負傷率は三割を超え、第二と三の百剣長が戦死している。

「これ以上は殲滅《せんめつ》されるだけだ！　基地まで退《ひ》く！」

中級魔族は散兵で動く。更に急所を外した場合多くはそのまま戦闘行動を続ける――ひどい場合は外皮や外殻で弾《はじ》かれる――上、銃弾を『見て』防ぐ者すらいる。基地からの砲撃があっても、塹壕と小銃兵で押し止《とど》めることは限界があった。

「俺らが殿《しんがり》をやる！　さっさと人員まとめて退け！　代わりに入る！」

第二列を守る十剣長――サルッキが叫ぶ。あらかじめ決められていたことだった。

「――すまん！」

戦友の声を背に受けながら、サルッキは、塹壕を飛び越え、中からも迫る魔王軍を見る。

「――ケッ、あの本、結局次の順番は回ってこなかったな！」

思い出すのはしばらく前、本の延滞でやりあった司書のことだ。あの後、サルッキは自分が延滞していた本を借り、読んでいる兵隊を見たことがある。

めちゃくちゃにハマっていたようであった。名前も知らない彼の笑顔を、今も覚えている。

「だからまあ、あんま気にすんなよ司書さんよ。他の本借りて読んでたしな」

サルッキはペルタ四十式を再び撃ち放つ。ボルトを操作し、もう一発。蜥蜴人《リザードマン》が倒れる。

「あんたが来てから、結構悪くなかったからよ！」


ばらばら、と塹壕《ざんごう》から兵が退却して行く。数としてはおよそ四百強。

魔王軍は殿軍《でんぐん》を潰《つぶ》していく。一体の人狗《コボルト》が、魔王軍の中で唯一鹵獲《ろかく》した小銃を持つ男――今は一部隊の隊長を務めているグテンヴェルへ問う。

「追いますか」

「無理押しになるなら止《や》めておけ。ここは元々奴《やつ》らの陣地だ。すぐに砲撃も当てて来るぞ」

流石《さすが》に砲撃をまともに受ければ中級の魔族といえど吹き飛ぶ。

「人間の退却が済むまでは砲撃も来ない。塹壕内の退避壕で態勢を整える。急げ」

彼はヴァイトーンに前線攻略を命じられ、その指揮を執っていたのであった。

「掃討、完了した」

しばしの後。報告に頷《うなず》きつつ、塹壕内に降りて殿軍として死亡した帝国兵たちの骸《むくろ》を見る。

――その兵が、サルッキという名であることを、無論グテンヴェルは知る由《よし》も無い。

（結構な士気の高さだ。死ぬと分かっていたろうにこいつらは退《ひ》きもしなかった）

人間からは魔族、と一括《ひとくく》りにされてはいるが、現実の魔王軍は多くの諸族が寄り集まった集団だ。生態に寿命、生活様式もそれぞれ異なる。

（それを強引にひとつの集団としてまとめている訳だからな）

故《ゆえ》に士気は常にバラつく。素行不良、逃亡、命令・軍規違反など日常茶飯事だ。

グテンヴェルとしては自分の配下を長いこと率いて、過去の戦場で勝利を繰り返しようやっと言うことを聞くようになってきた、という立場なのであった。

（その努力が指揮系統の入れ替えでパアとはな。やれやれ……ん）

死んだ帝国兵――サルッキのズボン、後ろポケットからはみ出ていた物が目に入る。それは、

「これは……本か？　こんな小さな」

ぱらら、と彼はページをめくる。彼は役割上人類側の言葉も修得している。だが、彼にとってその本の中身は理解の及ばぬものだった。

「荒唐無稽《こうとうむけい》な……作りごとか。くだらん」

本を放り投げる。それは帝国基地図書館の本であり、カリアが見れば目を剝《む》く行いだ。

「分からんな。技術書や事務上のものならばともかく、こんなものをわざわざ」

――魔国には『物語を綴《つづ》った本』というものが存在しない。架空の物語そのものに価値を見出《みいだ》していない国家文化だ。

轟音《ごうおん》と振動が響く。塹壕へ砲撃が加えられ始めたのだ。ほどなく的中させてくることを思え

ば、塹壕《ざんごう》内にいたところで安心してはいられない。

「総員、攻撃準備完了しました」

「よし。後は帝国基地を墜《お》とすのみだ。平地の平城、臆《おく》することは無い。三方から攻め寄せれば砲数など五に届かぬ。各々《おのおの》筒先を良く見て進め。人間どもに魔族の力を知らしめよ！」

おおおおお、と鬨《とき》の声が上がり、魔族兵が次々と塹壕から飛び出ていく。多少損耗しても三千近くの兵、その大半が人間の走力を遙《はる》か超える速度で北と東西、三方から基地へと迫る。

◇

基地周辺の即席バリケード、外壁上と基地内から銃弾と砲撃の雨が放たれる。

帝国側の戦闘可能な戦闘員は退却してきた兵含めて残り二千。

北面千に砲三台、東西には五百と砲二台ずつが振り分けられている。その集中した火力を浴びせれば、魔王軍主力である中級魔族も血を噴き、砲撃に吹き飛ばされていく——が、

（足りん……か！）

帝国軍の指揮を執るテルプシラは、正面、北側門にて厳しい顔で魔王軍の攻勢を眺める。

数の上では七対十。人間相手ならばまず余裕で守り通せるが、魔族相手にはまるで火力が足りていない。中には小銃を全く意に介さない粘体命種《スライム》もいる。

「擲弾《てきだん》（手投げ弾）兵は粘体命を狙え！　壁に取り付かれる前に叩《たた》き込め！」

魔族はその身体能力、手にした武器の破壊力でもって基地の外壁すら削っていく。岩吐き獣《ロックボミット》がその巨大な口から吐き飛ばす岩塊もまた、強力な投射攻撃だ。

（攻城兵器も無しにコレか。――まあ、魔族の使う古典的なものならば、砲や手投げ弾で吹き飛ばせるが）

外壁の登攀《とうはん》ひとつとっても、道具無しで人間よりも格段に速い。先ほども一体、地上の兵たちを飛び越えて外壁に上がって来た大猿人《ハヌーン》を危うく叩き落としたばかりだ。

（長くは保《も》たんな。せめて二、三日は保たせたいが）

冷徹に彼女は思う。自軍の失策も、敵方の奇策も何も無く、ただただ単純に順当に、兵力差で押し負ける。魔王軍へ出血を強いて撤退させるという勝利条件が、遙か遠い。

（基地内建造物での籠城《ろうじょう》も視野に入れるべきか。最奥《さいおう》の工場と弾薬庫を城に――）

最早《もはや》、帝国軍としては風断ちの森に潜んでいるはずの勇者頼りだ。

「人間どもよ！」

怒号と銃声砲声がさんざめく戦場を圧する、連合国語の大音声《だいおんじょう》が響き渡った。

声の主は人では無い。狼の遠吠《とおぼ》えにも似て、しかしそれに勝る圧倒的な獣性。人狼族《ウエアルフ》の肉体形質が成せる業《わざ》だ。人間魔族問わず、視線が引き寄せられる。そういう力がある声だった。

その先。平原に立つ姿がある。三メル近い体躯《たいく》の人狼が数十体の蛇人《ナーガ》を従えている。

掲げたその手が持つ物に、テルプシラの目が見開かれた。

「…………………！」

今は使う者もほとんどいない、人間用の軽鎧《けいがい》、そして特徴的な外套《がいとう》。

「頼りの勇者は斃《たお》れたぞ、人間ども！　貴様らの負けだ！」

「「「「#＄%オオオ&＝）（、&アアアア%&、（?、＄%!!」」」」

魔族たちの雄叫《おたけ》びが轟《とどろ》いた。多種族が同時に上げる、音として摑《つか》めない混沌《こんとん》の叫び。

「お、おい、嘘《うそ》だろ」「勇者殿が？」「うろたえ……おい、射撃止めるな！」

反対に帝国軍側は動揺の一途だ。士気が揺らいでいく様がテルプシラには肌で感じられる。

「これは……外壁は保《も》たんか」

彼女は一縷《いちる》の望みをかけて背後――基地内の図書館を眺め、軽く首を横に振って向き直る。

「火力を集めよ！　門を抜かれた際は工場で籠城《ろうじょう》を行う！」

◇

「東西門など捨て置け！　最早《もはや》磨《す》り潰《つぶ》すのみだ！」

戦場を貫通するヴァイトーンの命に従い、魔族の兵が北門へと集中していく。それに慌てて人間たちも対応し、兵が動いていく。

「ちっ……敵の火力が集中すれば被害が増えるぞ。このままでも勝てようものを」

グテンヴェルが顔をしかめつつ、やってきた魔族兵へ指示を飛ばす。命令は命令だ。

魔王軍の攻撃は門に届くものも少なくない。ほどなく門は抜ける。その次は基地内の制圧だ。彼は今自身がいる場所――北門周辺を見回す。

（敵火力が集まればここは危険か。なら思い切って前に出て、先頭指揮として基地に入り込んだ方が安全かもしれんな）

破砕音が響く。北門が傾《かし》ぎ始めている。覚悟を決めて、元指揮官は足を踏み出した。

◇

カリアが顔を上げる。眼鏡の上から更に着けていた拡大モノクルを外す。

「ふぅう…………なん、とか。何とか、仕上がったか……」

手の中には分厚い一冊の本。最初は破れ、劣化、ページや表紙の外れが満載だった図書は、今や新品――とは言わずとも、万全の状態を維持しているように見える。

外見上だけのことでは無い。人類のほとんどから失われた魔力。それを感じられる者には、今この本は稼働する機械のように見えている。

「……お疲れ。元気になったな」

慈《いつく》しむように、彼女は表紙の革を撫《な》でる。

「とりあえず報告を――」本を布で包んで、立ち上がろうとした時だ。

「カリアさんッ!?」

どがん、と。平常時ならば論外の勢いと音を立て、司書準備室の戸が叩《たた》き開けられた。

「え――――エル!? びっくりした。どしたの？ そんな勢いこんで」

数日没頭していた頭は、まだ生活状態まで戻っていない。カリアは首を傾《かし》げて問う。

「ど、どうしたじゃないですっ！ 気付いてなかったんですか!? 敵襲ですよ!!」

「は!?」

共に図書館を出た途端、喧騒《けんそう》に襲われた。

「んなっ……！ 戦闘!? マジのか！」

兵士の叫び、銃声、そして砲声。扉の向こうから聞こえる獣《けもの》の声。

到着直後、一度でも戦場を見ていたことが幸いした。彼女はぱしんと頰を叩き、正門――北側を見る。外壁に兵が上がり、盛んに砲火を発している。おまけに、門には繰り返し衝撃。

「攻め込まれてるんですよお！ 既に塹壕《ざんごう》は突破されて、門に取りつかれてます！」

エルトラスの報告にカリアの背筋が凍る。半泣きでエルトラスは続けた。

「い、今は外壁から基地内工場に撤退、籠城《ろうじょう》する命令が出てますっ。でもカリアさんがどこにもいないから、私もしかしたらって……！」

「な、る、ほど。状況は理解したわ。ありがとエル。と、なると」

カリアは南を見る。山肌を登る道がある。工場は、図書館からはそこそこ距離がある。

「――あっちだ。エルは戻って……いや、今更危険か。ついてきて！」

「え？　えぇぇぇ!?」

困惑するエルトラスを伴い、数分を使って舗装路を登り、戦場を眼下に納める。

その光景に息を呑《の》む。二千を優に超える魔王軍が、基地北側に群がっている。

「こ、こんな、に……！」

エルトラスの呆然《ぼうぜん》とした呟《つぶや》きは、カリアも同様の想いだ。詰まるところは、基地陥落寸前。

カリアは手に持ったモノを見る。布に包んだ、先ほど生き返ったばかりの。

（マジか……くそ、マジなの!?　こんなぶっつけで？）

逡巡《しゅんじゅん》を戦況は待たない。視界に小さく見える北門が破れ、倒れる。

帝国兵たちが基地内での籠城のため外壁から降りてくる。

魔族の大部分は基地の外だが、これ以上入り込めば魔導書は使えない。帝国兵を巻き込む。

（くそ、くそ、くそ……！　でもこれ以上遅れたら、あいつらも……）

図書館の常連たちや、図書係の顔が浮かぶ。

「……いっ、嫌、このままじゃ、み、みんな、死んじゃうっ！　殺されちゃう」

代弁するような、エルトラスの恐慌。それが、最後の踏ん切りだった。

「クソ、が……っ！　今しか無いのか！」

カリアは布を剝《む》く。現れる先ほど修復したばかりの本――否、魔導書を手に持つ。

「か、カリアさん？　何を――」

「ひ――『**開け。群青**《ぐんじょう》**の空よ**』」

問いかけには答えず、帝国古語――修復の過程で解読した起動文を、震える唇で唱える。

――人類のほとんどから、魔力は失われた。例外は勇者と、一部貴族の血筋のみだ。

後者のそれは、カリアにも宿るそれは。勇者とは比較にならないほど小さい。

『**空の真なるは闇**《やみ》**。偽**《いつわ》**りの蒼空**《そうくう》**と安寧を暴け**』

外界にも影響せず、魔族のように身体形質に影響を与えるほどですら無い、ささやかなものだ。魔力を感じ取り、その蠢《うごめ》きを読み取って導く。その程度のもの。

『**されど暗闇の中で奔**《はし》**れ迅光**《じんこう》**。世を切り裂き砕く光は闇から生ず**』

魔導書――古《いにしえ》の文字で『天雷の顕現』と題されたその本が、綴じ直された背を、修復された頁を、補筆され魔力の流れを取り戻した文章を光らせる。貼り直された箇所から僅《わず》かに魔力を漏《も》らしながらも、魔導書それ自体が持つ魔力が励起していく。

『**撃て。迸**《ほとばし》**り穿**《うが》**て。弾**《はじ》**けて焦がせ。この世全て、罪業暴かれ裁きを待ちし罪人なれば**』

カリアの役割。破損した旧時代の兵器・魔導書を修復し、解読し、起動する特殊士官。

帝国第十一前線基地図書館、魔導司書。

(クソッタレが、クソッタレが、クソッタレが……！)

心の中で繰り返し毒づいて、彼女は起動文の詠唱を終える。

『**――轟鳴**《ごうめい》**により灰燼**《かいじん》**と化せ！**』

瞬間、繋《つな》がった。カリアの意識が魔導書と同調、拡大され、戦場の全てを俯瞰《ふかん》する。

（これ――――は――――）

人の全て。魔族の全て。動物、地虫に至るまで。この基地周辺にいる全ての者の顔が見えている。倒れている帝国兵の顔見知りが分かった。ごく少数の魔族が基地内に入り、図書館へ侵入する様子も見えた。

明らかに人間の知覚ではあり得ぬものだ。彼女は天上に座す何者かの如《ごと》く、選ぶ。

裁かれる者を。

戦場自体を照らす光が本から発せられる。基地のぎりぎり北側、大量に群がる魔族兵。

『其《そ》の名は天雷！　闇出《やみい》ずる光！』

魔力が『天雷の顕現』を弾《はじ》けさせながら鳴動する。それは一瞬で戦場の空を覆う。

両軍一様に空を見た。晴天が、引き裂かれ、空間の裂け目から闇が見え、闇から光が覗《のぞ》く。裁くように。見上げる者たちの一方――魔王軍だけに、光が墜《お》ちた。

幹が数メルはある、光の大木の如き雷。それが幾百本も、基地敷地《しきち》の僅《わず》か北側一キル範囲ほどへ繰り返し、繰り返し叩《たた》き付けられる。

基地前に転がる、山裾の名残である岩石があっという間に微塵《みじん》に砕かれ平地と化す。

今は基地内で外壁に遮られる帝国兵ですら、一時的に目も耳も利かなくなるほどの音と光。

銃弾にも耐える外皮や体毛、筋肉で覆われた多様な魔族兵。それを、一切合切《いっさいがっさい》の区別無く、天の雷が骨まで灼《や》いていく。

粘体命《スライム》が熱によって一瞬で蒸発し、岩吐き獣《ロックボミット》の硬質外皮が衝撃で微塵に砕け、立ったまま骨まで炭と化した大猿人《ハヌーン》が容赦無く続いた二発目で影も残さず散り消える。

嘆きの声も、断末魔の叫びも、光と轟音《ごうおん》でかき消される。何ひとつ、遺《のこ》すことは許されない。

三千近い魔族が。光の柱によって無慈悲にこの世から消えていく。

雷は夥《おびただ》しい死に一切の興味を向けること無く、ただひたすらに大地を撃つ。

カリアの隣で。エルトラスはその光景──まさしく、光──に愕然《がくぜん》とする。

「え、あ、な、……こ、これ、カリアさん、が？　ッ！」

畏怖《いふ》に震えるまま、振り向いた視線の先で。エルトラスは上司の姿に戦慄《せんりつ》する。

「あ、が……あああああ、は──あ、あ──────！」

カリアは。空いた片手で頭を押さえ、目を見開いて口を開き、呻《うめ》いている。

「げ……げぶっ！　ごぽっ」

がくりと膝を折り、岩肌へと嘔吐《おうと》する。炭化するヒトガタが脳裏に焼き付いている。

「か、カリアさんっ！　大丈夫、大丈夫ですかッ!?」

慌てて駆け寄るエルトラスには知る由《よし》も無い。カリアの拡大された知覚は、消えていく者たちをも捉《とら》え続けているということなどは。魔物たちが砕け、燃え尽きるその様子までも。

涙を垂れ流し見開かれたままのカリアの眼球が、ぎょろぎょろと視線を走らせている。

「カリアさん！　しっかりしてください、カリアさん………ッ！」

◇

戦慄《せんりつ》は魔王軍幹部、ヴァイトーンも同じだ。今まさに完全勝利を手にしようとしていた彼の軍が、目前の範囲へと降り注ぐ雷光で一網打尽にされてしまっていた。

「な──何が──」

「ヴァイトーン様！　は、背後に……速っ、ぐげぇぁ」

背後で自分を呼ぶ声が潰《つぶ》れて、彼は首を巡らせた。そこには、負傷してはいるものの、

「戦場で棒立ちとは、余裕ですね」

距離を潰された弓兵、蛇人《ナーガ》隊を文字通りに引き裂きながら、森から迅雷《じんらい》の如《ごと》く迫る、軽鎧《けいがい》の人間。援護射撃する帝国兵たち。

自らを援護する弾丸そのものの如きその速度。通常の人間ではあり得ぬ疾駆《しっく》。それは。

「勇……者！　馬鹿な、確かに」

ヴァイトーンは信じられぬというように己の爪で切り裂きぶら下げた軽鎧と外套《がいとう》を見る。

「影武者って知ってますか？」

ヴァイトーンは絶句する。勇者率いる三十名は半数が逃れたが、勇者と目される存在は仕留めたため放置し主戦場に来た。別種族の顔立ちの差異など、細かく識別できる魔族は稀《まれ》だ。

「流石《さすが》に僕も上と先手取られた上に貴方《あなた》相手だと勝てそうに無いので。一旦隠れさせてもらいました。馬鹿みたいに平地に出て来るまで」

己が武勇を誇り、戦場にて存在と戦果を主張することが常である魔王軍の将官からすれば、

「そ……装備を、取り替えていた!?　馬鹿な、そんな、ッ名誉も誇りも無いやり方……！」

「は？　何ですかそれ。犬にでも喰《く》わせ――ああ、犬でしたね貴方」

せせら嗤《わら》うような挑発。狼の脳に血が上り、その爪を振りかぶる。

「ガァアアアアアッ！」

がぎんっ――。激昂《げきこう》の爪をやすやすと斬り払って、勇者アリオスは返しの刃を毛皮に埋める。血飛沫《ちしぶき》を浴びながら、人間の最強存在は上級魔族を上回る速度と悪辣《あくらつ》さで兇悪《きょうあく》に嗤った。

「じゃあ、僕に代わって犠牲《ぎせい》になってくれた兵の仇《かたき》です――死んで下さいね」

その戦いを横目で眺めながら、森へと退《ひ》いていく一団がある。グテンヴェル率いる二百だ。

(――およそ三千もの兵が壊滅……いや殲滅《せんめつ》か？　なんということだ)

軍において、組織だって戦うためのバランスを欠くほどの損害を全滅。兵数の五割損失を壊滅と呼ぶ。今の状態はそれ以上だ。敗北どころでは無い。

（本陣に残っている守備・輜重《しちょう》の兵を加えても、再編成は困難か。おのれ、あの女……！）

――僅《わず》か数分前、空間すら震える雷鳴を、基地の中からグテンヴェルは見ていた。いち早く基地内へと入り込んでいたため、彼と直属の魔族兵は命拾いしていた。

魔族の頑健さも全く意に介すること無く滅ぼす魔の威。

（まるで『魔法』ではないか……！　今や魔王様以外には失われた力！）

基地内で見た、本が満載された異様な建物のことなど、今の彼の頭からは吹き飛んでいた。

――彼は雷が発生する一瞬前。光が飛来した方向――南側、山肌に顔を向けた。

そこには、二つの人影がある。軍服にエプロンを着けた帝国将校と、衛生部隊らしき兵。

帝国将校の方もまた、彼を見ていた。互いに認識したという確信があった。

（奴《やつ》か……？　奴が、やったのか？　『魔法』を、人間が？）

グテンヴェルの戦慄《せんりつ》を含んだ疑念。詳細は分からない。しかし、帝国軍の新兵器か何かであるのは明白だった。基地内には一切の被害が無かったのだから。

（そうして私は、帝国兵の驚愕《きょうがく》と光と音に紛れ、基地内部から包囲される前に退却してきた）

平原を走りながら考える彼に、元副官である人狗《コボルト》が問う。

「よ、良いのですか、ヴァイトーン殿に加勢せず」

「今の士気が崩壊した我々の部隊で勇者相手に何が出来る。基地からの追撃で全滅だ。――ヴァイトーン殿が誉《ほま》れある殿軍《でんぐん》を担《にな》っていただいている内に退《ひ》く」

建前じみた冷徹な答えに、しかし魔族兵たちは互いの顔を見合わせ、そのまま付いてくる。

──既に、置き去ったヴァイトーンはその部隊ごと勇者アリオスに斬り刻まれていた。

（私の情報を使ってなお、影武者如《ごと》きも見抜けず、のこのこと勇者を取り逃がしてあの様だ。奴では無用の死者が増えるのみだ）

グテンヴェルは思う。帝国第十一前線基地を制圧すれば、その向こう、ガルンタイ山脈を越えて帝国中央部だ。連合の主要国である帝国を落とせば、

（敵味方、最も死者が少なく戦争が終わる……一年かけてその目前だったというのに）

ぎり、と彼は奥歯を軋《きし》らせる。また最初から、この戦場のやり直しであった。

◇

数時間の後、基地は快哉《かいさい》に包まれていた。

敵兵の八割を吹き飛ばした戦果。さらに、敵幹部を勇者が仕留めて帰還した。

経緯を無視し、結果だけを見るならば──完勝である。

「すげえ……あれって秘密兵器かよ！」「あんなん無敵じゃねえか！」「勇者万歳！」

（やってくれたか……む）

テルプシラは歓声の中、それから逃れるようによろめいて物陰へと行くカリアを見る。

その足取り。彼女はそれを見ない振りをした。帝国軍の損害も馬鹿には出来ぬレベルだ。確

認に移らねばならない。

そのカリアは——重い足取りで図書館裏に辿《たど》り着いた。遠ざかる歓声を聞きながら、その背を図書館の壁に預ける。エルトラスは負傷者の救援に向かわせたので、今はひとりだ。ずるずると、その腰を地面に下ろした。

勝利は、祝うべきことだろう。魔導司書として求められた役割は果たした。兵たちも、幾らかは助けられただろう。それは本当に、心から嬉しい。

「はいはい、めでたいめでたい。良かったね～……」

彼女はやり遂げたのだ。

「——クソが」

だから、心が言葉になって漏《も》れた。

「……クソが……知ったことか。そんなモン」

いつものさばけた体裁も、保つことは不可能だった。だからここに隠れたのだ。

彼女の手には一冊の本がある。一時間前には、万全に修繕されていた図書。『天雷の顕現』という題名の、魔導書だった本。

今は白い表紙も傷付き、あちこちが焦げ、内部もまた無数に破れ傷んでいる。

現代の手法で完全な修復は不可能だった。ただ一度の使用で、本は再び機能を失っていた。

「ふざけんな。ふざけんな。ふざけんな……！　本を壊す司書なんぞどこにいるかよ……！」

胸に抱き締める。歯を食い縛る。紅潮した頬に涙が伝う。

今はもう、魔導書を使った際の異常知覚——全能にも似たおぞましい感覚は無い。だが、記憶は鮮明に残っている。

「クソッタレが！　何が魔導司書だそんな称号誰がいるか！　ふざけやがって……！　本ぶっ壊した挙げ句に何千殺した？　くそ、くそ、くそ……！」

帝国皇女も。基地の司令も。半信半疑の帝国軍部も。誰もが彼女にその役割を期待した。本来の司書としての役割は二の次と思いながら。

（あたしは！　あたしはっ……！）

だけどそれが、必要とされていなかったそれこそが、彼女の。

「クソっ……！」

がっ、と壁を拳底が打つ。ごっごっ、と繰り返し叩《たた》き付ける。コンクリートの粗い表面が手を傷付けるが、打ちつける手は止まらずに——

ぱしり。と。幾度目かも分からぬ拳が宙で止まった。人に、受け止められていた。

「！」

見られた。カリアは慌てて取り繕う言葉と態度を考える。

「大丈夫ですよ。誤魔化《ごまか》さなくても」

返ってきたのは、嫌味なほど落ち着いた、聞き慣れた声。

アリオスだった。嘆息して、慣れた手つきでハンカチを彼女の手に巻き付ける。

「あんた、何で……てかそっちも怪我《けが》してるし」

「貴女《あなた》が悲しんでいると思いまして」

「っ」

カリアの息が止まる。彼は横に立って、背を壁にもたれる。破損した魔導書を一瞥《いちべつ》した。

「すいません。貴女に望まない真似《まね》をさせました」

「な――――」

「貴女がその本を毎日手入れしていた時の顔を、僕は知っています」

彼が司書準備室に入り浸っていた時、その視線は魔導書だけに向けられていた訳ではない。

「それなのに、またそんな風にさせてしまった。――貴女は――ほんとうに、書を司る仕事にふさわしい人なんでしょう。魔導司書とやらなどよりは、よほど」

そんなことを言うアリオスにいつもの微笑《ほほえ》みは無い。横に立ったまま、続ける。

「僕が手間取った。貴女が望まぬ仕事をするハメになったのは、僕のせいです」

ただ、この基地で。恐らく唯一、彼女の思いを理解しているのは。

「それを謝りたかったんです。すぐにまた、別の戦地に行くことになりますから」

彼女は、返事を返せない。また新たな地で、剣を振るうであろう彼に対して。

基地から「勇者殿ー」と彼を呼ぶ声がする。

「じゃ、行きます」

あっさりと、先ほどまでの言葉が嘘《うそ》のように彼は去ってしまう。

「……あ……………………」

返事をし損ねる。カリアは眼鏡を外して膝に顔をうずめて、鼻をすする。

(——あんな本の読み方する奴《やつ》に慰められるとか……屈辱《くつじょく》)


しばらく気分を落ち着けて、戦闘の後処理をする兵たちに目を向けてから、カリアは夜の図書館前に立つ。報告その他諸々《もろもろ》は明日に回してもらった。それよりも、

(魔王軍……図書館に入ってった奴らいたもんね。あの、眼鏡かけた魔族も)

燃やされたりしなかったのは幸いだが、内部が荒らされている可能性は大いにあった。

「魔導書はあたしが持ってたから稀覯本《きこうぼん》とかは無いけれど……ぶっ壊されてたら再開館にどんくらいかかるかなあ」

暗澹《あんたん》たる予想に顔をしかめつつ、図書館司書は扉を開け、覚悟を決めて照明を点《つ》ける。

「……………おや?」

そこには。いくらかの土に汚れた足跡以外は、彼女が出て行った時のままの図書館があった。

「え、なんで?」

帝国の出であるカリアには、魔王軍における書物の価値など知りようが無い。

この場に入ったグテンヴェルが、大量に納められた多種多様な図書という、自国ではあり得ぬ異様さに興味を持ち、とりあえず保存を選んだという経緯も、知る由《よし》は無い。

「これ……なんだ？　落書き？」

彼女の目に、閲覧机に書き殴られた文字が映る。

「ええと、標準魔国語……『ここは何だ？』……魔族が書いたの、これ？」

どっ、と安堵《あんど》に肩の力を抜く。彼女にとって理由はどうでもよかった。ただこの場所が無事であったことが嬉しかった。

（魔導司書なんて仕事には、文句が山ほどあるけども——）

魔導書による拡大知覚の中で、サルッキ十剣長をはじめ、斃《たお》れた幾人もの顔見知りを見ていた。彼等は、もう戻ってこない。図書館で本を借りることも無い。

けれど。生き残った帝国兵は、明日も図書館に来るのだろう。エルトラスも、常連たちも。

顔を上げる。

「明日も頑張りますかね」

とりあえず、掃除しよう。

二章　流行りの本は隠れて読んでろ

「魔王雷という『魔法』のことは御存知？」

皇女クレーオスターの質問に、カリアは髪を結い上げられる感覚を我慢しつつ答える。

「顔の皮膚引っ張られそ……そりゃ知ってますよ、士官課程の1コマ、丸々それだし」

「貴族用課程だとサボる子多過ぎでして、知らないお馬鹿さんもいますわよ。では、どうぞ？」

宝玉の如《ごと》き瞳で試験官じみて促すクレーオスターに、カリアは侍女から化粧を施《ほどこ》されつつ嘆息する。

「魔王軍の長である魔王が、ざっくり三か月に一度、人類側のどっかに撃ち込んでくる『魔法』。もはやこの世界でただ一個体しか使うことが出来ない、失われた力。数百キル彼方《かなた》にある魔都から、はるばるそれはすっ飛んでくる。空を引き裂いて、放たれれば音よりも速く。着弾すれば、範囲数キルを灰燼《かいじん》に変える破滅の象徴……言っといてなんですがクソ過ぎるなこれ」

苦虫を嚙《か》み潰《つぶ》したような顔になるカリアに、クレーオスターは渋面。

「満点……と言いたいところですが、淑女《しゅくじょ》のする表現ではありませんわよ減点。

──さて、戦争初期には魔王雷で幾つもの大部隊や街が消し飛びました。魔族の単純な強さ以上に人間たちを追い込んでいるのは、この絶望的で一方的な攻撃に他なりませんの」

化粧が終わったカリアは侍女に立たされて、今度は衣装だ。

「しかしよく考えたら、そんなモンあってよく連合国の各首都ってまだ残ってますよね」

「いいえ、初手で一番歴史が古い王国の都が狙われたのですわ。しかし王都では当時、既に忘れ去られた『魔の礎石』がまだ生きておりまして。それが結界効果を発揮して、どうにか壊滅だけは防がれましたの。これで魔王は大都市には効果が薄いと考え、展開する部隊や基地、町々に狙いを切り替えた──と推測されていますわね」

「秘奥の国宝であるそれを王国が解放して、何度か各地に魔王雷ぶち込まれながら、連合の魔導研究者総出で解明して作ったのが『魔導具』ってわけですね」

こくり、とクレーオスターが頷《うなず》く。話題の前準備は出来たとばかりに。

「次の魔王雷は、第十一前線基地です。およそ二か月後、貴女《あなた》のいる場所に落ちます。ですが同時に魔導技師隊の派遣も決定していますわ」

常の丸眼鏡を外したカリアの三白眼《さんぱくがん》が痛恨に閉じる。

「魔導具研究の過程で可能になった魔王雷予報、ですか。魔導書のせいですかね、やっぱ」

「でしょうね。しかし貴女の魔導書発動が無ければ今頃基地は陥落です。気にせぬよう」

（無理言うよなあ）

彼女は現在、皇女付の侍女による夜会のドレスアップを受けている。彼女がまとうのをラックで待っているのは瀟洒《しょうしゃ》なドレスだ。無論、カリア自身の持ち物では無い。

「いやしかし、これ、なんとかならないんですか……ぐげ、ぐぎゅぅっ」

クレーオスターの方を向こうとした首を、無言でごきりと正面に戻され腰を締められる。

「だーめ。勲章授与なのだから少しはマシな格好をなさいな」

そう。ここは帝都、オリルダランの奏麗殿《そうれいでん》だ。

魔王軍幹部を含めた一軍を殲滅《せんめつ》。第十一前線基地による大戦果の中核を担《にな》った魔導司書――カリア＝アレクサンドル特務千剣長を、帝国は叙勲のため呼び寄せたのである。

移動表彰移動、の一週間ちょいで基地に戻る突貫スケジュールだ。

ドレスの着付けも終えれば、準備は完了だ。今のカリアはそばかすを隠し、目元を和《やわ》らげて見せる化粧が施《ほどこ》されている。髪は毛先を切り揃《そろ》えられ、丁寧に櫛《くし》と油を入れられている。その長身とスタイルも手伝い、舞台女優もかくやという存在に変貌《へんぼう》していた――が。

「――魔導書。あそこまでのもんなんて聞いてませんでしたよ」

あの日の一瞬を思い出せば、未《いま》だにカリアは総身に震えが走る。

「……………それは、そう。解読しない限りは誰も知りませんわよ。私もまさか、修復即使用即永久破損するなんて思いませんでしたが」

数秒の沈黙の後、紅茶を口に運びながらクレーオスターは答える。

「切羽詰《せっぱつ》まってたんです。あれは、軽々に『使う』ものじゃな――ぐえっ」侍女に姿勢を戻されて、カリアは表情を改める。「あのガチ振りからすると多分魔王軍、山ぁ狙ってますよ」

言外に含まれた意味は当然、ガルンタイ山脈越えだ。

「そうですわね。こちらの軍部よりも利口なようで」皇女はカップを置いて、友人へと頭を下げた。「魔導書の事も含め――苦労をかけましたわね、カリア」

皇族の謝意に、カリアもこれ以上言い募《つの》る事は出来ない。クレーオスターは軍部の人間では無い。国の作戦方針へ横槍《よこやり》は出せない。聡明さ故《ゆえ》に気付いてしまった自国の急所へ、大兵力を送る権限など無い彼女が可能な限り手を回した結果が、ひと月近く前のあの戦いだ。

(勇者と似たよーな扱いなんて重すぎるけど……頼られたのは嬉しくなくもないのが困る)

完成した頭をかこうとした手を侍女にがしりと止められつつ、そっぽを向いて話を変える。

「それに～。図書館運営始めたばっかなんですけど……手を付けてない書架もまだ」

あくまで本分は司書と自認する彼女だ。それだけは純粋に文句がある。

「あら、愛着を持っていただけたようで何よりですわ。紹介した者として嬉しい限り」

一転おほほと笑うクレーオスターを、カリアは嘆息しながら横目で見る。昔から、こういう人間なのだ。

(図抜けて優秀、人の感情や心理を完全に理解しながら、利用することに躊躇《ためら》いが無い)

同時、この上なく秩序と平和を重んじ、そして人類愛を有する。

ある意味で皇族としての素質を完璧に備えた人間と言えるだろう。

（こんな人に学生時代に気に入られたのが運の尽き……なんだろ〜な〜）

「貴女《あなた》ですわね。授業以外は図書館に籠《こ》もって、一日中読むか直すかしている風変わりな一年生というのは」

「――ご丁寧にどうも。そんなとち狂った女に何の用ですか、皇女殿下」

「とち……うっふふ。そうですわね」

五年前のあの日。一瞬目を丸くした彼女は、しかしそう言って楽しそうに笑った。

「とち狂ってお友達になりに来たんですのよ。貴女と」

半ば騙《だま》されて戦地に送られ、魔導書の件があっても、カリアがクレーオスターを嫌えない理由がそこにあった。最低限の社会性を身に付けられたのは、皇女によるところが大きい。

「基地図書館には追加の支援を計画していますの。ようやっと予算が通って、出版社も説き伏せた事業がありますのよ。もうしばらくお待ちになって」

「待って？　出版社巻き込んでる時点で嫌な予感しかしないんですけど」

「ポケットサイズ、って良いですわよね。まあ私の服、ポケットほとんど無いのですけれど」

にこりと笑って、それ以上は言えぬとばかりに唇の前に指を立てる。

「さ、お話はこのくらいにして参りますわよ～」

「腰きっつい……」

　式典用の立ち振る舞いを強制的に思い出させられ、よろよろとカリアが危なっかしく、クレーオスターの後を歩いて行く。


「――現代に再現し、国家に多大な貢献を寄与したことにより、ここに表彰すると共に――」

　式典は簡略で行われ、カリアは文化銀聖勲章（いらない）を受勲した。

（んで、場を移して社交……いつものよーに壁の花を気取りたいっつうのに）

「エイリーン伯の使いですが――」「何とも麗《うるわ》しい姿ですなあ」「その上に古代の神秘を甦《よみがえ》らせる叡智《えいち》！」「いやはや素晴らしい。是非戦後はうちへ――」

　彼女は周囲を何人もの貴族とその使者に囲まれていた。

（どーしてこうなる。戦場でもいいから帰りてぇ～）

　口中の歯軋《はぎし》りを隠しつつ、表面だけでオホホと愛想笑《あいそわら》いしてみせる。

　今回の功績が大きいこともあるが、今のカリアは見た目も一級品だ。おまけに未婚。

　普段であれば見向きもしない男たちが老いも若きもわらわら群がってくる。いらいら。

（ぜんっぜん嬉しくなーい。手土産《てみやげ》に稀覯本《きこうぼん》のひとつも持ってこい。魔導書以外の）

「どうですかな、私とひとつ――」

「すいません、今日はこの人、僕の相手をしてもらうことになっていまして」

中年の（どう見ても既婚の）貴族の誘いに、すっと割って入る姿と声がある。

「！」

周囲の貴族もカリアも、この時ばかりは同様に驚きの表情を浮かべる。

「アリオス、殿」「おお、なんと」「勇者か」

（うわあ……）

感情が出ないよう抑えて、カリアは白のテイルコートに着飾ったアリオスの姿を見る。

（話を合わせて）と目配せする彼に対し、

（ここで振ってやったらすんごい笑えるな）などとカリアは思いつつ、
それでもこの場を切り抜ける誘惑がギリギリ勝った。肩をすくめて微笑《ほほえ》んで手を取る。

「随分と待ちました。戦友とはいえ心変わりするところでした」

「先のガルンタイ北部の戦いでは、アリオス殿も大将首を上げるご活躍であったとか」

「殊勲のふたり同士では我々も分が悪いですな」

やれやれとばかり、男たちは別の華の下へと去っていく。カリアは上品な笑顔のまま問う。

「いやあんたなんでここにいるの。別の戦場に行くとか言ってたでしょ」

「次の任地への通り道でしたから。せっかくだから顔出せって皇帝陛下が」

「勇者待遇こっわ。引くわ」

「第十一前線基地にはそうそう行けないですし。司書さんの顔が見れるなら良いかと思って」

「……それどういうつもりで言ってんの？」

「聞いた通りのつもりですけど。ドレス、似合ってますよ」

臆面《おくめん》もなく言ってのける美男子に、カリアも流石《さすが》にぐっと言葉に詰まって紅潮する。

（ぐぐぐ……！　落ち着けあたし！　所詮《しょせん》超強くてイケメンで外ヅラもいいだけだ！　何よりこいつとは読書の趣味が合わない!!）

アリオスはアリオスで、カリアの印象にある中世の古戦場じみた格好とは打って変わって正装に身を包み、髪を後ろに撫《な》でつけた様子は彼を貴公子じみた存在に仕立てている。

「ぐ……く……くそむかつく！」出てきたのはそんな言葉である。

「なんでですか」

苦笑するアリオスに、カリアは嘆息した。自分へ、だ。

（ちぇ、我ながら子供みたいなこと言ってる。甘えてんじゃないって）

あの別れ際以降、どうしても態度に不純物が混じる。あえて目は合わさず、彼女は告げた。

「その……ありがと。今のも。あの時のことも」

「今のは分かりますが。あの時……？」

「やっぱ嫌いあんた」

首を傾《かし》げだしたアリオスの脇へと肘を突き込めば、カリアの方が痛かった。

おのれクソ硬腹斜筋め、と肘をさすってふと気付けば、場には落ち着いた音楽が流れ出していた。中央の場で、幾人かの男女が踊り出す。勇者は司書へと手を差し伸べた。

「せっかくですし、どうですか一曲」

はあ、とカリアは嘆息ひとつ。助けられた身としてその手を取った。

「あんたの足何回踏めるか、挑戦してみるのも面白そーね」

アリオスの体温と香りを間近に感じながら、カリアはステップでホールを巡る。

(くそっ、全部かわされる！　えーいもー、クレオはどうして――)

彼女の視線が、ある一点で止まった。目を読んだアリオスが情報を囁《ささや》くように補足する。

「皇女殿下と話している方々――帝国中央軍部の高官ですね、あれは」

「んむむ。割と複雑な立ち位置にいるはずだよなぁ、あの人」

「第一皇女の公的な肩書きは、戦時図書委員会会長、ですね」

委員会自体クレーオスターの発案で始まったものであり、彼女は兵士の娯楽確保の名目で、帝国全土から「兵の楽しみのために」と広く寄付を募《つの》って本を集めた。図書館がある基地こそ第十一前線のみだが、本の配布自体は数年前から行われている。

「それもだけどクレオ、軍事権限無いのに、あの手この手で勇者《あんた》の援軍要請とかも皇族の立場利用してぶっ込んでくるからね……」

嘆息しつつターン。再び抱き寄せられて互いの耳元で細い声が交わされる。

「発案を通すための口実のひとつに、魔導書の実用試験もあったはずですね——けれど」

「うん。そもそも魔導書は数百年前の骨董品《こつとうひん》扱いされてた代物。あんたがかつて言ったように、軍部はまともに運用出来るなんて思っちゃいなかった」

皇女の戦況判断や予測こそ卓越したものがあったとはいえ、軍部にとっては益体《やくたい》も無い要求をする、面倒臭い人物と見なされていたことは間違いがないところだ。

「ですが、今回の大戦果で状況が変わってきた」

勇者の言う通りだ。変わってきてしまった。

「絶対ロクなことになんないぞ～……。『天雷の顕現』は完全に機能が停止しちゃった。見た目をまともに戻すことは出来るかもだけど、魔導書としてはもう使えない」

つまり、使い物にならなくなった魔導書の代わりが——

「文書館を説き伏せました。頼みますぞ」

丁度、耳を澄ました途端に、クレーオスターへ囁くそんな声が漏《も》れ聞こえた。

帝立文書館。人民に本を供する図書館とは異なり、古文書や歴史資料の調査研究を行う機関だ。つまり——つまりだ。そこが持つ本といえば。

（クッソが！）

カリアの凶相を、アリオスはやれやれと自身の身体《からだ》で覆い隠した。

◇

（大体魔導書なんて、超稀少《きしよう》な文化財だよ？　んなもんを十中八九ぶっ壊す目的のために確保するなよアホかアホなの）

がしがしと頭を掻《か》きむしりながら、帰りの列車内、その便所の中でカリアは唸《うな》っている。

今は列車の輸送箱に入っている、新しい魔導書。たったひと月ほど前、魔族を大量に消し去ったあの光景を連鎖的に思い出させる。

炭化するヒトガタ。弾《はじ》け飛ぶ異形。岩に焼き付いた影。

「お……えッ！　ヴぉぉあぁっ……っぅぷ……」

まだ少しだけ未消化の、豪勢な宮廷料理で構成された嘔吐物《としやぶつ》が便器に吐き出される。その原因は列車酔いでは無い。下腹を押さえる。

「ぜぇ……ぜ……くっそ、普段は平気なのに。体調が崩れると連鎖的に来るわね……」

心理的にはまだ傷が残っている。魔族とはいえ。人間では無いとはいえ。自分がやった。どうなるか記述で薄々理解しながら、その引き金を引いた。

カリアは席に戻る。凶相はまだそのままだ。無論ドレスを脱いでいつもの眼鏡に戻っているため、迫力は数割増しだ。

「列車酔い？　顔色優れないようだけど」

頭上から鈴を転がすような声がする。カリアは眉間のしわを揉《も》んで顔を上げた。

細身で小柄な、二十前と思わせる若さの女性だ。対面へと座る所作から貴族と分かる。

「ポリュム＝ホルトライ千剣長……」

「ええ、アレクサンドル特務千剣長。千剣長同士、挨拶しておこうと思って」

カリアは皇女との会話を思い出す。魔導技師隊。規模こそ百人程度で構成される隊だが、隊長であるポリュムの階級は千剣長だ。貴重な魔導具を扱う兵科ゆえのことである。

「そりゃどうも……あたしの事については？」

「魔導司書、という役職名は。基地の司書兼、何やら秘密兵器担当、という程度ね。私たちは連合国中を回るから、軍事機密はたまに伏せられるわけ。はい、お茶」

「あ、ありがとう。――魔導技師隊って『魔力持ち』なんだっけ、みんな」

昨今開発されたという紙コップを受け取り、カリアは意識を憤懣《ふんまん》から会話に向ける。

「でなければ魔導具は扱えない。全員が貴族という訳では無いけれど」

薫《かお》りと共にカリアは紅茶を口に含む。ささくれた気分が落ち着いていく。

（テルプシラ司令が要望した兵の大幅な増員は通らなかった――らしい。軍部としてはまだ、魔王軍によるガルンタイ山脈越えの可能性は低いと見積もってる）

「第十一前線基地、要所かどうかで意見が割れてるとは聞いているけれど、安心なさい。魔王雷の降るところ、私たちは最優先で派遣される。そしてそこの兵と民を護《まも》るのが仕事」

相手を安心させるように、ポリュムは麗《うら》らかに微笑《ほほえ》んだ。

「司書といえば、基地に図書館があるのですって？　素敵じゃない。案内してもらえる？」

基地図書館司書は、魔導技師隊長と仲良くなれそうな気がした。

「低俗な本ばかりね。魔法の専門書のひとつも無いの」

気のせいだった。基地に到着し、着任挨拶の後図書館へと直行し、書架を一通り見て回った後の言葉がこれである。

「はー!?　何だとこんにゃろ！　ウチは兵隊向けなの！」

「私も今はここの兵なのだけれど？」

ぐぬぬ、と歯をむいてカリアが上から威嚇《いかく》すれば、ポリュムも負けじと下から真っ向見返す。周囲でエルトラスがはわわはわわとうろうろしている。

一触即発の様相であった。利用者もわらわら集まってくる。

「おっなんだなんだ」「司書さんと新しい隊長さんの一戦だ」「女の戦いか」「こわあい」「命知らずな新入りもいたもんだ」「さあ張った張った」

「ええい、散って静かにしてろあんたらは！」

図書館にある蔵書のほとんどは、市井《しせい》の人々からの寄付だ。大多数が最近のもので、

（魔法は数百年前に人類から消えてる。それについての本が寄付の中にある訳ない）

しかし、図書館司書の矜持《きょうじ》として『用意出来ません』は言い辛《づら》い。

「取り寄せやリクエスト、なら――」「結局今は無いのね。分かった」

カリアせめてもの抵抗をサクッと斬って、ポリュムはすたすた去っていく。

「あ……っ、ぐ…………ぬ……うおおおおおお！」

行き場を失った鬱憤《うっぷん》が、一瞬遅れてキレの良いワンツーフックとして宙を打つ。

「おお、速いですね」「あれで何人の規約違反者を沈めたことやら」

シミラーとペイルマンの賛辞にギラリと視線を向けるカリアである。図書係、逃げる。

「大分元気が出てきたようじゃないか。帝都往復の長旅、御苦労だった」

かけられた声に振り向けば、そこには基地司令――テルプシラが笑って立っている。

「彼女等――魔導技師隊の事は通達が来ている。仲良くやれているようで何より」

「そう見えました？　良い眼鏡屋教えましょうか？」

半眼でカリアが告げても、まるで気にせぬようにテルプシラは本を差し出した。

「うん、調子も出て来たな。返却だ。次の巻はあるか？」

「……はあ。了解。ちょいと待って下さいね、と」

カードに返却日を記載して、カリアは台帳を開く。そこへ、少し柔らかな声が降る。

「今回の魔王雷は基地陥落と引き換えにした不可避のリスクだ」

「――ども」台帳を見たまま言う。「んで、御所望のは今貸出中ですね。予約しときます？」

「む、ソレは残念。予約を頼む。……ふむ、その間を何で埋めたものか」

テルプシラは考え込む。そんな彼女を尻目に、カリアは返ってきた本を見る。

(『東方無双剣　三巻』……けっこーエンタメ好きだよなこの人。役職の割に)

この万剣長は割と読書の傾向としては柔らかい。司書は少しだけ笑って提案してみる。

「ダンナダンナ。たまには恋愛ものとかどうです」

「何だそのノリは……あまり嗜《たしな》まないが……」テルプシラはしばし、照れくさそうにしていたが、「私もこの歳で未婚だからな。た、試してみるのもいいか。オススメはあるか?」

「了～解♪」

返答にカリアはすっかり機嫌を直し、書架から選んで渡す。敵対する貴族の子女が、夜会でのみその想いを交わし合える、という内容のベストセラーだ。

「『夜会の逢瀬《おうせ》』……む、むむ、これちょっと過激な感じではないか?」

「あっはっは。初心《うぶ》な学生じゃないんですから。大丈夫ですって、このくらい」

周りに見られぬよう懐《ふところ》に図書を隠し去って行くテルプシラを見送り、その日は終わった。

「間に合うことは間に合うわ。後は魔導具の出力が足りるかどうかね。基地全体を守る――複数使用だから同調率を高めておくのが重要。引き続き作業は続けるわ」

数日後。兵科長会議の席で、ポリュムはそう語ってみせる。一応図書館という部署のトップであるカリアも、特に発言することは無いがこれに参加していた。

「魔王雷の発動時期――前回は一か月半前に王国の砦《とりで》が狙われた。最短で一か月半後だ」

テルプシラが補足した。魔王雷の三か月間隔は、魔王の魔力充塡《じゅうてん》期間だと目されている。

「今この基地は魔王に狙われている。近日中に破滅の雷が降るという状況だ。各自、心労は察するが各部署の士気を保て。この基地を放棄《ほうき》するわけにはいかんのだからな」

先日の図書館での様子など微塵《みじん》も窺《うかが》えない凜々《りり》しさで、彼女は締めくくった。

カリアも司令部を出て、図書館までの帰り道で基地を眺める。

「確かに、基地の様子が変わったか。魔導技師隊の人が忙しく走り回ってる」

帰り道の基地を眺めて呟《つぶや》く。魔導技師の面々は、魔導具の適切な配置、外界魔力充塡、魔導具の整備、発動演習……様々な手順を魔王雷が発動する前に済ませねばならない。

目に見える敵のいない、しかし壊滅の重圧がひたひたと忍び寄る戦場。第十一前線基地の空気は、ひと月前とは大きく様変わりしていた。

（全員にプレッシャーがかかってる。こーゆー時にやることが無いと心がきつい）

――と、そこまで考えてカリアは気付く。そこは、うちの仕事だ。

「士気、ですか。私は後方ですから、実感することは少ないですけど……でも皆さん、いい人たちですよね。最近はみんなマナーも良くなって、それでまた人が増えましたし」

図書館に帰り着いたカリアは、夜のひっそりとした館内でエルトラスと話している。

「そのとーり。いい人。それ自体士気が高い証拠なの。軍隊で他人を気遣うような心の余裕がある。軽犯罪が少ない。本がその維持を負ってる……といいんだが」

兵士とは、基本的に生物の欲求に反する仕事だ。何せ自分から、死ぬ可能性の高い戦闘という業務を行うのだから。ストレスは多大なものとなる。

その心理負担を、娯楽で和《やわ》らげるという理屈はカリアにも分かる。

「ただ、楽しむためだけに本が読めれば良いんですけどねぇ」

エルトラスに同意の嘆息をした時だ。ことり、とカウンター裏から音がした。

図書館の外、エントランス左には大きめのポスト口が設置してあり、そこに投函《とうかん》された物は司書控え室に置かれた箱に落ちる。閉館時間中も返却が出来るように、というのが目的だ。

「上がる前に返却処理しとくかぁ。結構返って――――ん？　なんじゃいなこれ」

ふと。司書の瞳は積み重なる図書の山の一番上に、一通の封筒を見出《みいだ》した。見れば、それは『夜会の逢瀬《おうせ》』の上に落ちている。エルトラスも覗《のぞ》き込む。

「なんです、それ？」

「謎の大富豪から寄付の小切手だといいなー……って、中身は手紙？」

流麗な字は、上級教育を受けた身分を思わせた。平民が大多数の兵隊によるものでは無い。

このような手紙を出すことを迷いながら、筆をとりました。

恥ずかしながら、司書様にお願いしたい事がございます。

是非、図書館の蔵書に『緋色《ひいろ》の胸元』シリーズを置いていただけませんでしょうか。

また、図書館利用としてあるまじき事とは思いますが、この願いを聞き届けていただけるならば、その図書を朝の六時、西側の横軸回転窓に置いておいていただけますでしょうか。

必ずや、返却期限を厳守の上お返し致します。


「これ……本のリクエストですか？」

手紙を読み終え、司書は眼鏡のブリッジに手をやった。

「熱烈なラブレターだねえ。しかも、こっそりと顔を晒《さら》さず借りていきたい、と……」

横軸回転窓とは、その名の通り窓の横軸に作用するハンドルを回し、斜めに傾けて開けるタイプの窓だ。予《あらかじ》め開けておけば、手を突っ込んで内側に置いてある本を取るくらいは出来る。

「ぬう。記名は無いか。恋が実らないぞ」

「ええ～。それじゃ返ってくるかも分からないじゃないですか。ちょっとそれは……」

エルトラスの声音が否定の色を帯びる。気持ちはカリアも分かる。本来なら言語道断だ。

だが、この手紙がどの本の上に落ちていたか。

例えば、の話。基地のトップとして多忙な人物が、開館時間中に来館出来ず、返却ポストを利用するのは不思議では無い。

その重圧も想像のほどはつく。何せ数千の命を預かる身で、一か月後には全滅するかもしれない攻撃が基地を襲うのだ。その上で、兵士を鼓舞して逃散を防ぎ任務を維持する。

（ふつーの兵隊とはレベルの全く違う心労だよな～……）

「どうしたんですか、カリアさん？」

「いやーその～。差出人に心当たりがあるもんでね。――この件、あたしが預かるわ」

「か、カリアさんがそう仰《おつしや》るなら……ん～」

リクエストされた『緋色《ひいろ》の胸元』は、帝都で流行している現行十巻の恋愛小説だ。

「描写が過激だし、インモラルな人間模様もすごいですよね。他の国でも人気なんですって」

「エロエロだね。街によっちゃ禁止図書にされた、なんて話もあるからな～」

「男女問わず人気らしいですけど、うちの蔵書に入れるかは迷うところですよね……」

なおかつ、提示された提供方法だ。カリアにも躊躇《ためら》いはあるが――司書はテルプシラが『夜会の逢瀬《おうせ》』を借りた時の様子を思い出す。

（新しいジャンルにうっかりハマって……か。本来なら言語道断だけども）

やれやれ、と嘆息してやる。閉館作業をしつつ、ぽろりと呟《つぶや》く。

「体裁ってのは、あるよね」

「はえ？　なんのことです？」

「何でもない。さて、その『緋色の胸元』なんだけど」

「はい、買うのなら注文と輸送とか考えると……ん〜、最低数週間後、ですね」

エルトラスの予測をカリアはにまりと聞きつつ、司書準備室から数冊の本を持って来る。

「で・も、『緋色の胸元』、実はここにあるんだよな〜」

「えっ！　あっ、ほんとだ！　しかも五巻まである！　どうしたんですかこれ」

驚くエルトラスに、少し苦笑してカリアは肩をすくめる。

「王都行った時にさ。自分で読もうと思って買ってたんだよね。……待ってエル。エロ目当てじゃないよ、ほんとだよ。信じてエル」

部下へと言い訳しつつ、カリアは図書の登録を始める。夜の間に、横軸回転窓へ置くために。


翌朝。図書館へと出向いたカリアは、開館準備ついでに西側の窓へと向かう。

「おおっ！　本が無い。そんで」

残されていたのは、一枚の貸出カードだ。『緋色の胸元　一巻』というタイトルと貸出日が、手紙と同じ流麗な字で書き込まれているが、名前欄は空欄のまま。

（う〜む……貸出者Xとでもしておくか。少々不安ではあるが）

カードを回収し、準備に戻る。緊張を孕《はら》みながら、第十一前線基地の日々は過ぎていく。

◇

帝国軍第十一前線基地から平原を挟み北、風断ちの森、その奥。

「つまり、ここであと一か月ただ待っていろ、ということか」

「は────増援は魔王雷の後に、という事になります」

気まずそうに一礼する副官の人狗《コボルト》から視線を外し、グテンヴェルは森の木々を見やる。

行き来する魔族兵は激減した。この場の魔王軍は一か月半前の戦いによる被害で、戦闘行動が取れる数ではなくなっている。その上魔王雷の決定により増援も滞《とどこお》っていた。

魔王雷が標的を壊滅させる確率は、人類連合が魔導具を用いるようになった今となってもそこそこにある。無防備に決まれば確定で消滅。仮に防げたとしても、

「人間たちは多大な消耗を強いられる。そこに全軍で攻め込むのが得策ではあるのだが」

兵が無ければ絵空事だ。彼は書類を眺めてうんざりと首を横に振る。兵も食料も、希望通りに来る事などそうあるものでは無いのが戦争だ。分かってはいても溜《た》まるものはある。

「全く、何もしなければしないで面倒はあるのだがなぁ……」

この期間、兵の士気を維持し、統制せねばならない。数は少なくなったとはいえ、これがまた骨だ。何しろ負け戦《いくさ》の後である。

「今朝も諍《いさか》いがあったとか言っていたな?」

「は。蛇人部隊の若い者と小鬼部隊長の口論です」

「矢持ちがどうのと侮《あなど》ったか。役割の違いだというに」

「そのようで。衝突前にどうにか収めはしましたが。しこりは残るかと」

「罰は一律に。それとは別に、仕掛けた者の名を挙げておけ。士気に関わる」

他種族間生活リズムと配備の調整、捕食・被捕食関係にある種族の兵舎隔離、各種族に合わせて多岐にわたる糧秣《りょうまつ》確保。発情期に入った種族への慰安配置。

グテンヴェルの頭痛は深くなる。戦闘が出来ればガス抜きにもなるが、無理だ。

（ただでさえ御しにくいというのに……全く、灰人の胃は他の魔族種ほど丈夫じゃないんだ）

指揮官には処理すべき問題は山ほどあった。ふと、思い出して書類から顔を上げる。

（あの時——人間の『魔法』。それを使ったと思《おぼ》しき人間の女。奴《やつ》はどう出るか……）

思い出す。目が合った気すらしたが、流石《さすが》に気のせいだろうと彼は首を横に振る。

「反面、人間どもの士気の高さ、要因が気になるところですが」

副官の疑問に、グテンヴェルは思い出す。林のように立ち並ぶ書架。空言を詰めた図書の数々。

（大量に、多様に、かつ兵が利用出来るようにしてあった施設……アレは一体）

魔族である彼には意味が分からない。しかし、兵を率いる立場として興味がある。

「仮に魔王雷で吹き飛んでしまえば、それも分からないまま、か」

聞き取れないほどの小声で呟《つぶや》いて、グテンヴェルはもう一度森の向こうへと目を向けた。

◇

数日後、図書館開館前の朝。カリアは返却箱に入れられた『緋色《ひいろ》の胸元』を見た。

「イェイ、ちゃんと返ってきた。あたしの人を見る目の確かさよ」

心配が払拭《ふっしょく》され、ほっとひと息。図書を手に取れば、挟み込まれていた封筒が落ちた。


司書様。

私の我儘《わがまま》をお聞き入れいただき、誠に感謝致します。

『緋色の胸元』大変面白く読ませていただきました。主人公の恋心と彼女を取り巻く人間関係、不実に揺らぐ心理描写などは切ないものがありました。私も可能ならば、どこか素敵な方にあのように想いをぶつけられてみたい……などと詮無《せんな》きことを考えます。

可能であれば、続刊も同じようにお願いしたく存じます。


一文字ずつが弾むような筆致の文章だった。知らず、カリアの頬も緩む。感想まで付けてくる辺り、貸出者の楽しみぶりが感じられた。

「善哉善哉《よきかなよきかな》。激務の癒《いや》しになってるなら良いんだが」

貸出者Xの貸出カードに返却印を記入し、館内整理ついでに二巻を前回と同じように、夜の退館前に少し開けた窓辺へ置いておく。

「司書さん～」

図書係であるシミラーの声だ。カリアは窓へ視線が向かわぬように早歩きで向かう。

「どしたの？」

「魔導技師隊の隊長さんが来てまして、施設長を呼べ、と。まだ開館前なんですけど」

館内準備をシミラーに任せて彼女は玄関前に出る。そこには小柄な千剣長――ポリュム＝ホルトライが、困り顔のエルトラスの前に立っていた。彼女はカリアへ敬礼する。

「失礼するわ。アレクサンドル施設長」

「失礼されるわ。施設長って何か千剣長より偉そーだな……。司書のカリアでいいよ」

「カリアさん～、すいませんわざわざ」

謝るエルトラスの前に出つつ、カリアもこの二か月で少しは慣れて来た敬礼を返す。

「わざわざ隊長がお越しとは。どーしたの。こころくな本が無いって言ってたくせに～」

「縋《すが》れるなら藁《わら》でもってところね。図書館に周辺地理の資料を要請するわ」

「わ、藁って～。でも、周辺地理、ですか？　地図なら司令部に――」

「それはもう見た。もう少し詳しいものが欲しいの。ええと、五属の分布……」

疑問符を浮かべるエルトラスの横で、カリアは眼鏡のブリッジを上げる。

「……この辺の地理情報が魔導具に関係ある、ということ？」

「ん。えーと、その通りね。木とか水とか、そういう――配置、とか、量とか」

「川や山、地質とかという事？　地形的属性が魔導具間…………いや、それだけじゃないか。『魔力持ち』にも関わるとか、そういう話だったりする？」

カリアの言語化に、ポリュムの表情が明るくなる。

「！　そう、それ！　魔力の相性や通り具合に関係するの。私たち魔力保持者にも、微弱ではあるけれど各々《おのおの》に向いた自然魔力の属性があるから」

「そうなると森林表記、等高線アリの地図と……地図以外にも地下水脈の資料とかそういうのもあると嬉しい感じ？」

等高線とは、地図上で同じ高さの点を線で繋《つな》いだもので、平面上での高さを示す。ちなみに、ふたりの会話にエルトラスはひたすら首を傾《かし》げている。

「理解が早いじゃない。その辺りが揃《そろ》えば揃うほど効率が上がるわ」

「ほーん、事情は分かった。あたしたちも命がかかってるからね。期限は」

「――早ければ早いほど。三日後にあればなんとか」

「み……三日ぁ!?　うう〜、やってはみるけど。後でこの書類提出して」

多忙なポリュムは書類を手に足早に戻っていく。カリアもまたエルトラスと館内に戻る。

「それにしてもカリアさん、よくあの説明であそこまで分かりましたねえ」

「褒めて褒めて。魔導技師隊は今、切羽詰《せっぱつ》まってるだろーからね。あっちの身になって考えて、想定されるもんの呼び水向けて要望をはっきりさせたってワケ」

レファレンス、という技術である。単純に言えば他者の調査を補助する——という事になるが、調査する者自身が疑問を明確化していない事がままある上、どう調べれば目的の知識が出て来るかを分かっていない事は良くあることだ。

「それに対して、答えを手に入れる手伝い全般をするのが図書館司書の仕事でもある。図書館にある山のような本を前にして、求めに適した本への案内が出来るのは司書だけだからね」

「はえ〜」「流石《さすが》は司書さんですね」

館内整理を終えたシミラーも戻って来て、エルトラスと共に頷《うなず》いている。

「良いぞ良いぞ。もっと称《たた》えていいよもっと。次がっかりさせるからね」

「えっ」

眼鏡をズレさせるシミラーに軽口を叩《たた》きつつ、カリアは苦笑する。

「まず単純に言うと、ウチの図書館にはこの辺の郷土地理資料なんて無い」

「えっ」「えっ」

無いの？　という図書係ふたりの目線に、無いよ、と司書は眼鏡を光らせる。

「この図書館の蔵書、帝国臣民の寄付が九割。この土地の地理資料が入ってると思う？」

「それは……そうですね、確かに」

エルトラスも、そんな資料を見かけた記憶は無い。が、シミラーが突如《とつじょ》手を打った。

「あっ！　カリアさんの督促鬼神伝説の中に、タミー千剣長の件がありましたよね」

「いやなんだその伝説……しかし、そんな事もあったわね……あれは確か反抗計画用の近隣地理資料……そうか！　エル、貸出記録出してもらえる？　士官なら流石《さすが》に記録はしてるはず」

貸出自体はカリア赴任前だ。エルトラスがファイルをしばらく漁《あさ》り、

「ありました！　記録に残ってますよ！　カミルトンです、後方にある街の」

「でかしたエル！　これで最低限は用意出来るか……？」

だが期限としては三日間だ。これから要請書を作り、今日中に出したとして列車で向こうに届き、資料の中身も分からぬまま送られてくるのを待つ――ここで、カリアは首を振った。

「時間が無ーいー。あたしはカミルトンに向かう。エル。二、三日図書館お願いね」

「ええっ！　私たちだけでですかぁ!?　利用者すごい増えてるのに！」

「シミラーはカミルトンの図書館へ連絡と司令に出張願お願いね！　今日行くからって！」

「はいまあ僕なら業務のついでに出来ますしそれくらい……って今日ぉ!?」

目を剝《む》くふたりに上司はにっこり笑って、

「ふはは！　二か月前ならともかく、今の貴方《あなた》たちなら大丈夫。自信持って！　任せた！　男衆はちゃんとエルトラス司書代行のサポートとガードよろしく！」

えー！　という悲鳴に耳をふさぎつつ、即座にカリアは荷造りして午前の列車に飛び乗った。

そして数時間後。カリアはカミルトンの駅に立っていた。軍服の上にエプロン姿のまま、しかも背中に台車に大量の荷を積んでいる。総重量はかなりのもので、正確には立っているというよりひぃひぃ言いながら膝に手を付いている。

「クッソ重……！　図書館の方にはシミラーに電報を送ってもらってる……まずは！」

彼女がえっちらおっちら向かったのは、古書店だ。

「いらっしゃ……うわっ？」

無論店主は、突然現れた大量の荷物を持ち込んだ軍人《カリア》に面食らうことになる。

「うううううううううう……うううううううううう……うううううう……」

しかもその女軍人は、重量のせいか凄《すさ》まじい苦悶《くもん》の表情で、何やら唸《うな》っているのである。

基地の兵士にとって、人気の本は一に物語、二に伝記と歴史もの、三に専門書だ。

それらから大きく外れた本――元が寄付故《ゆえ》に多くある――は、当然ながら隅の書架や書庫に鎮座することとなる。つまりは、読まれない。

（ほ、本を……いくら基地の図書館で使わない本とはいえ……本を……売る……）

本が大量生産品となり娯楽となったとはいえ、古本屋は庶民に必要とされる商売だ。無論、金策を求める者も多くいる。今のカリアもそのひとり。

ただ。本の処分という行動に、司書を自認する彼女は葛藤する。

――これから百年ほどの後には、更に本の大量生産が進み、図書館司書は廃棄作業すらも日常業務となるのだが、そのような事を今の彼女が知る由《よし》も無い。

「うぐぐ……図書に携わる者として……しかし寄付も予算も限度がある……すまん！」

そして時間も無い。かかっているものは魔王雷防衛の成否、そして基地の運命だ。

意を決し、カリアはくわっ！　と眼鏡の奥の三白眼《さんぱくがん》を見開く。

「いざ！」

「ひええっ！」

怯《おび》えてしまった店主をなだめて査定をお願いするのに数分かかった。

「査定は今日いっぱいかかる？　んじゃ閉店前にもっかい来るから！　またね！」

身軽になって二時間ほどの後、カリアはカミルトン公営の図書館にいた。

「カリア＝アレクサンドル特務千剣長です。連絡は既に行っているかと思いますが、ガルンタイ山脈北側裾野、並びに平原の地図。そして水源等周辺地理の調査資料など、帝国軍第十一前線基地による接収を行わせていただきます。無論、これは一時的なものであり、用が為《な》されれば返還することをお約束します」

カリアの宣告に、大急ぎで資料を揃《そろ》えたらしい司書の表情には不満が浮かんでいた。

「唐突にそのような事を言われましても……それに、以前も基地の方に貴重書貸出をした際、長期延滞をされましたし……」

「お気持ちは大ッ変良く分かります！　もうほんとアイツとっちめておきましたんで！」

「と……とっちめ？　しょ、将校さんでしたよね、借りた方」

「あ、一応あたし千剣長、同階級なんで……名ばかりですけど。それはともかく！　何卒《なにとぞ》！」

唖然《あぜん》とするカミルトン図書館の司書たち。カリアはがばりと頭を下げる。

彼女とて元々、市井《しせい》の司書を志した身だ。このような突然かつ強引な要求は、対応させられる司書の事を思えば胸が痛む。というか自分がやられたらムカつく。

「該当の件については以後厳重に注意します。しかし、今回の要求は迫る作戦に際し重要な情報なのです。我々が抜かれれば、次に狙われるのはこの街です」

魔王雷の予報は軍事機密だ。一般に漏《も》らす訳にはいかない。脅《おど》しのようになることを心苦しく思いつつ、彼女は頭を下げたまま続けた。

「我々とカミルトンの民は一蓮托生《いちれんたくしょう》。是非とも、ご協力を」

カリアとしては当然の礼義だが、常日頃居丈高な軍の上級士官が頭を下げたことに、カミルトン図書館の人々は目を丸くして顔を見合わせた。利用者もなんだなんだと見物に来る。

「わ……分かりました。大事に扱って頂けるならば、今回は――」

「……ありがとうございます！」

がば、と顔を上げる。超特急で『帝国軍第十一前線基地図書館』貸出カードを作成し、貸出図書を書き込んで書類を提出。ひとつだけ残していた木箱に積んで図書館を辞す。

そのまま街中を台車で爆走し、古本屋に戻った頃には既に日も落ちていた。

（これなら夜行で戻れる目もある……！）

店先で台車に蹴りを入れて豪快に九十度回転ブレーキを決め、カリアはドアを開ける。

「査定終わった⁉」

「ウワーッほんとに今日の内に来た！」

ばたーん！　とやってきたエプロン女軍人に、店主は恐る恐る査定結果を差し出す。彼にとっては軍の要請なので滅多な真似《まね》は出来ない。確認するカリアを怖々と眺めていた。

「オッケありがとう！　それじゃ昼間予約してた古地図と一部相殺《そうさい》して、領収書お願い！」

買った資料と差額を台車に入れ、再びカリアは台車と共に駆け去っていく。

「ま、毎度あり……。あ、嵐みたいな軍人さんだった……」

彼女は気付いていない。段々自分が戦場の司書らしくなってしまっていることを。


翌日未明。カリアは第十一前線基地の仮設駅に立っていた。

「ふぇー。丸一日で用事済ませて往復か……本当ならゆっくり一泊したかった……」

とはいえ、空は白みかけているが未だ《いま》日は昇らず、基地までの道は近いとはいえ薄暗い。

駅のベンチに座って彼女は眼鏡についた旅の埃《ほこり》を拭く。そこへ、

「帰ったか。ご苦労だった、アレクサンドル特務千剣長」

予想外にかけられた声に、眼鏡を戻して顔を上げる。そこには、

「あらま、テルプシラ万剣長。なんでここに」

「何。早朝の散歩だ。外壁から周囲を眺めていたら、列車が入るのが見えたのでな。――もしや君が乗っているのではないかとね。書類を部下に任せて出張など、心配もするさ」

「ご……ごもっともです。あはは」

「で、それだけ急いだ成果は？」テルプシラの視線がカリアの荷に向いた。

「えっへっへ、大将。出来るだけのもんは集めましたよ」

「ならば良し。事情もあるし不問にするが、次はもう少し落ち着くように。――図書館の方も、エルトラス一等剣兵が指揮を執って良くやっていたよ」

「へっへーん。まあ、あたしが仕込みましたからね。信用してます」

すとん、と。基地司令らしからぬ気楽さで、テルプシラはカリアの横に腰を下ろした。

彼女は無言で空を見上げる。カリアも釣られて見上げれば、日が昇る一瞬前の静謐《せいひつ》がある。

「魔王雷はこの空を引き裂いて飛んでくる。およそひと月半の後に」空を見たままテルプシラは続けた。「撃ち込まれれば消え去る。そんな中で、皆が日々の仕事を今も続けている。これは、驚異と言っていい。魔導技師隊がいるとしてもだ」

「――――万剣長」

「君が立て直した図書館の効果は、しっかりと兵士たちに届いているよ。二か月前とは本を手にする兵の数が雲泥の差だ」

カリアが見たテルプシラの横顔は笑っていた。

「本が。張り詰めて、壊れかけた心をほんの少しほぐしてくれるんだ。読みかけの続きが、勉強中の知識が『まだ自棄《やけ》になるには早い』という気分にさせる」

そして、彼女は隣にいるカリアに笑顔を向けた。これを言うために来たのだと言うように。

「カリア。君が来てくれて良かった。魔導書のことを抜きにしたとしてもね」

「、、、────────あ」

息が止まりそうになった。カリアが認めて欲しいものは。魔導司書としてではなく──

「帰ろうか、私たちの基地へ。資料は、魔導技師隊へ私の方から回しておく」

テルプシラの差し出した手を、カリアは素直に取っていた。


郷土地理資料集めの騒動が終わり、カリアは再び図書館運営の日々に戻る。

（さーてー。後は、あたしは信じて図書館運営するだけ……ホルトライ、頼むわよほんと）

返ってきて後、書架へと並べた『緋色《ひいろ》の胸元』一巻は、

「男性兵士にも人気ですね。え、えっちなシーン人気でもあるでしょうけど、さすがです」

まだ少し恥ずかしそうなエルトラスに、胸を張るカリアである。

「ふっ、これがベストセラーの力よ！　皇女殿下に最新刊まで陳情しても良いかも」

多少はあの友人にワガママを言っても構うまい、という気持ちのカリアである。

「そういえば、例の……貸出者Xさん？　ですっけ？　あの方は」

「やりとり続いてるよー。期限きっちり守るし、延滞するアホどもよかよっぽどマシね」

「あっはい……また督促かけますね……」

窓辺に置けば翌朝消え、数日後に返却箱へ返ってくる『緋色の胸元』と、感想を記した手紙。

貸出者Xの様子が変わったのは、四巻が返却された頃だった。


今巻も胸の鼓動を早くして読み終えました。ひとめくりごとに薄くなる残りの頁が惜しくなる思いでした。いつもありがとうございます。

――このようなことを司書様への手紙へ書きつけるのは筋違いかと存じますが、心弱き私の世迷《よま》い言《ごと》と思って寛恕《かんじょ》を願います。


（あらん。いつもと様子が違うね。……悩み事？）

カリアは閉館後の閲覧席に座り、手紙の続きを読む。


私は、今多くの命を左右する立場にあります。

判断ひとつ。それが『正解』か『間違い』かだけの違いで、たくさんの命が消えてしまう。

それが、私は恐ろしい。

自分から対極の、縁遠い物語の世界に耽溺《たんでき》するのは、せめての逃避でもあるのでしょう。

私は、このまま『緋色《ひいろ》の胸元』を読み続けても良いのでしょうか。大任ある中での、この密やかな楽しみは『逃げ』であり『間違い』では無いのでしょうか。

仕事に専念するべきだ、それが『正解』だと私の理性は言っています。

これまで、ご迷惑をおかけしました。次巻は、しばし時を置こうかと思っております。


カリアは読み終えた手紙を閉じる。ふう、と鼻から息を吐いて眼鏡を押し上げる。

「医者っぽい仕草をするあたし。カウンセリングって司書の仕事かなあ……」

思い出すものは、先日の薄明だ。司書準備室の引き出しから、便箋《びんせん》と万年筆を取り出した。

インクを吸引させた万年筆のペン先を落とした紙面に、じわりと黒が滲《にじ》む。

「まっ、しゃーないか。文通は趣味じゃないけど友人のメンタルケアなら、ね」


お仕事お疲れさまです。貸し出し方は特殊になっていますが、いつも返却期限を守っていただき感謝しております。お手紙、拝読しました。

任務の重圧、立場が違う故《ゆえ》に想像するしかありませんが、お察し致します。

ですが、想像。想像です。

物語とは『自分とは違う誰か』の追体験です。人間一人の狭い人生では知り得ぬ事を、感じ得ぬ心理を、取り得ぬ行動を、物語はもたらします。

それは、多数の人間を束ねる御立場において、一助となるのではないかと愚考致します。

……という建前は建前として、現実問題、人間には適度な緩みと、心身を切り替える手段が必要です。常に張り詰めてばかりでは、逆にミスが多くなるという研究もございます。

手段は様々ありますが、『緋色の胸元』を読むことでそれに充《あ》てることが出来ているのならば、その楽しみは『間違い』などでは無いと、私は思います。

読みましょう。司書は認めます。なので、今図書館にある最後の五巻を置いておきます。

とはいえ、くれぐれも。読書にのめり込んで睡眠不足、などということがありませんよう。


「……こんなとこか？　（暫定）指揮官に対しておかしなことは書いてないよな？」

慣れぬ行動への照れに頬を紅くして、カリアは文面を二度三度確認する。

「えーい、サービスだ！　臨時収入もあったしな！」

思い切って、追記。


この度、人気につき『緋色の胸元』の最新刊までの購入陳情を出すことに決定しました。

現在の苦境を乗り越えた暁《あかつき》には、六巻以降もお貸しすることが出来るでしょう。

是非、その日を楽しみに日々のお仕事に励んでいただければと思います。

そうして『緋色《ひいろ》の胸元』五巻に手紙を挟み込んで、カリアはいつもの窓辺に置いておく。

「まァ、明日持って行かれてなかったら、最早《もはや》何も言うまい……」

決心が固いということだ。そう思い、彼女は二冊目の魔導書の補修に着手する。

——果たして。翌日、窓辺から本は消えていた。


ところで、司書の昼食は大抵、昼の大休息とズラした時間に取る。兵たちは図書館へ昼食後に来るからだ。それも、兵隊は基地警備に隙《すき》を作らぬために交代制で休憩を取るので、カリアが休めるのは正午の少し前か、もしくは昼をしばらく過ぎてからとなる。

「あ～お腹空《なかす》いた……」

そんな訳で昼の忙しい時間帯を戦い抜き、彼女は食堂へとやってきていた。

「この時間になると人気メニューが終わってるのが辛《つら》いとこだよね……おん？」

トレイを持った（デカ盛りパフェと珈琲《コーヒー》である。ヘルシー定食など御免だ）カリアの目に入ったのは、人もまばらになった食堂の机に座る魔導技師隊長、ボリュムの姿だ。

（そういや。地理資料は用意したけど、魔法の本についてはリベンジまだだったぜ）

しかし今のカリアには、ある秘策があった。

「こんにちは魔導技師隊長殿。ここ、いいかな」

「他、空いてるでしょうに。ま、好きにしたら」

「お言葉に甘えて。そっちも遅かったの？」

「私が確認しなきゃならない作業が長引いたから。……地理資料、有難《ありがと》う。礼を言っておくわ」

「まッ、こっちも仕事だからね。貴女《あなた》が魔導具設置してるのと一緒」

「――――そ」

「んでどーなの。足りそう？　あれで」

「必要な情報は分かったわ。地下水脈の情報は助かった。あれで３％は出力が違ってくる」

素っ気ない会話をしかしテンポ良く交わしつつ、定食のトレイを机に下ろしてカリアは腰掛ける。と、同時に目の前に押し出される数枚の書類があった。

「丁度良かった。貸借申請書と図書カードの書類。後出しになってしまったけれど」

ああ、とカリアは頷《うなず》く。図書は司令経由で魔導技師隊に渡されたため、まだ必要書類を受け取っていなかった。記入箇所をざっと見る。貴族らしく流麗な字だ。

（ん？　この書類……何か変な感じが。なんだっけ）

書類からカリアが顔を上げれば、ポリュムは真っ赤なスープから東方麺《めん》をたぐっている。

「うーわ。それ頼む人いたの。見るだけでもう辛《から》いんだけど、美味《おい》しい？　それ」

「微妙ね。湯切りが甘いわ」

彼女は全く表情を変えず、ずるずると行く。立ち昇る湯気で目がしぱしぱする錯覚。気を取り直し、カリアもパフェを口に運ぶ。果物とクリーム、甘みを珈琲《コーヒー》の苦みに溶かす。

「かーっ！　たっまんない。食べる芸術だねパフェは」

「見るだけでもう甘いわね。昼にそれとかバランス考えてる？」

「パフェには脳への栄養があるの。本読んだら書いてある」

「その脂肪分全部胸と尻に行ってるのかしらね……」

「セクハラには男女問わず暴力で行くわよあたしは。がるるる」

カリアが歯を剝《む》いて威嚇《いかく》すると、軽く鼻を鳴らしてポリュムは麵《めん》へと向き直る。

しばし。ふたりは無言で極甘と極辛を口に運ぶ。

沈黙を終わらせた側はポリュムだった。

「貴女《あなた》は聞かないのね。あんな風に資料まで揃《そろ》えてくれても」

「はえ？　何を？」

「魔王雷を防げるかどうか」

彼女にとっては、その質問攻めを避けることも今の時間に食堂にいる理由であった。

「ンなもん図書館司書が気にする話題じゃなさすぎるもの。それよか、これどーよこれ！」

リベンジが優先である。カリアは一枚の手書きチラシを差し出した。

「なにこれ。……来月の特集『あなたを救う！　魔導具・魔法関連本特集』？」

「そーよ！　前回は言われっぱなしだったからね。あれから書庫ひっくり返して、ここ何年かの本チェックして陳情して、街でも直接買い付けてようやっと数揃えたわ」

怪訝《けげん》な顔でチラシを眺めるポリュムに、ふふん、と自慢げにするカリアである。

「ここ見て。リストも書いてあるから、ちょっと専門家からの視点が欲しくてね」

「貴女ねえ。食事中に読ませるだなんて、マナー違反もいいところよ」

ちくりと言いながらもフォーク片手に企画書を眺める辺り、ポリュムも戦場暮らしである。

「…………………………ふん。これとこれ。情報が古い。これは重大な間違いがあって駄目。こっちは題名で誤魔化《ごまか》してるけれどトンデモ本の類《たぐ》い」

「ぐげ」

即座に数冊ダメ出しをされ、カリアのスプーンを持つ手が止まる。

「他はまあ使える本ではあるけれど……専門知識の無い兵にも読めそうなのは半分くらいね」

「うぎぎ」

歯ぎしりするカリアの前で、更にポリュムはリストを読み進め、

「で、今も通用しそうな本は大体読んでるわね、私」

「んがが……」

カリアの口ががくんと開く。考えてみれば、魔力・魔法についての本が少なくなってから長い時間が経《た》っている。今や新刊など年に一、二冊あるか無いかだ。

魔導技師隊の隊長を務める人物がそれを読んでいても、何ら不思議は無かった。

（この人の場合仕事的になんなら経費で通るでしょうよ……ぐぬぬぬぬう）

「面白い顔してる」

「そ・りゃ・ど・う・も！」

とりあえず特集は作れそうではある。カリアはふるふるした手で企画書を受け取った。そんな彼女へ、少し笑んだ声が来る。

「けど、そうね。一コーナーとしてはいいのではないかしら。ウチの部隊の者にも読ませておきたい本もあるし。先日の郷土地理資料の事も含めて、中々優秀よ、貴女《あなた》」

「ありがとーございます。隊長さんらしい言動ですこと」負け惜しみのような礼を言ってから、カリアは頬杖を突く。「仕事終わったらまた来てよ、図書館。小説も面白いんだから」

「──そうね。貴女の図書館……。仕事が、終わって──余裕があったら、ね」

静かに答えて、ポリュムは麺《めん》が消えて嵩《かさ》を減らした、未《いま》だ燃え上がるように真っ赤な液体を東方スプーンですくって飲みながら、

「新人も中々確保出来ない仕事だから──私みたいな若い女が千剣長で隊長やるくらいに」

「それは──」

カリアは何か言おうとして、言葉が出ない。代わりにパフェの高さを減らす。

要因は様々だ。まず『魔力持ち』がもうかなり少ない。貴族の中でも更に一部だ。

（あたしもその一人ではあるけれど）

なれる人員自体が少ない上に、専門知識を要する。貴族出でも戦場に出られる立場、もしくはその血が入った庶子にしか、なり手がいない職である。

（そんで危険）

元々の必要経緯自体が、魔王雷への対抗策なのである。一仕事ごとに命の危険が伴う。失敗すれば死ぬ。守護する街や基地、部隊諸共《もろとも》に。成功したとしても、魔導具の負荷を受ける魔導技師たちの負傷・死傷率は決して低くは無い。

「おまけに、将来的には間違いなく消える仕事」

スープを飲み干し微笑《ほほえ》みすら浮かべて、ポリュムは言う。事実だった。

（今は必要な仕事なのに……将来性は無い）

「けれど。世界魔力が薄くなれば、魔王とて大きな魔法を放てなくなるはず。あと何年……いえ、何十年後になるかは知らないけれど」

長命魔族の寿命を考えれば冗談にはならないが――いずれ、必要も無くなる。

「それまでに、魔族に対抗出来るような、純粋な技術による装備を開発出来るかどうかね」

いずれ消えゆく技術が行う、新技術への時間稼ぎ。魔導書とて近いものがあるが、

（――あたしとは覚悟が違うな。あたしはあくまで司書が本分と思ってる。けれど彼女は）

それを他者へ説明するほどに自覚しながら、ポリュムの顔はどこまでも凜《りん》としていた。

◇

基地北の塹壕《ざんごう》には、今も百剣隊が詰めている。とはいえ、現状見張りと東西への掘り進めしかやることは無く、魔王軍の稀《まれ》な偵察を目にすることはあれど、交戦はほぼ無い。

「ふぁぁぁ……っと、最近来ねえなあ、魔王軍」ペイルマンが欠伸《あくび》を漏《も》らす。基地防衛戦から二か月近く。どうしても気は抜けてくる。「ま、来週には消滅するかもしれねえ場所だ。今必死になるわけねえわな」

「理屈はそうだが、森の監視と防衛を空けるわけにもいかんのだ。夜のうちに塹壕内に部隊でも入り込まれたらコトだぞ。ほれ、小休憩入れ」

防衛担当の十剣長が、気持ちは分かるが、とばかりに森の監視を交代する。

「例えばだけど……魔王雷の大体の時期が分かってんなら、その時だけ基地を空けとく、とか」

文庫本を開き始めたペイルマンが指を立てたが、十剣長の首は横に振られた。

「魔王軍の常套《じょうとう》手段で、魔王雷の直後の襲撃可能性が高い。がら空きにしておればそのまま占領だ。そもそも、直撃しようものなら基地が更地だ。再建をどうする」

森で話されていた魔王軍の 懐《ふところ》事情など、彼等には知りようもないことであった。

「んじゃ俺ら、あの貴族さん部隊――魔導技師隊だかに命運を任せて仕事するしかねえのか」

基地内をここ最近忙しく立ち回る魔導技師隊を、ペイルマンは思い浮かべる。

「お、命運なんて難しい言葉使うようになったなあ、学無しのペイルマン」

「からかうなよお。小説に書いてあって、分かんねえから司書さんに聞いて覚えたんだよ」

ひらひらと文庫本を振ってみせる彼だ。

「それ面白いか？」「エロい」「んじゃ次貸してくれ」「来週になるぜ」「来週かあ……」

十剣長とペイルマンの会話に、周囲の兵も未来を思う。それは恐らく、魔王雷の発動後だ。

「……せいぜい頑張るか」「だな。魔導技師たちも頑張ってるっぽいしな」

◇

魔導具特集コーナーは、そこそこの人気を博していた。飾り付けた棚の前には、常に数人の兵が立ち読みなどをしている。

（やっぱ自分が置かれてる状況はみんな興味あるんだろーなー）

「盛況のようだな」

声。カウンターの前にはいつの間にかテルプシラが立っていた。

「らっしゃっせー。専門書が多いから、あまり貸出は出てないですがね」

カリアは手紙について知らぬ振りをして対応する。彼女にもその程度の気遣いは存在した。

「えーと、その、あれだ。魔導技師さんたちはどんな具合ですか」

「準備は終えたとの報告があった。魔導具による防御結界で基地全てを覆うことが可能らしい」

「おお～。それじゃ間に合ったんですね」

大規模な連結魔導具の発動には、魔力的知識による複雑で手間のかかる配置法則がある。地理的な情報を求めたのもそのためだ。ひとつズレるだけで効率が落ちる。

出力が足りなければ、魔王雷は防御結界を破り基地を破壊する。

「それはともかく」

テルプシラは頷《うなず》いて、手に持っていた数冊の本をカウンターに置いた。

「こちら、貸出を頼む」照れくさげに万剣長は笑う。「以前借りたものが中々興味深くてな。こういうジャンルも良いものだ。間が空いてしまったが、また新しく借りようか、などとね」

これから読む本を、明日か明後日《あさって》死ぬかもしれない身の上で借りる。

彼女は諦めていない。いや、今図書館にいる兵たち全てがそうなのだ。

「素晴らしい意気込みですね。新ジャンル開拓は楽しいもんですよ」

にこやかに答えるカリア。だがその一瞬後、彼女は違和感を覚えた。

（……ん？）

テルプシラが堂々とカウンターに置いた本はコテコテの恋愛小説だ。だが。

（手紙では恥ずかしいって……）

違和感が形を取る、その一瞬前に。

かぁぁぁぁん、と大鐘の音。次いでがらがらがららん！　と。けたたましく警戒鐘の音。

ある事象を示すその組み合わせに、館内の兵たちの顔が一瞬にして変わり、ざわつきだす。

「傾注！」

そのざわめきを打ち鎮《しず》めるのはテルプシラの一喝《いっかつ》だ。彼女は注目が集まる中、兵等に叫ぶ。

図書館は大声厳禁ではあるが、今は例外だ。

「本は全て置け！　ここに魔導技師隊員がいれば即座に持ち場へ！　それ以外は部隊ごとに基地内所定建造物内で待機！」

ざ、と口を引き結んだ帝国兵たちが動き出す。カリアは一斉に出て行く兵たちを見送る。

「来たか、魔王雷…………頼むよ、ポリュム＝ホルトライ魔導技師隊長さん」

◇

「状況！」

「二分前に大陸北方での大規模魔力発動を感知。過去の事例と合わせ魔王雷と断定。第十一前線基地との推定距離はおよそ三千キル。到達まではあと八分です」

魔導技師隊長ポリュムは隊服の防護コートに袖を通しながら報告を聞く。

「世界魔力供給、全機充塡《じゅうてん》済」「結界式魔導具十八基、起きています」「魔導技師百剣隊、総員配置よし」

補佐官からの報告を聞きながら、彼女は親機の前に立つ。

（いつ見ても――）
無骨な機械だった。核となる魔石の周りに、旧時代の魔方陣の代替となる配線と発動機。普
通の機械と違うことは、電気に加えて魔力で動くということ。
過去の記録や物語で現れる魔法とは全く似ても似つかない、現代の歪《いびつ》な模倣《もほう》。
（杖を持って。呪文《じゅもん》と意志で世界を変える魔法使い。子供の頃は憧れたわ）
幼い夢を追ったかつての少女は今、そのなり損ないとして魔王に挑む。
（魔導技師は、いずれ消える仕事）
何故《なぜ》なら魔力は消え続けている。神は遙《はる》か前に去り、人間が失い、そして世界からも徐々に
だが減少していることが分かっている。人間はそれを補うために科学技術を進めてきた。
だが、未《いま》だ道の途中だ。全てを補うことは出来ていない。
（魔導具は、技術により作られ、世界の魔力を使って発動する。魔法と科学の狭間の仇花《キメラ》。科
学技術がかつての魔法に追い付くまでの時間稼ぎ）
『魔力保持者』と呼ばれる自分たち――一部の貴族の特権は消えて果てる。全ての人々がそ
の恩恵を受ける科学の力に取って代わられる。
自分たちは、要らなくなる。
「――でもそれは、今日じゃないわ」
掌《てのひら》を親機の起動部へと。人間が持つほんの僅《わず》かな魔力――とてもそれだけでは魔法を扱え

なくなった――を、世界魔力を空気中から充塡《じゅうてん》した魔導具の起動と、方向性の制御に用いる。

微《かす》かな火種で火花を熾《おこ》し、魔導具の魔力を燃やす。その感覚。

熾《おこ》った魔力の『火』は、陣を描くように連結された子機群に送られ、一斉に駆動音を上げる。

「あと三分で着弾します！」

部下たちは言葉では無く、手元にある魔導具子機の魔力状態で判断し行動する。それを左右するのは親機を制御するポリュム班だ。

（まだだ……出力全開はまだ）

早すぎても駄目だ。着弾後数分は結界効果を維持せねばならない以上、長時間の全開駆動は過負荷を招く。その上で、一瞬で全開まで持って行ける出力を維持しなければならない。

「耐えて……耐えてね」

一か月と少しの基地生活は、思いの外快適だった。実験的な施設・兵器の運用試験という目的もあるのだろうが、兵の士気管理に相当なコストを割いている。その内のひとつ、

（図書館、か）

あのカリアという名の、やたらに感情の起伏が豊かな司書。

魔導司書という――広い目で見れば自分たちと同じく魔導技師の範疇《はんちゅう》に入る存在。だが、ポリュムが着任してから見たのは、純粋に司書として兵に本を届けるため力を尽くす姿だ。

ポリュムは笑う。彼女が最初に覗《のぞ》いた時、図書館にいる兵は、皆笑っていた。

（戦場なのに、楽しそうに。私はその時、逃げてしまったけれど）

「あと一分！」

「魔導具励起、最高値へ。各員、自身を反動緩衝へ繋《つな》げ」

心労で吐くほどに心を痛めながら、それでも尚魔導司書という仕事を辞めない、あの女。その心は、ポリュムには想像することしか出来ないが。

（想像。そうね、想像するの）

食事を作る兵を。傷病を治す兵を。毎日敵を見張る兵を。基地に出入りする一般の民を。

彼等のこれまでと、これからの生と楽しみを。

（私は、それらを護《まも》るわ）

貴族の責務だ。この世から魔力と共に失われる、その一瞬前の。

「着弾二十秒前！　魔導具発動カウント開始！　八・七・六……」

ついでに自分の命もだ。死んでたまるか。生の渇望も何もかも、魔導具へと叩《たた》き込む。

「三・二・一――」

「魔導具全開！　『多重共鳴・偽王大結界』発動！」

光が連鎖する。十八の魔導具全てを繋ぐ魔力光のラインが、基地を覆う魔法陣を形作った。

光はそのままドーム状に押し出され、基地を丸々覆う。

「おわっ、光が！」「俺ら通って上がってった!?」「すげえ、キレイだ……」

建造物内でそれを見る帝国兵たちが、遙《はる》か数百年前の威容を再現した光に目を奪われる。

「展開完了！」「保持に全力！」

その瞬間。空が。結界の光越しの空が、それでも真っ白に覆われた。

「続いて魔王雷、来ます！　三・二・一――」

音が消えた。一瞬で基地内の全員の聴覚視覚を吹き飛ばすほどの音と光。

（こ、れ！『天雷の顕現』と……！）

図書館でカリアは耳を押さえ、咄嗟《とっさ》に目を閉じる。窓から入り込む光で全てが塗り潰《つぶ》される。

「――っ！」「……！」

魔導技師たちの悲鳴が、轟鳴《ごうめい》の無音の中でかき消されている。結界に叩き付けられる膨大《ぼうだい》な破壊力。結界を伝わり魔導具に流れ込む魔力反動を、緩衝装置として引き受けることも魔導技師の仕事の内だ。親機を担当する隊長の班が、無論最も反動が大きい。

「――っ！　ぎ……！」

毛細血管が破れ、視界が真っ赤に染まる。だが魔力の制御は止めない。手を離せば溜《た》め込んだ世界魔力が際限なく放出され、結界が消える。魔王雷が消えるまで、責め苦を受け続ける。

魔導技師が隊を組むのは、結界の大型化のためということもあるが、この反動を可能な限り

分散するためだ。一人で魔王雷の防御負荷を受けようものなら即死する。

（耐えるだけよ……！）

音の消えた世界で、破壊と守護が拮抗《きっこう》していた。

「お────ぁぁぁぁぁぁ────！」

一基の子機魔導具が炎を噴き、その前にいた魔導技師も倒れ伏す。呼応するように結界の端が綻《ほころ》び、基地の外壁が吹き飛んだ。

光。光。全ては光。ポリュムの紅い視界が、それでも尚、光で白く染まって行く────

◇

数日後。帝国軍第十一前線基地後方、兵舎病院。

ここは基地とカミルトンの間に位置する、傷病兵が送られる施設だ。

現在は二か月前の基地攻防戦で重傷を負った者も入院しているが、時間が経《た》っているためその率は多くない。病気や訓練中の事故で負傷した者、そしてつい先日の魔王雷に対応した魔導技師たち、である。

「とりゃー者ども！　あたしが来たわよ！」

そこに、台車に取り付けられた書架を転がしてやってくる者がいる。

「おおー！」「本来た！」「待ってました～」

数十人の入院患者が快哉《かいさい》を叫ぶ。

「あいよー。重たい本持ってやって来たよ感謝しなさい」

カリアである。隔週でこうして本を積み、兵舎病院を訪問することも彼女の仕事の内だ。

何せ入院患者は基本寝るしかなく、超暇なのだ。読書は数少ない娯楽なのである。

「落ち着け落ち着けケガ人ども。一応新刊多目にしといたから。順番ね。そんで次女子棟も行かなきゃだからさ。一人三分以内で選んでね」

「ありがてえこった」「フットワーク軽いなあ司書さん」「あ、シャルムズある！」

ベッドの間を行き来して、司書は入院患者の魔導技師に問う。

「貴方《あなた》たちの隊長さんは？」

「負傷も大きかったので、個室ですよ。あの方、嫡子でもありますし」

俺は三流貴族の隠し子です、と笑う魔導技師に礼を言って、カリアはがらがらと書架台車を引いて歩く。扉の前でノック。

「――どうぞ」

「毎度こんにちは。出前図書館でェす」

ベッドから上体を起こしてカリアを見るのは、まだ目も赤く、あちこちに絆創膏《ばんそうこう》を貼って包帯を巻いたポリュムだ。

「うあちゃー……痛々しいけど……目は平気？」

「まだ目薬は要るけどね。骨と神経も多少やったけど、命には別条ないから後は静養よ」

「そっか。ありがとうね、あたし達守ってくれて」

魔導技師隊は魔王雷から第十一前線基地を守り通した。被害は外壁に数か所の崩壊、そして魔導技師十数名の負傷である。

「仕事よ。……それに、私に本持ってきたってしょうがないでしょ」

ふい、とポリュムは窓の方へと顔を背ける。それに、司書は苦笑を返して。

「ほら、予約の本だよ」どささ、と。五冊の本をベッドに乗せた。

思わず本を見たポリュムが硬直する。その頬がみるみる紅くなっていく。

「――――う――――」

それは陳情を受けた皇女が寄越した『緋色《ひいろ》の胸元』六〜十巻（最新刊）だ。

（まあね、あたしも最初は司令と勘違いしてたけどね）

決定的だったのは、書類と図書カードの筆跡だ。貸出者Xとテルプシラのそれは双方流麗ではありつつも微妙に異なっており、地理資料のために作らせたポリュムのそれは――

「あ……あぅ…………んんぅぅぅぅぅぅぅ……っ！」

シーツに突っ伏してしまったポリュム――貸出者Xに、カリアはにんまり、笑ってみせる。

「次は普通に借りに来なよ。千剣長ともあろう者が、あんまり規約違反も良くないでしょ。ウチはいつでも歓迎するから、さ」

NOW
OPEN
THE MAGIC
LIBRARY
The Imperial 11th
Frontline
Base
テルプシラ＝
ピタカ
クレーオスター＝
オリルダン

ポリュム＝ホルトライ
エルトラス
CHARACTERS

間章

勇者の援護

時は少し遡《さかのぼ》り、魔導技師たちが、第十一前線基地で忙しくしていた頃。

商業都市クランセッグ。帝国軍第十一前線基地からは遙《はる》か数百キル離れた地にある、帝国の大都市だ。人口こそ帝都には及ばぬものの、その商業規模は引けを取らない。

その繁華街で。急遽《きゅうきょ》設置された壇上で手を振る青年の姿がある。

「勇者様ァー」「素敵～！」「ずっとこの街にいてくれぇー！」

勇者アリオスであった。清涼が形を取ったような──悪く言えば非人間じみた──爽《さわ》やかさで、人々に対して手を振っている。

魔王軍に対する鬼札である勇者、中世から飛び出してきたような彼の姿は、人々からの憧《しょう》憬《けい》を集めてやまない。老若男女《ろうにゃくなんにょ》から人気を集める存在なのである。

（まるで道化だなあ）と思いながら、アリオスは笑顔を絶やさない。

とはいえ、人々に罪は無い。何年も続く戦争で大小の制限や特別税がかかった生活を続けており、その心は慣れがあるとはいえ倦《う》んでいる。

（何年も戦争のための金を民衆から巻き上げ続けるというのは、まともではないからね）

自身の食い扶持《ぶち》も彼等から出ていると意識すれば、彼もこれくらいの真似《まね》はする。

「皆さんありがとう！　ですが、僕を待っている人々が、連合国家にはまだまだいます！　愛《いと》しいクランセッグっ子を置いて他の街に浮気をする僕を、どうか許してほしい！」

冗談じみた――ほんと馬鹿じゃなかろうかと自分で思う――ような台本通りの言葉に、「嫌ー！」「捨てないで～！」などとこちらも冗談じみた歓声が返る。

連合国中の戦場と戦場を飛び回る間に挟み込まれた、慰安任務というやつだった。向かうところ負け無し、無敵の英雄たるアリオスの姿と演説をもって、戦争で疲れた人心を慰撫《いぶ》する。

（えーと台本の中身は……最近の戦果に、ちょっとだけ脚色した帝国軍戦況に、ほんの少しのガス抜きお上批判に……）

必須項目をひとつひとつ潰《つぶ》していく。その度に馬鹿か僕は、と思いながら。

（あとなんか話すことあったかな……あ、そうだ）

思いつく。その途端、アリオスの笑みが人間味を帯びた。思い出すのはしばらく前の戦地。自分を嫌いだとはっきり言った、司書という妙な仕事をしている人。

（魔王雷……流石《さすが》にアレは僕にもどうにもなりませんからね。次に会うまで、無事でいてくださいよ）

そう思うものの、勇者は本来、帝国第十一前線程度の重要度の戦場には派遣されることは少ない。更に同戦区に短い時期で二回、ともなるとよほどの激戦地でなければ無理な話だ。

アリオスはカリアの顔を思い出す。

(なんでか怒ってる顔の思い出が多いんだけど……)

次に思い出す顔は、あの日の泣き顔だ。

そうそう会えないのならば、せめて少しは助けになることをしようと、そう思った。

「ところで皆さん、本はお好きですか?」

台本に無い言葉に、おやと運営側の兵が視線を寄越す。それを知らぬ人々は、思い思いに「好きでーす」などとアリオスの誘い言葉に乗ってくる。

狙い通りだな、と彼は思う。地方ならばいざ知らず、帝国一、二を争う商業都市における識字率は高い。書店も幾つもある。

「皆さんの友人であり、子供であり、親兄弟である兵士は辛《つら》く厳しい戦闘の合間に、つかの間心を癒《いや》す娯楽を求めています。かくいう僕もその通り。基地で読む物語をはじめとする本は、ひと時の心の安らぎです」

実用本一辺倒の癖に、心にも無いことをさらりと言ってみる。こういうところがカリアに嫌われるのだが、彼は頓着《とんちゃく》しない。嘘《うそ》も方便、彼女の助けになれば良いと本気で思っている。

「今、帝国軍は前線基地における図書館の設置を試験的に進めています。しかし中身が無ければただの箱! どうか、兵士たちの心と図書館の棚を、皆さんの寄付で埋めてやってほしい!」

「え、基地に図書館？」「知らなかった」「本かあ……」「読まなくなったの、あったかな」

クランセッグの人々に言葉が染み渡る十数秒を待って、アリオスは続ける。

「寄付の送り先は戦時図書委員会！　あ、そうだ、兵士は心が疲れてる！　物語や小説がオススメだ！　伝記なんかも人気があるよ！」

カリアから聞いていた兵士の要望を付け足して、アリオスはにこやかに壇上を降りた。

「意外なことを話されましたね」

「そちらの皇女殿下には世話になってるしね。ま、いいでしょ」

想定外の騒ぎに少し苦い顔をしている軍警士官に、勇者は肩をすくめて見せる。


――このアリオスの演説は「戦場に図書を」運動における転換期になったと記録されている。

この演説を契機に、他の著名人・文化人もこぞって戦時図書委員会への支持・寄付を表明。

戦時図書委員会への寄付は本のみならず金銭においても、前年比で二百％を超えた。

またこの件による世論の高まりを利用し、戦時図書委員会会長、皇女クレーオスターは水面下で進めていた事業を本格的に実行することとなる――。

三章

本舐めてんのかガキども

ある日。唐突に列車でそれは届いた。

「う、うわぁ……なんじゃこりゃ……？」

次々に下ろされる大量の木箱。中身は本ということで呼ばれたカリアは、目録を見て冷や汗を垂らす。列車の一車両を丸々占拠《せんきょ》していたその内容は、五千冊の小説だ。

「これ、どうすんすか」「木箱が十、二十……たくさん」

図書係のエルトラスたちも途方に暮れている。それは無理も無い。五千冊の図書が一度に来るとなれば、受入作業だけで一苦労だ。

「カリアさん！　ピタカ司令がお呼びです！　ってうわーなにこれ！」

さらにシミラーが連絡を持って来る。カリアは髪をかき回して配下に叫んだ。

「ええい……！　とりあえず行ってくるから、目録確認だけお願い！」

カリアが呼び出された司令室で、テルプシラは書類を差し出しながら言った。

「本日午後に――もう来てるんだが、皇女殿下より追加の図書供与が届く。新しい判型の本らしい。それの受領と受入を頼む。人手が必要なら言ってくれて構わない」

「新判型……？　あ」カリアは思い出す。以前、皇女が言っていた事を。

『基地図書館には追加の支援を計画しています。ようやっと予算が通って、出版社も説き伏せた事業がありますのよ。もうしばらくお待ちになって』

（あれか～～～！　いきなりすぎんでしょ、クレオ！）

「次に、君へ軍部から催促が来ている。魔導書を実用段階に持っていけ、とな。魔王雷が防がれた以上、魔王軍は通常戦力の増強で来る、と想定されているためだ」

その対処として、兵力増員では無く魔導書で挑め、と軍部は言外に告げている。

「クソッタレが……っと、失礼。味をしめたな、軍部のお歴々……」

眼鏡の奥の瞳を曇らせるカリアに、万剣長テルプシラは同じく苦い顔で頷《うなず》く。

「確かに、あの威力を知れば軍部が興味を示すのも無理は無い……が」

その力が魔王雷を呼んだわけである。軽々に使うわけにはいかなかった。

「切り札を持っておくことは重要だ。修復は進めておいてくれ」

「――カリア特務千剣長殿。お聞きしますが、人の――魔導技師の助けを借りるわけには？」

副官の疑問はある意味では正解で、魔導司書は魔導技師の一種とも言える。

「特定の効果を発揮する魔力を使う道具、という意味では同じだけど。半分は違うの」

だが、カリアは指をくるくると回す。魔力に関する事こそ共通ではあるが、

「まず魔導具は機械によるものだけど、魔導書は本。あたしは魔導具のメンテナンスなんて出来ないし、向こうも魔導書の扱いなんて知らない。必要とされる専門が全く違う」

布や革、古紙の補修知識と技能、古文書解読、時代ごと・魔導書ごとの文体知識。絵画タッチ。それらから来る贋作《がんさく》・模倣《もほう》技術。使われるインクの種類。ｅｔｃ．ｅｔｃ．……

「破損で飛んでる文章の補筆とかも、間違えれば効果自体にどんな影響があるか分からない」

さらには大前提として『魔力持ち』である必要性。

「魔導書修復には関連を飛び越えた知識技能が要る。そんなワケで、あたししか今いない」

おまけに士官教育も必要だ。テルプシラが少し考えて、頷《うなず》く。

「要するに、貴族の血筋でありながら、普通は何の役にも立たない、将来など全く考えていないような、奇特な技能を複数、高いレベルで修得していなければならないと」

「あはははオブラート０の解説をどーもありがとうございますね～！」

ぎりぎりと歯を軋《きし》らせるカリアに、副官がいらん話題振ったと気まずげに咳払《せきばら》い。

「敵味方共に兵の増員が見込まれます。新顔も多く来るでしょう。図書館自体の役割にも期待をしております、アレクサンドル特務千剣長殿」

「人だけじゃなく物資もな。……君に負担をかけるとは思うが、上手《うま》くこなしてくれ」

駅まで再び戻って、カリアは皇女からの追加図書の検分に戻る。

「流れで仕事がモリモリ増えたなこんちきしょー………ん？」

目録をめくる司書の手が疑問と共に止まる。彼女の視線はその文面に注がれていた。

『海底三万洞窟《どうくつ》』『牛頭の魔法使い』『野聖』『砂精霊』『シャルムズの事件簿』……他タイトルも、どれも連合各国でベストセラーとなった小説たちだ。が――

カリアの疑問を待っていたかのように、エルトラスが困ったように漏《も》らす。

「そ、そうなんですよ、十タイトルしか無いんです。同じ本が五百ずつっぽくて」

「そんなもんどう図書館で使うんだよって、今みんなで」

いくら人気小説とはいえ、複本五百冊は多い。ひたすら棚でだぶつくことになる。

「しかし、数からしてみたら箱はむしろ少ない……？　ちょっと、ひとつ開けてみて」

考えながらのカリアの指示に従い、フルクロスが木箱を開く。

「うわ、みっちりでありますな……」「てかこれ、小さいな」「ちゃちくない？」

言葉通り、木箱の中には小型の――幅六セル、高さ十五セル程度の本が詰まっている。

黙ってカリアが一冊手に取る。本には表紙下部に『戦帝文庫』と刻印されている。

本自体の作りは簡素なものだ。表紙絵も無く題名のみ、ホチキスで留められている。

「ささっ！　びしっ！」

突如《とつじょ》、カリアがエルトラスの胸と尻へ、その本を当てる。

「わわっ!?」「なんすかなんすか」「セクハラでありますよ司書殿～」

「違うわお馬鹿ども！　……これ、軍服のポケットに合わせてある」

え、とシミラーが本を手に取り、ポケットに入れた。ぴったりと納まる。

（糊《のり》付けじゃないのは多分、塹壕《ざんごう》の湿気対策か。持ち運びしやすく片手で読める……）

ポケットに合わせた小型の簡易製本、タイトルを限定した大量数。

（閃《ひらめ》いた！　そうかこれ、図書館に置く必要は無い。つまり）

カリアは本の判型に込められたクレーオスターの意図を汲《く》み取り――その結果、即断した。

「基地内の希望者、一人一冊の配布にする」

「えっ、貰えるってことすか、これ?」

ペイルマンの驚きに、カリアは頷《うなず》く。これは図書館で貸し借りするものでは無いのだ。兵士個人の持ち物として、どこにでも持ち込める、そんな目的の本だ。

どんな境遇にある兵士の傍《かたわ》らにも、常にあり続けてその心を癒《いや》す。そんな役割の。

「おし！　仮設の配給所を作るよ！　各種一冊を前に出して、選ばせて渡す。早い者勝ちだね」

後は兵隊内で交換するなり好きにしろ、だ。

◇

その日の内に設《しつら》えられたテントで行われた配給に、兵士たちが列を成す。

「これは……菓子か煙草《たばこ》の配給か何かで？」

疑問顔で行列の兵に聞くのは、列車で戦帝文庫と共にやってきた戦場記者だ。

「いや、本です。一冊貰えるっていうんで」

満面の笑みで、その兵士は答えた。戦場記者の表情が更に疑問を深める。

「本を？　そんなに？」

彼も、戦時図書委員会なる組織の話は知っていた。本を戦場に、という動きが高まっており、帝国中から集められた大量の本が、他の基地にも送られているということも。

（この基地は試験運用で図書館があるって話だったか。しかしこれは）

「皇女殿下が、わざわざ出版社に頼んで新しいレーベルを作ってくれたんですよ」

以前より、戦場へ本を持ち込む（違反だが）兵士にとって、本のサイズは問題になっていた。当たり前の話だが、ハードカバーの本はかさばるからだ。

「歩兵の仕事の九割は、待機か穴蔵にこもっていることになるんで。気鬱《きうつ》にも神経症にもなるってもんですが。それでも読む本がありゃあ、気が紛れるんです」

「俺《おれ》ら、心底クソ暇になると糧食の成分表まで見てたもんな」

取材に対し嬉しそうに答える兵士の顔を見て、記者は行列を見る。

（休憩中の兵士、ほとんど全員来てないか、これ）

テントからは「さっさと決めろこらー！」などと威勢のいい声が飛んでいる。戦帝文庫を手にテントから離れていく兵たちは、一様に笑顔を浮かべていた。

（こんなに効果があるのか？　帝国どころか、連合国中に広めてもいいんじゃないのか）

彼も、戦場における本の効果は聞いていた。しかし、それには懐疑的だったのが本音だ。

だが。今目の前で賑《にぎ》やかに本を受け取る兵士たちの瞳の輝きに、嘘《うそ》は無い。

「帝国兵は文字と共に戦う、か……」

記事のタイトルを考えながら、記者はそれを眺めていた。

◇

戦帝文庫により兵士の大半に『自分の本』が行き渡り、兵士間による交換も行われていた。

「やあれやれ、ひと心地ついた……。これで図書館も楽になるかな？」

常日頃の昼と夕の大休息ラッシュを思ってほう、と息を吐くカリアだ。

軍部から催促されている、二冊目の魔導書も補修せねばならない。魔導書を使うことには拒否感があるが、本の補修自体は昔からの趣味だ。

「悩ましいとこだよ、ふんとに」そう思いながら、中途まで修復された新しい魔導書を見る。

どこかおどろおどろしい、黒革の本だ。「内容は……地の底がどうこう」

地に眠る者、染み込む血と影、貴方《あなた》がたの手――連合国のひとつ、法亜国古語で書かれた散文詩的な内容で、部分的に翻訳《ほんやく》してみても正直意味は分からない。ただ、

（どこか、内容が禍々《まがまが》しいというか……文章的にも、魔力の傾向的にも敵対存在に向けて放つものではある。と思う。多分。ここはホントに注意して訳さんと）

そこを間違えると大惨事だ。今回は修復よりも、解読の方に手こずりそうであった。

（軍部はこいつをあたしに使わせて、魔導書の運用を確立、帝立文書館にどんどん魔導書を吐き出させたい……んだろう。けど、急いで使うにはリスクが高い）

ここに来て、皇女が魔導司書を成立させた際の『魔導書の使用判断は、能力を把握する魔導司書に一任される』という権限が効いてくる。

（ったく、どこまで読んでたんだ？　あの人は――――っ、と？）

司書準備室の扉が叩《たた》かれた。カリアは体をひと伸びさせて、魔導書を片付ける。

「はいはい、どーしたの？」

戸の向こうにいたのは常連の十剣長だった。次いで彼に連れられた兵が彼女の視界に入る。

「司書さんよ。ちと相談に乗ってほしくてよ。ウチの隊の若いので、ウラッニつうんだが」

ウラッニと呼ばれた兵士は十剣長の手を肩に乗せられながら、無表情のままだ。とてもではないが、自発的に図書館に来たとは思えなかった。

「んー？　可愛い顔だけども……見ない顔だね？」まじまじと、カリアは彼の顔を見る。若い。というよりも。「いくつ？　この子」

「覚えてないそうで。書類上は十六だがね」

「えぇ？」

とてもそうは見えない。成人男性である十剣長の頭三つも低いウラッニの顔立ちは、少年と言って良い。帝国兵の入隊年齢には達していない事は一目瞭然《いちもくりようぜん》であった。

「俺、戦争難民だから」

ぽつり、と少年が発した言葉で、カリアは大体察した。仕事。飯。

様々な倫理意識を横にうっちゃり、彼女は十剣長へ聞く。

「――ンで？　相談っていうのは？」

「ああ。こいつね、字があんま読めねえんだわ」

カリアは内心で頭を抱える。

帝国における識字率は、初等教育の実施により現状七割を超えているが、地方出身者には読むことが出来ても書くことが出来ない、もしくはどっちも出来ないという者もいる。ただ、

（そんな子を入隊試験通すなよぉ……）

前線においてはしばしば、正規の規則から外れた事が起こる。

「隊長、だからいいって……」

「お前いつも一人だけ暇してんだろ。戦帝文庫も読めないだろが」

どこか、上司と部下というよりは家族じみた会話だった。十剣隊は、二十～四十人前後の人数で作られる、隊としては二番目に小さな単位だ。カリアは嘆息する。

「察したわ。要は、児童向けの本が無いか、ってことだよね？」

「基地の図書館に無理を言ってるとは思うがね」

そう十剣長は言うが、基地図書館の司書は軽く肩をすくめてやる。

「図書館をお舐《な》めでないよ。あるよいくらでも。──おいで」

エルトラスにカウンターを任せ、カリアはウラッニを手招きする。

寄付された本の中には、一般向けでない図書も多くある。無論、児童本もだ。

「恩に着るぜ、司書さん。今日はもうこいつ上がりにしとくからよ。良かったな、おい」

十剣長に背中を叩《たた》かれながら、少年は眉をハの字にしていた。

「……いいの──いいんですか、仕事ほっといてこんなことしてて」

「わはは。これがあたしの仕事なのよ」

魔導書補修に気分が淀《よど》んでいた時だったので丁度良いという面もある。共に図書館内を歩きながら、カリアは笑ってウラッニの頭に掌《てのひら》をぽすんと乗せた。

頭を横に振ってその手を落とし、彼は懐疑的に聞く。

「無理矢理本読ませることがですか？」

「君が本を知った上で興味無いってんならそれでいいさね」

実際、基地の人間にも図書館に寄りつかない者はいくらかいる。ただ、彼は字が読めない。

「だ～け～ど～。読んだこと無いんでしょ」

少年兵は目を逸《そ》らしてぶつくさとこぼす。

「……本なんて。腹も膨《ふく》れないし。嘘《うそ》の話読んでも仕方ないし」

（そう来るか）

内心で笑って、カリアは館内の隅にある児童本の書架を見る。

「フィクションも面白いもんだけどね……んじゃ今回はこいつ行くか」取り出したのは、とある人物の伝記だ。「何を隠そう、こいつはむかーし、本当にいた人の話だよ」

む、とウラッニは押し黙る。そもそも、彼は本というものにどういった種類が存在するかもよくは知らない。

（本なんて……教会の人しか持ってなかったし）

「ひとつ聞いて行きんさいな。あたしが読んでみるから。面白かったら、いつか借りてね」

「面白いとか、思わないと思いますけど」

それには無言で。カリアは少年に椅子を勧めた。

「『大魔導師は空を駆ける！　岩をも砕く魔法大パンチで、山のような魔物をぶっ飛ばした！』」

「う、嘘だそんなの！　出来るわけないし！」

数分後。図書館の隅っこで、熱の入った朗読をするカリアと、元気なリアクションを返すウラッニの姿があった。

「マ・ジ・だ・ぜ。これは何百年も前の魔法使いの記録を弟子が書いた本だからね」

困惑と驚愕《きょうがく》半々の表情をするウラッニへ、にんまりカリアは笑ってみせる。

「すっげーでしょ？　昔は人間も体一つで魔法が使えたの。……そういうことも、本が無いと後の時代で伝わらないでしょ？　続き読むよ」

その後もウラッニのツッコミに解説を入れつつ、やいやいと読み聞かせが進む。

「お、何か司書さんがおもしれーことしてる」

「いいんすか図書館ででけえ声出して。いつも静かにしろって言う癖に」

夜の館内にはそこまで人は多くなかったが、そんな風に声を上げていれば、それでも数人の兵士が面白げに見物に来る。

「あ……」

軍隊にいる以上、規律は覚えている。思わず口を覆うウラッニを見つつ、

「ふっ、ものを知らん奴等《やつら》め。これは私語じゃなくて読み聞かせなんだからいいのだ！」

にやりと笑うカリアに、どれどれ、と兵士たちがウラッニの周りに腰を下ろす。

「おー大魔導師の話だ。こんな婆《ばあ》さん今でもいたら戦争も楽なのにな」

「空飛べるのズッルいよな。俺らが必死に掘ってる塹壕《ざんごう》意味ねえ」

「『そして、大魔導師とその弟子は大魔獣を大人しくさせたのでした』……今日はここまで」

一エピソードを読み終えたカリアが時計を見れば、時間は既に閉館時間直前だ。

「いやーお疲れ。良かった」「たまにはいいなこういうの」

ぱちぱちと拍手して、やじうま兵士たちが立ち上がる。ウラッニは動かない。

じい、と。瞳をきらめかせてカリアを——否、彼女の持つ伝記本を見つめていた。

「ほれほれ、今日は終わりだよ。兵舎に戻りなさい」

彼は、はっとした様子で周囲を見回す。既に館内に利用者は彼一人だ。

「あ、や、その」ウラッニは羞恥《しゅうち》に頬を染め、上目遣いにカリアを見た。「続き、は」

「うっ………おほん、また今度ね。それとも借りてく?」

突如《とつじょ》現れた、年相応の可愛げに彼女はグッとよろめきつつ、聞いてみる。

「多分、ひとりじゃ読めない」

ふむ、と頷《うなず》き、彼とカウンターまで歩く。

「それじゃ手始めに貸出カード作ろうか。これとこれ、貸してあげるから」

そうやってカリアが机から取り出したものは、サイレントのコミックと言語学習の絵本だ。

「これね、絵を追っていけば読めるやつ。絵本の方は文字表あるから。君、言葉はちゃんとしてんだから、後は知ってるものと文字を一致させるだけだよ」

「そしたらさっきの本、読めますか」

「もっちろん！　分かんない単語が出たら調べるようにすれば良いのよ」

ウラッニは、手元の渡された本を見た。少しだけ、指に力を入れる。

(馬鹿にしなかったな、この人)

そう思う。このカリアという司書は、ウラッニがまんまと伝記本に興味を示しても、揶揄《やゆ》するような顔はしなかった。幼くとも、ちっぽけながらでも自尊心はある。

だから、彼は渡された本を摑《つか》んだ。

「一応、借りていきます……けど」

「おーう。読めなかったら読めなかったでいいよ。手が空いてたら読んだげる。またおいで」

そうしてウラッニをカリアが送りだそうとした、まさにその時だ。

「うおおおお間に合った！」

「うわっ」

突如《とつじょ》図書館のドアが開かれ、慌てて避けた少年を押しのけるように男が飛び込んでくる。

「走り込んでくるんじゃあないこのスットコ！」

なので、顔面にカリアの肘が思い切りめり込んだ。

「お、おごご……へ、返却で。あと予約来てます？」

鼻を押さえて本を差し出す男も無論、帝国兵だ。ウラッニほどではないがこちらも若い。

「あっ。もしかして貴方《あなた》。病院で」

「そうそう、そうです。退院しました、アレクサンドル特務千剣長殿」

軽薄そうな顔に、カリアは覚えがあった。先日行った兵舎病院への移動図書館で見た顔だ。

「この人も常連さんですか」

「いんや？　ここに来るのは初めてじゃないかな」

「あはは……そうそう。だから迷っちって」

照れ笑いする青年は、二か月以上前の基地攻防戦で足を折り、負傷入院した経歴を持つ。

「なんだっけあの面白い負傷原因。吹っ飛ばされて砲撃で出来た穴に転げ落ちたんだっけ？」

「そうなんすわ。てっきり死んだと思ったけど、穴にすっぽり隠れちゃって、戦闘に戻ろうにも足が折れてて。動けねえし見つかったら殺されるし、もう自棄《やけ》になって寝た」

そのまま『天雷の顕現』にも効果外で難を逃れ、後の負傷者・遺体回収で救出され、入院したという次第だ。ウラッニが唖然《あぜん》としている。

「よく生きてましたね……」

「悪運だけは良いみたい、俺。そんで入院中クッソ暇で。耐えかねて生まれて初めて小説なんて借りて読んだらさ、それが面白くて」

ウラッニがぱちりと目を瞬《またた》かせた。カリアが笑う。

「あっは。初めて本読んだコンビだね、貴方たち」

「おっ、そうなの少年？　俺、メルギンスっつうの。仲良くしよーぜ」

「う、ウラッニです。一応。今日……」

やたらに人懐こいメルギンスと名乗る青年に少年が構われている内に、ギリギリセーフということでカリアは青年の予約本をカウンター背後の棚から取り出す。

「おや」本の表紙を見て、カリアの三白眼《さんぱくがん》が丸くなる。「珍しい本借りる人がいると思ったら」

差し出した本の題名は『靴職人手帳』。つまり技能職専門書だ。

珍しい、というのは単純に兵士が余り借りない本だからである。兵士の好みは大まかに言って、上位から順に『フィクション・伝記・歴史・各種専門書』となる。専門書の類《たぐ》いは、奥まった位置の書架で守護神と化しているのが常だ。

「俺無学なもんで。兵隊になったのも食いっぱぐれだけは無いかなあってだけなんすけど」

照れるメルギンスを、ウラッニがはっとして見上げた。

「さっき返した小説の登場人物がさ、靴職人で格好良かったんすよね。影響されやすい俺」

そう自嘲《じちょう》する青年を、カリアはほんの一瞬だけ、眩《まぶ》しそうに見た。そして、

「――いや、いいいね。それはとてもいいよ」

さらさらと貸出カードを書き込んで『靴職人手帳』を差し出した。

「…………」

手を振って去って行くメルギンスを見ながら、ウラッニは奇妙な心持ちだった。

読書という点において、彼と自分にほとんど違いは無い。しかもさっき会ったばかりの人物だ。なのに、どこか取り残されている感覚を覚えていた。

――大陸北部に近い、冬は雪に埋まる地方の村で生まれたウラッニは、当然のように学校にも通わず、物心付いた頃から家の農作業の手伝いをして過ごしていた。

本など、聖職者が教会に持っているものしか見たことは無いし、読んだことも無論無い。

そんな彼にとって、物の価値の判断基準は『生きることに役に立つかどうか』であった。

冬が来る度、村の年老いた人間や、小さな子が死ぬことは珍しいことでは無かったのだ。

価値とは、食べられるモノか。体温を保てるモノか。

だからウラッニにとって、本は何の役にも立たない物でしか無かった。紙や革で出来ているのに、燃やすことも許されぬ、なんだかよく分からないモノだった。

村を出ることは発想すらなかった。村の外は数十キル四方、人里が無い。時折やって来る行商人を除けば、村と森だけが少年の世界の全てだった。

――そんな村の、片隅に居を構えていた古老がいた。過去は知らないが、ずっと前から村にいる人物だった。彼は語り部であった。

ひもじい生活の中で、語り部が村の人々を集めて話すあれこれは、数少ない娯楽であった。

それが冬ならば、ほぼ唯一と言っていい。

ウラッニも、彼の話す世界の色んな場所であったという話は好きだった。

（そうか。あの爺《じい》さんの話。司書さんがやってくれたのと、同じなんだ）

本に触れたことが無く、文字も読めないウラッ二は、今まで人が語る話を本と結びつけるという発想自体が無かった。

本というものが、情報が失われぬよう、物語が消えぬよう、記録されたものであることに。

その村も、今は無い。魔王軍との戦争で、村のあった帝国北部は早々に戦火が及び、燃えて消えた。ウラッ二の家族は戦災難民保護区にいるが、あの古老がどうしたか、彼は知らない。

逃げ延びたのか、それとも死んだのか。今のウラッ二には、それに思うことがある。

(もし死んじゃったなら――爺《じい》さんが聞かせてくれた話は。失われてしまったんだろうか)

最早《もはや》記憶も朧《おぼろ》気《げ》な、何となく好きだった、昔話の数々。

もしかしたなら、それはどこかの本に載っているのかもしれない。


ウラッ二は再び、遠く、小さくなったメルギンスの背中を見る。

(あの人、字が読めるんだ。字が読めるから、本も読める。俺も……探せるのかな)

彼の内心に答えるように、ぽすんと頭にカリアの手が乗せられる。

――彼女は無論、ウラッ二の来歴など知る由《よし》も無い。だが初等教育も受けていないこの年齢の少年が前線の軍隊にいる。察せられるものはあった。

「起こったことは、変えらんないからね。君のこれまでも。彼のこれまでも」見上げる幼い瞳を見返して、彼女は続けた。「なら、これからやることでその甲斐《かい》があったことにすればいいんだよ。過去ごと、何もかも」

　乗せられたカリアの手は、今度はそのままだった。

　そんな交流がありつつも、帝国軍第十一前線基地は増えた人員で騒がしくなる。

「ひえ〜、忙しいです〜！」「め、めちゃくちゃ来やがる……！」

　エルトラスたち図書係の悲鳴が響く。ウラッニたち含め、増援として送られてきた帝国兵は約二千。基地攻防戦で死傷、後送された兵を考えても、戦闘兵が倍近く増えたと言える。

　それはつまり、それだけ図書館にやって来る兵たちも増えるということだった。

「登録だけでもえらいことだ。手が・足り・ない！　図書係、図書係を増やしてぇ……！」

　カリアはひいひい言いつつ業務をこなし、残業で魔導書を修復する。そういう日々になる。

「すまん、再編したら人回すから。魔導書の方も何卒《なにとぞ》頼む」

「ほんとお願いしますよ……そちらも大変なの分かりますけど」

　わざわざ来館してまでそう頼み込んできたテルプシラもまた、業務は立て込んでいる。増えた兵による事務処理等々は基地トップの彼女にだって当然降ってかかる。

　彼女も、カリアも。休日などはしばらく望めないという日々が続いていた。

「増援といや、こないだの魔導技師隊ってどうしてんすか？」

　そんな中、空いた僅《わず》かな時間で休憩中、図書係の面々がジュースを飲みつつ問うてくる。

「半数近くが負傷入院してるんだもの。無事なの含めてカミルトンで休暇中～」

眼鏡を外して目周りをマッサージしつつカリアは答える。ポリュムも入院中では、どの道魔導技師隊としては現状行動不能だ。大仕事を終えた後の、ささやかな休息であった。

「では何かあったらまた助けてくれるでありますか？」

「どうでしょうか……魔導技師って激務だと聞きますし。何せどこが狙われるか分からない魔王雷から、連合国全部を分担して護《まも》らなきゃいけないわけですし」

「詳しいじゃん、エル」

「えへへ、この前の特集で私も本借りまして……」

ペイルマンへ照れくさげに笑うエルトラスは、続けてぽむと手を打った。

「増援というなら、勇者様はどうなんでしょう？　また助けに来てくれたりとか～」

「様って……」

おいおい、という様子でカリアはエルトラスを見る。瞳が夢見る乙女《おとめ》、という感じである。

「アレはそうそう来れないの。ここの戦場に数千人兵隊が増えたところで、そもそも基本的に万同士の衝突してるとこに大将首獲るために送り込まれる鬼札だからね」

世界の希望をアレ扱いしつつ、肩をすくめてカリアは諭《さと》す。

「え～もう会えないんですかね～……」「勇者殿は自分ももう一度見たいでありますな。戦っているとこ」「この前はいつの間にか大将首取ってたもんな」「ねえ。痺《しび》れますよね」

口々に勇者の事を話す図書係たち。大人気である。こうなるとカリアは面白くない。

「べ～。来ない奴《やつ》に頼ったってしょうがない。やれる仕事をやるしかないんだから」

ふん、と鼻を鳴らすも、図書係の面々はにやにやとカリアを見ている。

「なあによあんたら、その目は」

「知ってるぜ～司書さんよ」「勇者殿、ちょいちょい司書準備室にいたであります」「何話してたんですかね？」「私たちには教えてくれてもいいじゃないですか～」

「やっかましい何も無いわ！　だいたいあたしはあの野郎嫌いなの！　趣味が合わん‼」

話題を打ち切ろうと立ち上がる。そんな彼女へ、ペイルマンが思い出したように告げた。

「あ、ちょちょちょ、司書さん待って。知り合いから頼まれたことがあるんすよ」


翌日、図書館へ現れたメルギンスにカリアは嘆息する。

「なぁんだ。ペイルマンの知り合いって、君か」

「あはは、いや俺だけじゃないですよ。俺は単に代表で」

「代表？　なんの」

首を傾《かし》げて問うカリアに、メルギンスはにこやかに告げた。

「『好きな作家にファンレターを送ろう会』のっすね」

「ふぁんれたー」戦場に似合わぬ平和な単語に、カリアはぽかんと口を開けてしまう。

「そうすそうす。どこ送ったらいいか分かんないってのも多いし。その辺、司書さんに取りまとめてもらえたらって思って。ペイルマンの奴《やつ》もああ見えて書いてます」

ふむ、とカリアはメルギンスが差し出した手紙の束を受け取る。

契機は戦帝文庫なのだ、と彼は言った。ほぼ兵一人に一冊行き渡った本は『自分の本である』という意識の下、読書欲求を刺激したらしい。

「俺もなんですけど、兵隊の中には小説読んで初めて感動したって奴多いんすよ。俺は小説自体初めてだからアレっすけど、なんでなんすかね？」

軽い調子でメルギンスは不思議がっているが、これは割と重大な意味を持っていた。

（兵士は死と隣り合わせで暮らしてる。過酷な戦闘で精神を病む奴も多い。そんな状態の兵隊が、読書で精神の均衡《きんこう》を取り戻した例ってのは少なくない）

おまけに兵隊は極端な話、今読んでいる小説が人生で最後に目にする物語となるかもしれないのだ。思い入れも読み味も違ってくるというものであった。そういった事情を鑑《かんが》みれば、

「……オッケ。軽々には扱えないね、このファンレターは。まっかされた！　きっちり送っておくよ。軍からってなれば確実に届けてくれるでしょ」

やったー、と小躍りしつつ帰っていくメルギンスを見送って、カリアはにまりと笑う。

「けけけ。せっかくだ。戦帝文庫がきっかけってんなら、戦時図書委員会《クレーオスター》経由にしてやれ。クレオならうまいこと利用するでしょ」

日が随分長くなった、とカリアは落ちる太陽を見て思う。同時に、酒保《しゅほ》（日用品や嗜好品《しこうひん》を提供する売店）へ頼んでいた羊毛が入ったと聞き買いに行ったのであった。

（二冊目の魔導書、こんなもんまで補修に要るとは。これで仕上げまで持っていけ……ん？）

「えっ！　い、良いのかよお前！」

「うん。俺、吸えな……吸わないし。代わりにそれ」

「ああ、構わんぜ。またあったら頼むわ！」

耳に届いた一方の声に、彼女は聞き覚えがあった。

「少年？」

ウラッニだ。去っていく兵からカリアの声へ振り向いた彼が、大きな瞳を瞬《また》かせた。

「司書さんが図書館の外にいる」

「あたしを何だと思ってんだ図書館の妖精さんか」一瞬良いなそれ、と思いつつキャラでは無いとかぶりを振って言い直す。「一応書類の上では軍人だよ」

彼女は上半身を倒して、長身を少年の視点に合わせた。

「んで何してたの少年？　物々交換？」

カリアとしては単なる気遣いであるのだが、少年の側からは年上の女性が間近になる上に、女性の髪の香りと、身を折った拍子に重そうに揺れた膨《ふく》らみが目に入ってしまう。

「え、えーと、これ」

赤面しつつ目を逸《そ》らしたウラッニ少年が見せたものは、

「おーん？　戦帝文庫じゃない。『ナックルヴェラーの冒険』……交換したの、これ？」

冒険小説の傑作だ。対象年齢は少し低めだが、戦帝文庫に選ばれるのも納得の作品である。

「よ、読めるようになった時のために欲しいなって」

配給の品を嗜好《しこう》に合わせて交換する事は、兵士にはよくある事だ。

「んで、君は何を出したの？」

「煙草《たばこ》を……その、みんなが言うほど美味《おい》しくない……ので」

帝国において、喫煙年齢は十六からだ。そしてウラッニの書類上の年齢は十六である。

「そりゃあそうだわな。君だと、ね」

カリアは苦笑する。彼の本当の歳は不明だが、煙草の味が分かるようにも見えない。

「あの人にとっての本も、そうみたいです」彼は上機嫌で去っていった交換相手の兵を示す。

「本は雑誌と新聞しか読まないって」

「あ～よくいるよくいるそーゆーヤツ。来た日はずっと雑誌新聞コーナーに座ってんのな」

小説は趣味じゃないが時事とゴシップは好き。そんな人間も当然いる。

カリアは笑顔をからっとしたものにして上半身を起こす。

「でも安心した。お薬の取引とかだったらどうしようって思ったわ」

「薬？　傷のですか？」

「いいのいいのこっちの話」

口が滑った。ウラッニの純粋な疑問に今度はカリアが気まずくなって顔を逸らす。

兵士たちのストレス軽減のために麻薬が使われる例は古今東西を問わずある。帝国も一時期支給品した薬物が軍の規律に大いに悪影響をもたらした過去があり、今は基本的に用いない。

（けどまあ、手を出しちゃう兵隊はいなくならないんだよねえ）

本という娯楽にはそういったものへの対策という意味もある。

「どうしたんですか？」

「いんや？　少年が本好きになってきて嬉しいねって話だよ」

「べ、べつに……」

気を取り直し、えっへっへとカリアが笑えば、ウラッニが今度は拗《す》ねたように顔を背けた。

（この子みたいな歳の子が麻薬に頼るような光景は、見たくないもんね）

ならまず命の危険がデカい兵隊を辞めようという話だが、そのレベルの人生選択には司書として介入できるものではない。だから、代わりにカリアは彼の頭に手を乗せた。

「字読めるようになってたくさん読んでくれよー」

がしがしと頭を撫《な》でられても、ウラッニは不満そうな顔ではあったがされるがままであった。

そんな夕暮れから、さらに数日後。

「え、もう読めるようになったから絵本返す？　戦帝文庫も読んじゃった？　早くない？」

驚愕《きょうがく》するカリアに、カウンターへ返却にやってきたウラッニがこともなげに頷《うなず》いた。

「難しい言葉は分からないのもあるけど……調べればなんとかなるかなって。だから、あれ」

ウラッニの訴えに、これ？　とカリアは大魔導師の伝記を取り出す。少年は頷く。

「貸してください。自分で読んでみる」

「おお……読み聞かせ、もう要らなくなっちゃったか」

感心半分驚き半分の笑顔をしたカリアに、しかし彼は顔を赤らめた。

「いや、えとその」上目遣いで彼女を見る。おずおずと、「読み聞かせっていうの……前みたいなのは、司書さんにまたして欲しい、かも」

「おっ……」

不意打ちだった。カリアの顔も僅《わず》かに赤くなる。

「あっ司書殿がガキとイチャついてる」「まずいっすよ千剣長」「犯罪だあ」

滅多に無いカリアの照れ顔に、少年の背後に並ぶ兵たちが囃《はや》しだした。

「うるっさい散れお前ら……！」

「わあキレた」「理不尽」「扱いに差があるぞー」

恐れをなして横のエルトラスの列に逃げる兵たち。それはともあれ。

本を借りて、機嫌良さげな足取りで去って行くウラッニを見送って、カリアは嘆息する。

「はぁ～……若者の吸収力、すっご……」

「勉強頑張ってんなあ、あいつ」

同じ方向を見ながら、カリアへと本を差し出すのはメルギンスだ。

「そっちもね」

返却された『靴職人手帳』をカリアは見る。沢山《たくさん》の付箋《ふせん》が挟まれ、彼の熟読ぶりを示していた。彼女は微笑《ほほえ》んで、青年の顔へと手をやる。

「あっ……」「？　え？　なに？　俺も少年みたいに褒めてもらえんの？」

察したエルトラスの気まずげな声と、メルギンスの期待するような声にカリアは笑顔。

直後ぎりぎりぎりと。メルギンスの頬がねじり上げられる。

「借り物に付箋を挟み倒したんなら全部抜いて返せこらー！」

「あががががが！　すんませんすんませんついうっかり！」

カウンターの端っこで、しょんぼり付箋を抜いている青年を、カリアはやれやれと見る。

「んで次何借りたいの」

「また専門書見たいすね。職業豆知識みたいなの結構面白い」

書架の説明を受け、館内奥へ向かうメルギンスを見ながら、図書係のペイルマンが言う。

「こっちはこっちで妙な客になりましたやな」

「でも、悪くないね。百人が本を読んだら、百通りの反応があるもんだよ」

多数の『反応』を見ることが出来るのは司書ならではだ。延滞やクレームは困りものだが、善い方向の反応を見られれば、カリアと図書係の面々も気分は良くなる。

（これが戦場でさえ無ければなぁ～）

昼の繁忙時間を過ぎて、司書準備室で綺麗《きれい》になった魔導書の表紙を見ながら彼女は思う。

基地攻防戦からおよそ三か月近く。帝国軍基地に——魔王軍陣地も同様に——増える人員。魔王雷を挟んで遠ざかっていた戦闘の気配が、再び夏と共に忍び寄ってきている。


そんな日々の夜だ。司書準備室には部屋の主の他、基地の主、テルプシラがいた。

「魔王軍の作戦？」

出した即席珈琲《コーヒー》の消費期限を不安に思いつつ、カリアは聞く。

「ああ。今日発覚した。平原東部、森と塹壕《ざんごう》東端との中間地点」

帝国の第十一前線基地と、魔王軍が布陣する風断ちの森。その二つに挟まれた平原が、この地域における主戦場となっている。

「我々帝国軍は平原中央から基地側に、三列にわたって塹壕を掘って魔王軍に対抗している訳だが、横に回り込まれればその効果は無論薄れる」

「それで、日々皆が東西へと伸ばしてるワケですからね」

「どうも、仮設の砦《とりで》――と言うにもちゃちなものだが、要は小陣地を作り始めたようだ」

完成すればそこに兵を駐留させて、通常の攻撃と同時に塹壕の東端から中に入って西へ攻める。もしくは回り込んで塹壕を挟み撃ちにしたり、基地を攻撃したり出来る。

忌々《いまいま》しげに、テルプシラは地図上に砦の駒を置く。

「同時攻撃など許せば防衛線が瓦解《がかい》しかねない。完成する前に破壊する」

塹壕は主体となる横線のみでなく、休息用壕・砲撃退避壕に基地側からの進入路など迷路のようにジグザグに掘り進められている。が、それだけに敵兵が入り潜めば面倒だ。

先だっての基地攻防戦の後も、徹底した塹壕内の潜伏確認が行われた。

「うえ〜。塹壕から出て地上戦やるワケですか、魔王軍相手に。敵の規模は？」

カリアも一応は士官教育を受けた身だ。その程度の疑問は湧く。

「幸い作業している敵は百程度だ」

少ない、とカリアは感じた。それは第十一前線基地の判断としても同様だ。

「――作戦部は魔王軍に増援が未《いま》だ着いていない、と判断した。せめても本攻撃前の準備段階を今から始めている、とな。払暁《ふつぎよう》から攻める。攻撃には百剣隊三個を当てる」

およそ五百〜六百人弱。魔王軍の対人間戦力評価が数の三倍……三百相当としても、更にその倍近くだ。砦が未完成ということを考えれば十分と言える。

「んで、その作戦概要を何であたしなんぞに？　司書ですよあたし。参謀でなく」

まさか図書館司書に作戦相談も無いだろう、とカリアは思う。同時に嫌な予感も感じていた。

「魔導書の修復が一通り終わったという日報を見た」

（ウッソ今の忙しさで各部署の日報を当日把握してんの？　本当に人間か？）

テルプシラの微笑と当たった予感に戦慄《せんりつ》しつつ、カリアは駄目元で抗弁する。

「本気の真剣に一通りですよ？　再確認が要るし、解読も完全には……」

何が起こるかはっきりと分からない魔導書を使うのは、予想外の事態が起こる可能性もあり危険が大きい。皇女が魔導書の運用を魔導司書に一任している理由のひとつだ。

「分かっている。君が魔導書の使用を忌避《きひ》していることもな。……何、運用実績だ」

笑みが消えたテルプシラの顔で、カリアは様々を察する。

試験運用基地としての立場、皇女クレーオスターの立ち位置、帝国軍部の要求、帝立文書館との折衝《せっしょう》、その他諸々《もろもろ》。大小――そして多々ある目論見《もくろみ》の、相反すらしている様々な要求が基地司令の彼女には来ているのであった。

つまりは、二例目の魔導書運用実績が求められている。それがたとえ、建前上でも。

「うっへえ。つまりアレですか。使用しなくても、作戦装備に加えられたってだけで？」

「それさえあれば報告は上げられる。何、報告書には魔導書により敵の動きが牽制《けんせい》された……とでも書いておく。君は無論、魔導書を使う以前に戦闘参加する必要も無い。何なら不測の事態があれば、君の判断で真っ先に退却する事を許可する」

眉間を摘《つ》まんで天を仰ぐカリアを残し、テルプシラは立ち上がる。

「作戦開始時間は朝四時だ。魔導書以外の装備はこちらで用意する。東門集合で頼む」

全然眠れなかった。


（結局徹夜で魔導書のチェックしてたけど……くそ、気が重いなぁ……）

翌朝。まだ薄暗い基地の中、東門に百剣隊三個——内約として十剣隊が十五——が集まっている。六百人近くともなれば、その中には覚えがある顔が幾人もいた。

（あ、ウラッニ少年とメルギンス。彼等の隊も参加か）

最近交流のある顔を見つける。彼等もまた、テルプシラ万剣長の後ろに控えるカリアを見て眉を上げていた。ウラッニの隊は基地攻防戦のすぐ後で来ており『天雷の顕現』も見ていないため、その表情にはどこか疑問と不安がある。

「偵察によれば敵兵に変化は無し。未《いま》だ砦《とりで》は完成せず野営中だ。確実に戦闘が予想されるが戦力の上では圧倒している。では、出撃！」

隊長を務めるタミー千剣長の号令を受け、軍が動き出す。

「カリア、乗馬は出来るか？」

「振り落とされない程度には、ですね」

見送るテルプシラに答えれば、士官用の馬を寄越してきた。距離を地図上で目算する。

「行軍距離は大きく塹壕《ざんごう》を回り込むからおよそ十五キル……」

通常、歩兵の行軍は一時間に四キルとされる。大人数がペースを保った上で脱落者を抑え、長距離を移動するならばこれが最適とされている。

「しかし今回は平原においての急襲殲滅《せんめつ》だ。目的地途中で予測される戦闘も無い。急行軍で休憩を一度だけ挟み、計三時間での到着、攻撃開始を見込んでいる」

今作戦の隊長であるタミー千剣長が行う説明にカリアは頷《うなず》く。持っていく食料も最低限だ。

「アレクサンドル特務千剣長、貴女《あなた》は戦闘が始まれば後方待機をお願いする」

言われるまでも無かった。彼女が大人しく頷けば、待っていたかのように隊が動き出す。

戦闘において、攻めるならば行軍が、守るならば待機がその行動の九割だ。

(そういう意味ならもう今から——戦闘が、始まるのか)

カリアは鞄《かばん》の中の魔導書を、布の上から無意識に握り込んだ。

◇

平原東、魔王軍仮設陣地（予定）。魔王軍の兵が百体ほど作業を進めている。

蛇人《ナーガ》、小鬼《ゴブリン》、人狗《コボルト》、蜥蜴人《リザードマン》、大猿人《ハヌーン》……種族は雑多で数もまちまち、ある意味で魔王軍の縮図の如《ごと》き姿を見せていた。

「全く、こんなことは工兵の仕事だろうにな……」

ぶつくさ言いながら、蜥蜴人が釘を叩《たた》いている。笑うのは杭《くい》を打ちつける大猿人だ。

「はっ、適当にやってりゃいいんだよこんなのは。ハリボテでもそれっぽいのがありゃあいい」

言いながら打ち込まれる杭は斜めに沈んでいくのだが、彼は気にする様子も無い。

「そうだぜ。所詮《しょせん》『誘い』なんだからな」

糧食を摘《つ》まんでいる別の蛇人は、その長い尻尾《しっぽ》を伸ばしてリラックス状態だ。

「ここで砦《とりで》を作る素振りをしてりゃ、見つけた人間どもが攻めてくる。それを返り討ちにしてやりゃ戦功倍マシ、おまけに懲罰《ちょうばつ》もチャラにしてくれる」

「でもよ、この程度の数で大丈夫かな」

「ひゃはは、貧弱な小鬼じゃ不安でも仕方ねえか」

懸念を漏《も》らす小鬼を、柱を抱えた蛇人が笑う。

「グテンヴェル殿が言ってただろ。人間どももこないだの魔王雷を防ぎはしたが相当な被害が出て、偵察したとこせいぜい出せて三百がいいところだってな」

「だな。モグラやってねえ人間どもがその程度の数なら余裕で勝てるぜ」

モグラとは塹壕にこもって戦う人間を侮蔑《ぶべつ》する、魔王軍におけるスラングだ。

「それによ、戦闘が始まりゃ森から増援が来る。ま、それまでに終わらせるがな」

「怖いなら後ろにいろや！　戦功は俺が貰うからよ」

「そ、そうか……な？」重ねての反論に、小鬼も気を取り直して笑う。

──無論、現実とは異なる。彼等は意図的に間違った情報を渡されている。

「おい、来たぞ！　人間どもだ！　武器持て！」

そのことに初めに気付いた者は、視力に優れた蜥蜴人《リザードマン》だ。その目が、徐々に眇《すが》められる。

「あれ……五百はいねえか？」「いや、いや……それより多い……ような」

徐々に。近付いてくる帝国軍の規模に、他の魔族も気付いていく。

「馬鹿な……なんだありゃあ」「ちっ！　予測の倍はいるぞ！　人間どもは増援がもう来てるってのか？」「ど、どうすんだ。退却するか？」

「モグラでもねえ人間ども相手にんな真似《まね》出来るか！　予定の倍殺せばいいだけだろうが！」

「戦いもせず逃げれば最悪殺される。どうせ少しすりゃ増援が来るんだ！　やるぞ！」

魔族種ごとの雄叫《おたけ》びが上がる。

◇

両軍の距離が詰まる。戦闘が始まろうとする中で、青年は数か月ぶりの戦場の空気を吸いながら、相反する思いを抱いていた。

メルギンスは、ごくごく一般的な帝国民成人男子といえる。帝都の中流家庭に生まれ、のほほんと中等教育までを受け、特に何の考えも無しに就職した。

（でも、上手《うま》く行かなかった）

最初の衣料店は経営者の失策で。次の土産物屋《みやげものや》は戦争による需要減少で。

四年の間に、彼は二つの仕事を辞めることになった。

ならば、とメルギンスは帝国軍に入ることにした。国がやっているなら潰《つぶ》れる事も無い。

――などと思っていたら初任地の戦闘で負傷し、入院することになった。

（いつもそうなんだよな、俺。ここぞって時に、他に譲ったり腰が引けて駄目になっちまう）

理由は今であれば分かる。自分がそうなったのは、明確な目的意識が無かったからだ。

だって、衣料店の経営者は新しい流行を作り出すことに挑戦した上の失敗だったし、土産物を作る職人の腕は確かなものだった。

メルギンスが彼等に伍《ご》する何かを、仕事に感じていたかといえば否だ。

その事実を意識したのは、兵舎病院のベッドの上。彼にとってのそれは、兵士でも無かった。

「除隊したら……大学に行こう。自分がマジでやりたい仕事を見つけるんだ」

これまでふらふらと将来を定めてこなかったことが、これからの行動で正解に出来るかもしれない。そう気付かせてくれたのは、基地の図書館が慰問に病院に来た時、借りて読んだ小説の靴職人をする登場人物の台詞《せりふ》の一節だ。

『俺の靴を履いた奴《やつ》らが、俺が行けない世界中を歩く。最高だね』

陳腐《ちんぷ》な文章ではある。ともすれば作者自身ですら、単なる行埋めに書いたのかもしれない。

だが、メルギンスには。初めて小説を読んだ彼にとっては。

そんなただの一行が、妙に心に残って人生観を変えうることもある。


つまり今のメルギンスのモチベーションは、

(死んでたまるか。絶対に生き残って除隊する。そのためにはここで勝たなきゃならねえ)

軍を辞めるために戦闘に全力を出す、相反する前向きさで小銃を構える。

メルギンスは射程内に入った敵へと銃を撃ち放つ。隣にいた兵は蛇人《ナーガ》の弓で射貫《いぬ》かれ、今は百メルほど後ろで倒れている。

(さっきの弓が一メル横だったら、俺がやられてたな。相手に反撃させちゃまずい)

考えながらも、メルギンスはボルトを動かし、薬莢《やっきょう》を排出し弾丸を装填《そうてん》し、射撃。訓練をした動きを手元は繰り返す。射撃の密度を上げていく。

中級魔族は急所を射貫かれない限り、一発の銃弾で倒れることは少ない。

だがしかし、単純な数ならば六倍。半数が同時に射撃したとして、三発のライフル弾に撃ち抜かれれば魔族といえど致命傷を受ける可能性は大きい。

重なった銃声が響く度に魔族たちが倒れる。

「だ、駄目だっ！　数が違いすぎだ！」

衝突からそう時を置くこと無く、魔王軍側は後退の姿勢を見せる。そのタイミングで、

「風断ちの森より魔王軍増援が走り来ています！　およそ百！」

「相手は総崩れだ！　目の前の相手を潰《つぶ》してからでも態勢を整えられる！　追撃しろ！」

タミー千剣長の指示が飛ぶ。戦闘が続行される。

撃つ。撃つ。撃つ。撃つ。敵の反撃はどんどん少なくなる。突撃しながら放たれる数百の銃弾で、見る間に魔族の数は減っていく。ボルトを引きながらメルギンスは笑う。

「いけるかな、これは」

戦況は決した。その場にいた帝国軍、魔王軍共にそう思った瞬間、それは起こった。

ずごお、と。土の中から、盛り上がった岩から。

地面が動いた。三メルを遙《はる》か超える大質量がいくつも盛り上がる。

「「！」」

それは、全滅しかかる魔族たち、そして追撃に移った帝国兵五百。ぐるりと囲む形で現れた。

「う、うわあああああっ!?」

突如《とつじょ》現れた巨体は超重量の岩で出来た腕を薙《な》ぎ払い、十数人を一度に吹き飛ばす。

冗談のように、人間が宙を舞った。大量の赤い内容物とともに。

その光景を、カリアはタミー千剣長等と共に包囲の百メルほど後方で見る。

「あれは……！」

「ご、鉱巨軀《ゴーレム》！　待ち伏せしていたというのか!?」

体の大半が岩石や鉱物で構成されている中級魔族だ。彼等は数百年前の魔法が世界に生きていた時代に作られた存在であり、今では新しく作ることは出来ないとされる。

（まっずい……急行軍だから今回砲はねーんだぞオイ）

動きこそ鈍重で、あのサイズであれば旧式の砲であろうが叩《たた》き込めばそれで倒せる相手だが、小銃で太刀《たち》打《う》ち出来る存在では無い。数の優位が崩れ去る。

◇

喜びに湧いたのは包囲内部の魔族たちだ。ぐるりと現れた岩の兵隊を見上げる。

「み、見ろ鉱巨軀の増援だ！　こんなのいたのかよ！」「っしゃ、これで——ぶぎゅ！」

そして、小鬼《ゴブリン》の一体が石柱の如《ごと》き腕で縦に潰《つぶ》された。

「「な……！」」

双方に動揺が走る。魔族が魔族を殺した。その一瞬の空隙《くうげき》にも攻撃は続く。

相手を問わぬ鉱巨軀の蹂躙《じゅうりん》が行われる。人間も魔族も区別なく、硬い腕が薙《な》ぎ払う。

「オオオオオオオオオ！」

混乱の中で新たに躍り込んで来る存在があった。人狗《コボルト》と蜥蜴人《リザードマン》、およそ百だ。先刻出てきた敏捷《びんしょう》に長《た》けた魔族たちが、ここで追いついた。

槍《やり》と曲刀が躍り、包囲を受け動揺した帝国兵に襲いかかる。唐突な白兵戦に、帝国兵は組織だった反撃を行えず、次々と倒れていった。陣形が組めず、隊が崩れていく。

「こ、今度こそ増援……ぎっ!?」

そして。彼等の刃は、最早《もはや》数少なくなっていた中にいた魔族たちにも襲いかかる。

「皆殺しだ！　一人も残すな！」

乱入してきた側の魔族兵たちは、青い布を巻いている。それは、同士討ちを避けるためだ。

味方の筈《はず》の刃に晒《さら》される魔族が——砦《とりで》を作っていた側の——叫ぶ。

「な、なんでだっ！　なんで俺たちまで……っ!?」

砂埃《すなぼこり》が舞う。既に隊列など霧散《むさん》し、帝国軍服の間を魔族が走り回り、刃を振るっている。

「あ、あああぁぁ」

最早射撃など出来ようもない。十中八九味方に当たる。いやそれ以前に、魔王軍増援による突撃で、ウラッニのペルタ四十式はどこかへ転がっていってしまった。

残っているのは、人間と魔族の夥《おびただ》しい血が飛び散る戦場で、武器も持たず尻もちをついている子供だけだ。

（し————死ぬ）

ば、と彼の顔に影がかかる。魔族かと、少年は思わず目を閉じる。

「馬鹿野郎目を開けろ！　少年立てっ！　立って逃げろっ！」

メルギンスだ。ウラッニの前に立って、片手を差し伸べている。

「何人か囲いを抜けた。まだ乱戦の内に、鉱巨軀《ゴーレム》の隙《すき》を突いて間を突っ切るんだ」

「っ！　わ、分かりました」

頷《うなず》いて手を取り、少年兵は立ち上がる。

（そうだ、死にたくない。俺は。あの話を探して、読みたい）

字も読み書き出来るようになった。図書館で読みたい本も、今の彼にはたくさんあった。

一緒に勉強をしてくれた十剣長は、今は倒れ伏しているけれど。

ウラッニはメルギンスの後に着いていこうとし——次の瞬間、岩の蹴り上げに足からすくい上げられて、まるでボールのように吹き飛ぶ青年の姿を見た。

「あ——」

摑《つか》んでいた手が弾《はじ》かれて、空に残される。メルギンスは冗談のように高く舞い上がった。

思わず、ウラッニは落ちていく青年の行方を目で追った。胸の大事なものを摑む。

それは、致命的な隙だった。

「退《ひ》けっ！　退却だっ！」

タミーが必死に叫び、指揮を回復しようとしている。だがそれが手遅れであることは、誰の目にも明らかだった。鉱巨軀たちの包囲を抜け出てきた兵は、五百のうち三割にも届かない。

「あ……あ…………」

カリアは。為《な》す術《すべ》も無く殺戮《さつりく》を見ている。

(退いて来た兵の中に、あの二人がいない)

どく、どくと。心臓の鼓動が耳に煩《うるさ》い。

「駄目です、中はもう」「は、早く退却しないと、俺たちも」

必死で逃げてきた兵が、疲弊《ひへい》した様子で告げる。

完全な負け戦《いくさ》だ。六百の兵の大半を、魔王軍百と引き替えに蹂躙《じゅうりん》されている。

「アレクサンドル殿……あそこへ、魔導書を発動してはもらえんか」

苦渋が混じった発言に、カリアは戦慄《せんりつ》する。

「………！」

魔導書はその希少性、破損確率などは機密として秘されている。故《ゆえ》にタミーはこう思う。

(このままでは逃れた者たち諸共《もろとも》討たれる。あの秘密兵器を使うなら今をおいてない……！)

数的優位は崩れ、戦意喪失《そうしつ》して敗走した帝国軍二百程度と、勝ちに猛《たけ》る魔王軍百。仮に追撃されれば殲滅《せんめつ》される可能性は非常に高い。

「で、でも、あそこには味方がっ……」

「遺憾だがもう救出は無駄だ……誰も、生きておらん」

縋《すが》る希望を、タミー千剣長の断言と、途切れた叫びと鋼《はがね》の音が否定する。

「…………っ」

カリアの脳裏に浮かぶのは、あの二人を含め、この攻撃隊に参加している、図書館で顔を見た者たちだ。彼らがもう、息をしていない。今、そう聞いた。

ぎりぃ、と彼女の歯が軋《きし》る。

その手が、鞄《かばん》の中に伸びる。

(修復は終わっている……解読も、たぶん)

二冊目の魔導書。その題を訳せば『地に這《は》う声』となろう。

古代法亜国語で書かれたその本は、起動文は導き出したものの完全解読は出来ていない。ただ、魔導書としての効果は、指定した対象へ何らかの攻撃を行う魔法だと推定出来ている。

数か月前の魔導書の破壊力を、カリアは覚えている。あの日の恐怖も嫌悪《けんお》も後悔も。

しかし今、彼女の心にはどす黒い敵意がある。

(ゆる、さない)

メルギンスは除隊後の未来を見据えていた。ウラッニにはこれから読ませたい本が山のようにあった。同じように、あの中にいた帝国兵たちにも。何人も言葉を交わした者がいる。

魔力を魔導書と同調する。本の中に秘められた膨大《ぼうだい》な魔力と入り組んだ魔法式に、カリアが持つ魔力が繋《つな》がって外界へと導き出す。

「『アルドオートルーァ《めざめてわめけ》、パルドオートルーァ《めざめてさけべ》』」

たどたどしく語られる、千年近く前の言語による起動文。黒い光が魔導書から湧いた。

「お、おお」「魔導書、か！」

どよめきが、残る兵たちから湧いた。彼等の内半数ほどは、基地攻防戦の経験者だ。

カリアは手振りで前を開けろと示す。聖者の逸話の如《ごと》く、帝国兵たちが左右に身を退《ひ》いた。

「『アルド《わめけ》、パルド《さけべ》、アルド《わめけ》、パルド《さけべ》』」

黒い光が霧散《むさん》していく――ように見えて、カリアには魔力が地面へと染み込んだと知れた。

「『クアルトフェルネム《うったえがあるか》、ペルナスト《それはよい》、クアルトゴンズ《くいがあるか》、アノペルナスト《ああそれはよい》』」

ず、と。変化が現れる。題名の如く、地面から黒い手が生えて来る。

「うわっ」「な、なんだこれっ」

帝国兵が畏《おそ》れるように更に身を退く。

「『メルアレド《ここにいる》、ミナトルーフェルネム《おまえたちのうったえは》、リアーメルアレズベンド《ここにいるものがきく》』」

黒い手が、歓喜に湧き立つようにその指を躍らせて。

「『ケゾルデ《さあ》！　オートルーオ《めざめろ》』！」

声に従い生えて這って、歪《いびつ》に踊るように魔王軍へと広がりながら雪崩《なだ》れ込んでいく。

「っ……!?」

そして。起動文を唱え終えた瞬間。再び、カリアの知覚が拡大する。戦場の全てを認識する。

その知覚は、否応なく包囲の蹂躙《じゅうりん》を認識する。包囲の中の状況も。その意味を脳が認識する前に、カリアはそこを握りつぶすように魔導書の威を向ける。

そこから知覚を逃がそうとして、彼女は森の方を見る。平原と森のきわに、戦場を注視する一団がいることを認識する。

（あれは）

以前も見た。基地攻防戦の折、基地内に入り込んでいた眼鏡の魔族だ。

（あいつか。あいつが、指揮官……！）

再び。カリアの脳内が沸騰《ふっとう》するように熱くなる。この戦場を指揮した存在。

怒りのままに、彼女は範囲指定を増やそうとした。だが、その瞬間に。

彼女の知覚は収縮した。人間大の認識に戻る。

同時に魔導書の出力が歪む。ばぢ、と魔力の漏出が起き、貼り合わせた背表紙が弾《はじ》けた。

（っ？　間違えた……っ！　対象の誤訳!?）

魔導書の発動記述の解読にミスがあった、と魔導書に接続しているカリアは瞬時に悟る。

（まずい、効果の方向性が。ここで弾ければ、あたし達みんな……！）

今にも、魔導書から新たに漏《も》れ出た手が一本、彼女の足を摑《つか》もうと指を広げていた。

ざわり、と。本能的に悟る。これに触れられれば終わりだと。

「**『コンルアード《とじよ》』！**」

魔法効果を終了させる末尾の呪文《じゅもん》を無理矢理に持って来て魔導書を閉じる。魔導書から出かけていた黒い手は、そこで消える。

強制的な魔力の外界切断に魔力が逆流し、新たな傷が魔導書のページに刻まれる。

（………くそっ！　あたしが下手なせいで！　いや、それより！）

沸騰《ふっとう》する怒気から正気に戻った頭が、魔導書への後悔を取り戻す。だが。

「み、見ろっ！　あれっ！」

既に発動された分の黒い手は、止まること無く魔王軍へと到達した。

はっ、と顔を上げたカリアは——己の行いの結果を見た。

魔王軍に殺到した黒い手が、鉱巨軀《ゴーレム》も魔族も一緒くたに摑《つか》みかかる。

「ぎゃ……いあぎっ！」

焼け付く。黒い手は被害者の体に埋め込まれるように、煙を上げて溶かしながら引き倒す。

「なん、なんだこれっなんだこれぇっ！」

恐慌に陥った蜥蜴人《リザードマン》が振り回した槍《やり》にも、黒い手は頓着《とんちゃく》しない。触れた穂先は何の意味も無く黒手をすり抜け、黒い腐食の魔手は彼の鱗《うろこ》に触れた。溶け崩れ、地面に押し付けられる。

一切合切《いっさいがっさい》。魔族の種など問題にせず、黒い手は平等に地面へと溶かして混ぜ込んでいく。

（ご、鉱巨軀が）

ごぎっ！　ぐがらしゃっ！　と、岩塊の巨体が為《な》す術《すべ》無く溶かされて崩落する。

「シャ%グ#ギュガフ&ァ†バァイァイイオオォォオッ！」

恐慌と痛みと恐怖と、黒い手それ自体が発する不協和音。それらが合わさった凄《すさ》まじい叫びが戦場に響き渡る。

一方的な殺戮《さつりく》だった。手に侵された魔族は、全て地面で磨《す》り潰《つぶ》されて黒い染みに変わる。

「す、げ……」「嘘《うそ》だろ、あんな」

天からの裁きにも見えた『天雷の顕現』とは全く違う、呪いの地獄めいた光景だった。

「――――た、タミー千剣長。退却、を」

こみ上げる口を押さえて、カリアがどうにか押し出した言葉に、彼ははっと肩を跳ねさせた。

「い、今の内に退却だっ、急げっ！」

どこか、追い立てられるように。帝国軍は歩兵も自然と駆け足になった。

あの手が、こちらに向かってきたら。その疑念が彼等の心の端にこびり付いていた。

（ま、魔王軍に追われる方がマシだったんじゃないか？）

馬に乗っている士官は、歩兵を追い越して馬を駆けさせたい気持ちと、逸《はや》る馬を必死になだめる努力が両方必要だった。彼等の背後では、今も黒い轢鏖殺《れきおうさつ》が行われている。

カリアはひとり、復讐《ふくしゅう》の熱情から醒《さ》めた頭で思う。

ウラッニも、メルギンスも。彼等が死んだのは戦場だからだ。

死は目標が有る者にも無い者にも、平等に降り注ぐ。

どんなにそれが尊かろうが、健気《けなげ》だろうが。

「――駄目だ、あたしは」

それは犠牲《ぎせい》になった他の四百近い兵とてそうなのだ。魔導書により全滅した魔王軍も。

彼等にも彼等の、これまでの生があり、目的があった。

冷静に考えれば分かることなのに、カリアは知己の死による怒りで一時的に塗り潰《つぶ》した。

(何が……何が特務千剣長だ。何が魔導司書だ――クソッタレ)

戦いへの必要性では無く、怒りで引き金を引いた。絶殺の魔を解き放ったのである。

魔導書の行使を司る。軍による乱用を許さぬための権限。そのような資格など、

「あたしは――」

天を仰いだ馬上の呟《つぶや》きは、敗走する生き残りの耳に入ることも無く、風に吹かれていく。

◇

「あ、あれは……魔法!? やはり人間どもは」

「……深追いして大火傷《おおやけど》は御免だ、と思ってはいたが……的中だな」

兵を率いて、後方――森の際から惨劇を見たグテンヴェルは、冷めた声で呟いた。

(得難《えがた》い情報だ。帝国軍が持つ魔法じみた新兵器は一発限りではない)

鉱巨軀《ゴーレム》は、砦《とりで》を作るその前から仕込んでいた。時期としては魔王雷の前夜だ。帝国軍が基地

周辺にしか注意を向ける余裕が無いタイミングで。

彼等は、大地と同化して休眠状態となれば、数か月の間無補給で待機出来る。

足が遅いために攻めには向かない兵種だ。前回の帝国軍基地攻めにおいては砲撃の的になるだけのため陣地守備に使うしかなかったが、今回は予《あらかじ》め指令を与えて、仕込んでいた。

戦略的攻撃手段である魔王雷は同じ場所に二度も使う訳には行かない。魔王軍の戦域は広く、この場所以上の激戦地も多いからだ。

つまり、帝国軍と同じくここの魔王軍にも増員が行われる。今はその直前であったのだ。

「突入組も鉱巨軀も全滅ですな……懲罰《ちようばつ》組諸共《もろとも》」

「後から向かわせた突入隊は気の毒だった。しかし懲罰組――軍規違反の常習犯は、残しておいたところで増援の兵とも諍《いさか》いを起こすだけだ。排除しておくべきだった」

囮に使われたのは、彼の指揮下において軍規違反で懲罰を複数回受けた者の中でも、さらに懲罰作業自体すらもまともに行わなかった、この陣地においても鼻つまみ者たちである。

「そして敗残の兵たちの士気維持には、局所的だろうが増員前に勝ちが要る。両方を一時に解決するならば――」

グテンヴェルは、彼等を処刑することに決めた。そのついでに戦術的に使い潰す。

「軍規の意味も理解出来ん馬鹿だから、その程度の理屈にも気付かん。敵が迫るに至っても、彼我《ひが》の数を見て勝てるかどうかも判断出来ん愚図どもだ。指令を出した時点で気付いて泣きを入れるなら、まだ救いようもあったがな」

だが既に、包囲内部の帝国軍は陣も何も無く崩壊している。戦果で見るならば、魔王軍は二百によって六百近くの帝国兵を壊走させ、敵軍の手の内を暴いた事になる。

「包囲から外れて退《ひ》いていく帝国兵はどうします。指揮隊であろうと思いますが」

「既に鈜巨軀と突入隊百の犠牲《ぎせい》が出ている。これ以上藪《やぶ》に潜む竜を突く必要は無い」

言いながら、グテンヴェルは望遠鏡で退却していく帝国将校のひとりを見る。

(あの女は――もしや)

眼鏡の奥の目を細める。あの基地攻めの折りにも見た姿。

『魔法を使った疑いのある』人間だ。

◇

翌日。

「――、――の同行を頼む」

基地へと帰り着き、日報も出さず辛《から》うじて魔導書だけを保管箱に入れ、砂埃《すなぼこり》も払わずソファへと倒れ込み、そのまま眠ったカリアへとかけられた言葉がそれだった。

「…………何、て」

膝から上げた顔は悪夢で何度も覚醒《かくせい》と眠りを繰り返し、隈《くま》に縁取られている。澱《よど》んだ瞳が、テルプシラへと向けられる。意図して出された平坦《へいたん》な声が返る。

「先日の作戦の負傷者救助と遺体回収だ。魔導書による影響が残っている可能性があるなら、同行しての助言が欲しい。あと十分で出発準備が整う」

「…………せぃ、あ」

生存者なんて、と言いかけて。

ふらり、とカリアが立ち上がる。それを言うほど、腐る訳には行かなかった。

「用意、します」

のろのろと外出準備を行う司書に、テルプシラは言う。

「先日の作戦、君に責は無い」

「……魔導書は使うなと言われてたんですよ。二冊目がある事を魔王軍に知られました」

首を横に振りつつのカリアの自責に、テルプシラは頷《うなず》く。

「そういう視点もある。だがその代わりに脱した百九十三は生き残った。――出撃前にはああ言ったが――使用の判断は特務千剣長魔導司書たる君に一任されている。君が必要だと思ったのならば、権限も命令系統としても問題は無い」

そこで、カリアが振り向いた。

「………………それは――！　あたしは……っ」

違う。魔導司書としての判断や、権限で使った訳では無い。

（クレオがあたしに士官課程を受けさせたのは、ああいう時のためだったはず。なのに……！）

自分はそれを忘れ、もっと短絡的な、救いようのない、愚かで――

（起こったことは、変えられない）

自分への罵倒《ばとう》を打ち切って、心の中で唱える。かつてウラッニに言った言葉を。

（だからこれからの行動で正解にする）

カリアは立ち上がる。


平原東部、戦場跡。戦慄《せんりつ》した顔のテルプシラが、同じく呆気に取られているタミー千剣長
――先日の指揮官――に聞きかけ、首を左右に振った。

「これは……間違いないか、と聞くまでもないな」

タミーも頷《うなず》くそこは、淀《よど》んだ黒い飛び沼地の如《ごと》き様相を呈していた。

「う、あ――ひど、い」

衛生兵の一隊に同行してきたエルトラスが、思わず口元に手を当てる。

鉱巨軀《ゴーレム》が出てきた穴に囲まれるように、散らばり倒れる帝国兵四百超の死体。その隙間《すきま》を埋めるようにして、大小百数十ほどの黒い淀みが幾つもあった。

死体運搬用の馬車を置き、カリアとテルプシラがまず近付く。

「魔導書の効果についてては機密にしなければならんこともある。まずは検分だ。……この黒

い油のような淀みは何か分かるか」

カリアはごくりと喉を鳴らす。魔導書の効果は、断片的にしか分かっていなかった。しかし、実際に現実へ顕《あらわ》れた効果と、部分解読している単語群から、類推出来ることはあった。

地に這《は》う声。眠る者たち。現れた黒い手。

「物質化した呪い」

「呪い？」

馬が嘶《いなな》く。黒い淀み……呪いに恐怖したようだった。

「この淀みは多分、黒い手に潰《つぶ》された魔王軍の兵隊の成れの果てなんだと思います。大小あるのは、……そっか、犠牲者《ぎせいしや》の体格だ」

ぶつぶつと呟《つぶや》きながらカリアは馬を下り、千切った雑草を呪いへ放り込んだ。

ずぶり、と。草は跡形も見えぬように溶けて沈んだ。テルプシラの眉がひそめられる。

「これが何時《いつ》まで残るかは分からないけれど……人が触れれば命の危険があるかと。この土地は使い物にならなくなった、ってワケです」

「土壌汚染、か……」

戦場の責任者は顔をしかめて周囲を見回した。

「魔族がこうなっていて、帝国兵の多くがそのまま残っているのは何故《なぜ》か分かるか？」

「魔法は魔力を持つ者に反応して向かったんだと思います」

鉱巨軀《ゴーレム》にも襲いかかり、指定を間違えた自分にも来かけた事がその証《あかし》、とカリアは考える。

「呪いが再び手として動くことは？」

「無い――かな。魔法としての効果は終わってます」

返答にテルプシラは頷《うなず》く。背後の兵たちに号令した。

「遺体回収を始めよ！　黒い淀《よど》みは『呪詛《じゅそ》』と呼称！　決して触れてはならない！　呪詛に触れている死体は遺品の一部のみ回収！　細心の注意を払え！」

おっかなびっくり、兵たちが遺体の収容を始める。

「…………」

カリアもまた、注意深く呪詛と死者の間を歩き――覚悟の数分の後。それを見つけた。

周囲に倒れる数百の死体からしても、目立って小さな、俯《うつぶ》せの体。

「――少年」

優しく、呼びかける。読み聞かせをした時のように。

返事は無い。

「そりゃそうだね……背中にこんな穴空いてたら、話せないよね」

返事は無い。

労《いたわ》るように彼の肩に手をかけて、体を上向ける。

「っ」

瞬間。眼鏡の奥の瞳が揺れた。

顔は綺麗《きれい》なものだった。ただ、その手が抱き抱えるようにして、懐《ふところ》に何かを持っていた。

「馬鹿だね、君は。命より本を大事にするなんて」

大魔導師の伝記。ウラッニが借りていた本。カリアはそっと、硬直した小さな指を外した。

「大事にしてくれてたから。本を戦場に持っていったことは大目に見てあげる。……確かに、返却してもらったよ」

軽い体をそっと一度だけ、カリアは胸に抱いた。物質と成った人体は、冷たさを返す。

ここに横たわるおよそ四百人余り、その大半が図書館を利用したことのある兵たちだ。死んでしまった彼等へと、将来を失った彼等へと本を提供したことは、無駄になったのか。

（違う）

カリアは足に力を込める。百人死んだなら百一人に。千人死んだなら千一人に。

（あたしは本を渡す）

ウラッニの体を抱き上げる。零《こぼ》れそうになる瞳に気合を入れる。

「────お────い……」

その掠《かす》れて細い声は、ウラッニの遺体を馬車に積んだ時にカリアの耳へと届いた。

「!?」

声は、包囲があった外の方。穴の中からした。まさかまさかと思いながら、彼女は呪いを危うく避けてその穴——鉱巨軀《ゴーレム》が出てきたことで発生したもの——を覗《のぞ》き込んだ。

「……あ、司書さんだ。はは」

カリアの瞳が見開かれる。メルギンス。穴の中に横たわっている。

「あ、貴方《あなた》……生きてたの!?」

「ひでえ。生きてるよ……ちょっと大分、死にそうではあるけど」

彼の視線を追えば、投げ出された右足は半ば潰《つぶ》れている。他にも骨折がいくつかあろう。

「鉱巨軀に蹴り飛ばされてさ。またまた穴の中ってわけ。流石《さすが》に見つかって死ぬだろうなって思ったらさ、何か黒い手が魔族みんなぶっ殺してくれて。それで、そのまま」

「…………………!」

衝撃がカリアの胸を衝く。後悔しか無かった魔導書の発動が。たった一人、救っていた。数字の上では、百を殺して一を生かした行いなのだとしても。

「あれやったの、司書さんだよな。これで二度目。助かった、ぜ」

カリアは。返事もままならず、肩を震わせて立っている。そんな彼女へ、彼は一冊の本をひらひらとさせて見せた。

「痛くて気絶して、起きても誰もいないからさ……へへ、読み切っちゃった。すごくない?」

今度は、押し止めることは出来なかった。頬にぼろぼろと零《こぼ》れて、カリアのレンズ越しの視界が歪む。彼女は天を仰いで叫んだ。

「衛生兵！　エル――――！」

◇

閑話であり後の話。

片脚を切断処置となった青年は、退院後そのまま負傷除隊となった。

帝国は、半徴兵の代わり、戦傷者や帰還兵には手厚い支援政策を実施している。

除隊後の先進負傷療養の優先権と費用補助、就業支援に就学支援。

青年は最新鋭の義足――軍研究の運用実験も兼ねたものだ――を着け、大学に通い始めた。

その理由は、兵役中に読んだ本に出てきた職人だ。

――戦争に行く前は将来に何の展望もなかった人間が、皮肉にも兵役を経て将来の道を自発的に選んだ。これは、終戦後に社会に戻った兵士たちにも多数見られたものであった。

また青年は――生涯の趣味として、読書を持った。

後年になると、帝国各地の僻地《へきち》に伝わるような民話、寓話《ぐうわ》を蒐集《しゅうしゅう》し、本にまとめたという。

「――友人が好きだったもので。墓に供えてやろうかとね」

そんな風に語った記録が、残されている。

間章　皇女の信愛

「二例目の魔導書使用が確認された？　今は大規模戦闘も無いですわよね？」

帝都オリルダラン、奏麗殿《そうれいでん》。第一皇女であり戦時図書委員会会長でもあるクレーオスターは、侍女よりもたらされた情報にその美眉をひそめた。

「情の深い方ですから、その辺りでは」

侍女の予測は如何《いか》にもありそうだ、と思う。魔導書の効果報告は未《いま》だ来ていない。魔導書が前回のように使用不可能になったのかどうかも今は分からない。分からないが、

「どちらにせよ、魔王軍は増援を送るはず――」

そうクレーオスターは呟《つぶや》く。魔族の頑健さによるガルンタイ山脈越えの危険性。軍部がそれを認めるのは恐らく、魔王軍の増援規模を知ってから、となる。

「それは何故《なぜ》でしょうか。何度か論文も出ているとお聞きしますが」

「一度、軍見解として公式に否定してしまいましたもの。前言を翻《ひるがえ》すと面子《メンツ》の潰《つぶ》れる、能力に比して不相応にお偉くて年齢を無駄に重ねた方がおられるのでしょう」

侍女の質問への答えに、何人かの親類を思い出して棘《とげ》が交じった。

「殿下」

「はいはい。カリアの癖が移りましたわね」

友人へ責任を擦《なす》り付けて、クレーオスターは考える。

（おそらく次の魔王軍の増援に対し、新規の魔導書は間に合わない……そして軍部としては山脈越えの危険性を未だ認めず、魔導書での殲滅《せんめつ》を行って欲しい……現時点以上の増援はまず無さそうですわね）

魔導書が使用不能になっている場合、第十一前線基地は手詰まりになる。

「先手を打っておく必要がありますわね。今あの基地を失う訳にはいきませんわ」

軍部が重い唇を開き前言撤回した瞬間に、要求を撃ち抜くために。

指示を出して、クレーオスターは次の書類を侍女から受け取る。それは、カリアが取りまとめて皇女を経由するようにした作家へのファンレターだ。

「あら、素敵。――こういう仕事ばかり出来れば良いのですけれど」

友人の顔を思い出し、クレーオスターはくすりと笑う。ただ、この現場の兵と司書のささやかな要望すら、彼女は瞬時に利用する算段をしてしまう。

「我ながら嫌になりますわね。……ですが。せめても要望は叶えましょう。特急で」

美しい笑みを苦笑に変えて、第一皇女は準備を始める。

四章

気にくわない本の読み方しやがって

帝国軍第十一前線。基地攻防戦から四か月と半。魔王雷を防ぎ、両軍の増援も到着した。

季節は夏の盛り。戦闘の日々が、また始まっていた。

「斉射の音が大きくなってますね」

多数の銃弾が塹壕《ざんごう》から撃ちかけられ、迫る魔族へと殺到する。平原に掘られた塹壕に籠《こ》もる帝国兵は基地攻防戦以前のおよそ倍。戦闘の規模もまた大きくなっていた。

「ああ。ペルタ四十式とはいえこの数となれば、魔王軍もそうやすやすと突破出来ん」

だが、魔王軍とて銃弾に対し無防備にその身を晒《さら》していた訳ではなかった。

「何か魔王軍、取り出しましたけど……盾？　今いつだと思ってんだあいつら」

蜥蜴人《リザードマン》が大型の木の盾を構える。魔王軍が陣地を構える森の中にいくらでもある樹木を加工している。この装備は他の戦場では見られないもので、地形的・戦術的な理由で作られた、第十一前線特有の魔王軍装備と後に伝えられる。

「あれで中々馬鹿に出来ない。貫くには狙いをある程度集中させる必要がある」

厚さ十セル、本体の長さも一メルを優に超える。人間が使う盾とは一線を画したものだ。魔族にとっても軽いものではないが、彼等はそれを持ったまま戦闘行動を取ることが出来た。

ペルタ四十式の弾では真正面から着弾すれば貫通するが、斜めに当たれば貫通するかは時の運。また貫通したとして勢いを減じた弾は魔族に対し致命傷とはならない。

「んで、それをひと時にぶっ飛ばすには大砲って訳ですか」

しかし、魔王軍は機動力で砲弾を——破片が散らばる榴弾《りゅうだん》をすら避けようとする。

塹壕へ迫ろうとする魔王軍。追い返そうとする帝国軍。距離を奪い合う戦いが行われている。

会話しながらそれを基地外壁から眺めているふたりは、カリアとテルプシラである。

「およそ魔王軍は四百。こちらは千剣隊で相手をしている。どう見る」

「んん～……一進一退ちょい悪、ってところですか」

カリアは見たままを答える。じりじりと迫る魔王軍に対し、塹壕の一列目に攻撃されてからどうにか撃退、という塩梅《あんばい》がここ最近の戦闘結果となっている。

「だろうな。塹壕内の連絡口に扉を付けていなかったら、もっと悪かったかもしれん」

塹壕に侵入を許した場合、兵は後方の塹壕に内部で移動し、連絡口を閉じる。兵の密度が増えた塹壕内で、塹壕内部の敵と地上の敵の両方に対処する。

「こっちも死者の数は少ないですが、無傷で済むこともあんまりないし」

「以前と同じだ。攻撃の度にある程度の出血を強いられている状態だな。敵の数もより多い」

夜襲の頻度も高くなっている。

(ということは、近々デカく攻めてくるのか。前回みたいに)

そうこう言っている間に、魔王軍が退《ひ》いていく。平原に倒れている魔族は僅《わず》か二体。原始的な盾はしっかりと効果を発揮しているようだった。

「つっっても、向こうさんもまだ本気の攻撃にはなってないですけど、それは何故《なぜ》です」

「何か目論見《もくろみ》があるのか、まだ作戦立案が完全でないのか。それとも――」

テルプシラの言葉と視線の意味は、カリアにも分かった。前回の基地攻防戦、魔王軍は力押しをしたところに魔導書『天雷の顕現』を使われ、大損害を受けている。

警戒し、こちらの出方を探っている可能性はあった。


基地へ降りたカリアは、そのまま基地司令室のソファで待たせられる。

(ここで言われる事で良い報《しら》せだった例《ためし》が無いんだよね……)

おまけに、先日の敗北――『地に這《は》う声』を使った戦闘――もある。どうしても気が重い。

「待たせた。ああ、そのままでいい」

戦闘報告を受けたテルプシラが副官を連れ戻ってくる。

副官が壁際に立ち、彼女は自席に着く。そのまま、天井に顔を向けて嘆息した。

「――――さて、魔導書の件だが」

「やっぱ嫌な話だった！　ジンクス！」

カリアの露骨な言いように、テルプシラは苦笑する。

「そんな顔をするな。先ほどの私の様子も見ただろう、こちらも心苦しいんだ、結構」

「それであたしの心労が軽くなる訳でも無いんですけど……」

そう漏《も》らすカリアの目元には、未《いま》だに薄《うっす》らとクマがある。

「軍部から要請が来ている。『魔導司書は新魔導書を用い、魔王軍の殲滅《せんめつ》をせよ』とね」

魔導司書の表情が分かりやすく歪む。それを見ながら基地司令は続けた。

「第二魔導書『地に這う声』の再修復と解読の精査、そして再利用は可能か？」

「修復は終わってるので、出来る出来ないで言えば可能です。ぜ～ったい勧めませんが」

前回の発動は中途半端に終わり、それ故《ゆえ》に破損も致命的では無い。

「オマケに、次に完全な発動をすればやはり魔導書は不可逆の損傷を受けると思います。経年劣化に対し、こちらの用意出来る素材や技術が当時のそれに及ばないためです」

「……本の素材から特別なのか？」

「アレに使われているものは全て、動物性由来です。装丁の革は何の生物かは結局不明。紙は人と羊の毛織維ですね。綴《と》じ紐《ひも》もそう。そしてインクには血液が混じっている」

「悪趣味ですな」

思わず、という風に漏れた副官の呟《つぶや》き。テルプシラが眉をひそめた。

「……まるで、本を作る生贄《いけにえ》のような。敬遠には他にも理由があるような口ぶりだな」

カリアは眼鏡を直して頷《うなず》く。この前の戦い以後、魔導書を再解読して出た答え。

「『地に這《は》う声』は、本に込められた魔力を、本それ自体に使われている紙や革、呪文《じゅもん》により変質させ、地上にあるモノを呼び起こす魔法が封じられています」

一旦、カリアは言葉を選んだ。なるべく阿呆《あほ》らしくならないように。

「生贄とさっき言いましたが、近いです。変質した魔力は地上に染みこみ、そこで死亡した人間の記録を読み取り、そこから魔力を持つ生命を物理的に浸食する『手』を生み出します」

「記録にあった『黒い手』というのはソレか」

カリアは頷く。あの地の光景を思い出させるように。

「この辺の記録を漁《あさ》ったら出てきましたよ。何百年か前に戦争で大勢死んでます」

疑わしげな様子で、テルプシラは窓から外の風景を見る。

「しかし――魂、とでも言うのか？　そんなものが仮にあるとして、何百年も残ると？」

「死んだ人間がいること、死に際する感情。土地それ自体の記録を読んで再現させる、という魔法のようです。魂だか何かが残っているかは関係なく」

「魔力を持つ者を優先的に狙う理由は？」

「シンプルな理由です。この本が作られた大昔には、人間含めほとんどの生物が魔力を持ってました。生命、みたいな存在が曖昧《あいまい》なものを条件にするより簡単だったんだと思いますよ」

テルプシラの嘆息が響く。

「つまりはほぼ世界の全てで使用可能ということか」

「だ〜か〜ら〜！　使わない方がいいんですって」

「報告にあった、使用後の『呪詛《じゅそ》』による土壌汚染、ですか」

副官が差し込んだ言葉に、カリアは頷く。

「解読を進めた結果、あの黒い手は過去の記録から再現した怨嗟《えんさ》を魔力と混ぜたものと推測されます。それは新たな被害者の魔力と苦痛、絶望をさらに混ぜ込んで拡大、濃度を増す。浄化まで何十年とかかる可能性が高い。戦力を増強した魔王軍を殲滅《せんめつ》となると会戦で使うしか無いでしょうが、数千を食らわせるとなれば平原をほぼ丸ごと汚染することになります」

場を沈黙が支配した。理解が浸透することをカリアは待つ。

『地を這う声』の効果範囲となった場所は、触れるだけで命の危険がある呪詛が残留する。

ガルンタイ山脈北と風断ちの森に挟まれた平原は、本来動物も多数棲《す》み植生も豊富であり、穀倉地にもすることが可能な土地だと、塹壕《ざんごう》を掘った際の土壌から分かっている。

汚染してしまえば、農業どころか人も動物も入り込めない死の地帯となる。

「あんなヤッバいの、対軍規模で使えばこの基地も放棄《ほうき》を考えにゃならんでしょうし、後方の町に影響が及ぶ可能性もあります。何か間違って呪詛が川に流れでもしたら――」

「…………………………」

目を閉じ、拳を眉間にくっつけて天を仰ぐテルプシラを、カリアは見つめている。

魔王軍を倒す。それは確かに現状の人類にとって正義である。しかし、越えてはならない線がある、とカリアは考える。大地を何十年もの間汚す。後世まで語り継がれる過ちになる。

ややあって、テルプシラは姿勢を変えないまま言った。

「……特急で報告書を上げられるか。それを軍部へ送ってみる。魔導書の使用を諦めさせられれば、追加の増援が引っ張れるかもしれない」

「了解でっす！　夜には」

仕事は増えたが、やらねばならぬ。

カリアは図書館に戻り、混雑する夕休憩をさばくエルトラスたちに千剣長権限で残業を指示して（彼らは悲鳴を上げた）、司書準備室で報告書作成に移る。

◇

そのような懸念が帝国軍側にあることなど知らぬ魔王軍陣地。

指揮官グテンヴェルは本日の作戦報告を見て眼鏡の奥の目を細めた。

「今回も敵軍の魔法使用は無しか」

鼻から息を抜く。ここ最近、彼は帝国軍の前線を小規模部隊で突くことを繰り返している。

戦力が揃《そろ》っている現状でそんな真似《まね》をする理由は、以前と異なる。

「次に大戦力を投入した会戦で魔法を使われれば、この地の支配圏はまず取り戻せぬ」

慎重に慎重を期する必要が、彼等にはあった。一度ならず二度も、魔王軍を一方的に殲滅《せんめつ》する破壊力を目にしているのだから当然の判断だ。

先日の作戦で、帝国軍は僅《わず》か二百程度の魔王軍相手に魔法――もしくは、魔法に似た何か――を用いた。それは、グテンヴェルに対して二つの認識を与えていた。

「ひとつ、帝国軍の魔法使い（仮定）は少なくとも二種の魔法を持っている。ひとつ、帝国軍は魔法を小規模の敵にも使う可能性がある」

魔王が放つ『魔法』である魔王雷の方は、重要拠点や大都市、大戦力の戦場に向けられることがほとんどだ。先日の『地に這《は》う声』はカリアが激情に支配されて放ったのが実情だが、

「魔王雷とは運用が異なると？　味方が壊滅する状況で生存を優先したのでは？」

副官人狗《コボルト》の言葉に、グテンヴェルは机を指で数度叩《たた》く。

「であれば、あの規模の戦場に魔法使いが来ること自体がまずおかしい」

優秀な頭脳を持つ彼といえども、神ならぬ身ではあの日のカリアの出撃が、帝国軍部と皇女、そして現場の駆け引きの結果生じたものであるとまでは読み切れない。

あれだけの威力を発揮した魔導書が、不安定な兵器であり『帝国軍において複雑かつ微妙な立場にある』という事実を知らないためだ。

「人間たちで、魔法かそれに類する力の使用難度が低い訳は無い……使用条件は何だ？」

魔王ですら、使用におよそ三か月の準備を要するものだ。連合軍側が気軽に幾度も放てるのなら、魔王軍はもう負けている。

戦術的な推測をすることは出来る。だが、グテンヴェルには以前基地攻防戦の折に見た『大量の書物を納めた施設』の存在が気になっていた。

「人間が、我々と全く異なった判断基準、もしくは狙いを持っている可能性は、ある。文化が異なるとはそういうことだ」

こういった思考は、魔王軍においては相当に少数派だ。それに起因する状況判断が、彼にこれまで人間相手への戦功を重ねさせた一因でもある。

ともあれ、様子を探るための複数回の戦闘を経ると、魔王軍としてもひとつの推察をする。

副官がそれを口にした。

「何らかの理由で、現時点では魔法が使えない、のでは……」

「時間をかければその期間が終わる可能性がある。か」

単純なその可能性も、当然危惧《きぐ》すべき事態だ。

(ひとつ『本気の攻撃』を仕掛けるべき機か。人間の魔法の危険を踏まえてでも……)

だが現状では賭《かけ》になる。眉間に縦の皺《しわ》が走る。

(何か一手、無いか。危険の率を可能な限り下げられる一手が)

グテンヴェルは考えながらも書類を確認処理している。その手が新しい紙へとかかる。

「増援の最終便――これは、新しい部族の隊か」

魔王軍において、種族は兵科に通じる。別種の魔族を同じ兵科とすることもあるが、可能な限り部隊は同じ種族で構成することが好ましい。

「…………………！」

眼鏡の奥、切れ長の瞳が限界まで見開かれる。そこに書かれた部族の名を見て。

「彼等はもう到着しているのか？」

「はっ。何せあゝいう部族ですので。正式な配備は明日からとなりますが」

突きつけられた書類を見て答える副官。がた、とグテンヴェルは立ち上がる。

「すぐに会う。こちらから出向くと伝えろ」

◇

そこからは数百キルを挟んだ、帝都。奏麗殿《そうれいでん》。

『王国の工業都市アルアンダが壊滅』

新聞を握りしめて、第一皇女クレーオスターはその流麗な鼻梁《びりょう》の先端から息を吐いた。

アルアンダ。連合軍において帝国と双璧をなす規模を誇る王国。その中で工業規模としては五指に入る街の一つだ。

王国の内陸部分、魔王軍との戦線からは離れたそこが壊滅する理由。

「前回、第十一前線基地に飛来してからおよそ三か月……魔王雷、ですわね」

新聞と同時に、帝国諜報部から流してもらった詳細報告を彼女は見る。王国の魔導具による結界は強度不足により魔王雷で破られ、市街地の半分以上を崩壊させた。

「王国の兵器供給が滞《とどこお》りますね」侍女兼秘書が更に報告を重ねる。「防御に当たった王国第三魔導技師部隊も半壊に近い被害を被ったようです」

「王国からの魔導技師派遣はこれで絶望的になりますわね……以降の魔王雷全てにおいて、連合軍は対応が切羽詰《せっぱつ》まることになりますわ」

元々、連合国家への魔王雷防御は帝国と王国、法亜国が主体となり、必要に応じて近い部隊、余力のある部隊を相互に派遣していた。魔導技師は数が少なく、その消耗も大きい。今まですら、かなりの調整を重ねて広大な連合国領土をカバーしていたのだ。

三か月に一度の超遠距離広範囲破壊。その度に連合国は消耗してきた。

(それがさらに厳しくなる。下手をすれば一気に連合軍自体が瓦解《がかい》しますわね)

――とはいえ、これは帝国軍部が考えることだ。戦時図書委員会会長であるクレーオスターが頭を悩ませても何がどうなるわけでも無い。むしろ彼女が危惧《きぐ》することは、

「これで軍部は尚更《なおさら》、カリアに『地を這《は》う声』を使わせようとするでしょうね」

今は実験運用に留《とど》まっている魔導書。実用段階に出来れば、大きな対抗手段にはなる。

一冊の消費で、一軍を滅ぼせるのが魔導書だ。

「今回の魔王雷で帝立文書館への魔導書提供圧力は高まるでしょう。あの子と同じ職能を持つ人間を増やし、魔王雷と魔導書の撃ち合いになれば――」

侍女が息を呑《の》み込む音がする。大量殺戮《さつりく》手段の投げ合いだ。

（魔王はどうか知らないですけれど――一個人に耐えられる負担ですの？　それは）

さらにクレーオスターの手元には、カリアから『地を這う声』の使用に付随するリスク――呪詛《じゅそ》の報告書も来ている。帝国皇族の一員として、彼女の認識では国土汚染は言語道断だ。臣民の生活も脅《おびや》かす。避けるべき手段だ。

（軍部にもこの報告書は行っていますわ――そして、執拗《しつよう》な魔王軍の攻勢から、ガルンタイ越えの危険性も流石《さすが》に認めるはず）

第十一前線基地は、死守せねばならない。

（魔導書使用を諦め、追加の増援を送るなら良し。けれど、もしそうならなかった場合）

友のため、せめてもの抵抗を。既に手は打っているが、後は間に合うかどうかである。

◇

『問題無し。必要に応じ魔導書を用いて敵軍を撃破されたし』

「クッッッッッソタレが！」

どがん、とカリアは補修机を思い切り拳槌《けんつい》で殴った。補修具がいくつか宙に浮く。

その振動は表にも伝わったらしく、カウンターで働いているエルトラスたちの「ひぇっ！」「ごめんなさいであります司書殿！」などという声が小さく聞こえて来た。

「ふーっ、ふーっ……」

「気持ちは分かるが。君の手は商売道具だ。気を付けろ」

同情的に言うのは、軍部からの返信を持ってきたテルプシラである。

「皇女殿下の返信も来ていた。戦時図書委員会はこちら側に立ってくれたが……覆《くつがえ》らず、だ」

そもそも、クレーオスターは軍関係者では無い。軍事作戦への直接干渉には限界があった。

この土地を斬り捨てるかのような命令。それは、

「帝国軍部も、魔族によるガルンタイ山脈越えの可能性をようやく検討した、ということだ」

第十一前線基地を獲れば、魔族側は帝国深部へ直接攻撃を仕掛けられる。

人間側には不可能な進軍路。帝国にとってのこの場所は、取られれば致命的だが持っていても特に有効には働かない。魔王軍と戦っている間は平原の農業利用も出来ない。

「アーホーかー！　それを分かったなら増援送るのが筋でしょ!?」

「しかし魔導書がある。いっそ土地ごと殺してでも利用不可能にしろ、というところか」

「いやいやいやいや……どうすんです。『地を這《は》う声』は使うワケにはいきませんよ」

司書の問いに万剣長は目を閉じて押し黙っている。気持ちは彼女も同様だ。

敵の撃滅に収まらず、土地を広範囲汚染し近隣住民の生活と命を危うくする兵器。

「…………………だが、我々は軍人だからな」

重たい吐息と共に、テルプシラが漏《も》らした。

「ちょっと!?」

裏切られた、というようなカリアの声音。対して彼女は平坦《へいたん》な声で告げる。

「緊急の千剣長以上会議を招集する。カリア、君も参加してもらうぞ」


一時間ほどの後、テルプシラ万剣長に加え、四人の千剣長が司令部棟会議室に集められた。

「近く行われるであろう魔王軍との会戦における作戦会議を行う」

「そう思われますか、ピタカ万剣長」

「報告を総合的に眺めれば、そう判断せざるを得ない。過去の事例も含めればな」

他千剣長もそれに頷《うなず》きを返す。似たような気配は、彼等も感じ取っていたのだ。

「第二連大剣隊下の斥候《せっこう》十剣隊からも同様の報告が上がっております。総数は前回の基地攻防戦より多いものと」

専門家たちの会話を黙って聞いているカリアは、それに「うわあ」という気分になる。

(三千より多いのか……四千か五千？　こっち四千だから、最低でも同数規模？　きっつぅ)

「本格的な攻撃が来た場合、こちらも出せる最大戦力で打ち倒す。つまりは決戦だ」

決戦。決着をつける戦い。その言葉に場の空気がひりついた。

「確かにこの戦場における魔王軍は、先の基地攻防戦における壊滅的打撃がある。兵を補充したとして、もう一度大きな打撃を受ければ再起は難しいところ。しかし、会戦で勝てますか」

前回は同数で順当に押し負けた。タミー千剣長の危惧《きぐ》は当然と言えた。

「以前と同じならば、な」テルプシラは軽く笑って、手元の資料を見るよう促す。

これに、千剣長たちの――カリアも含め――目が見開かれた。

「新兵器の『機関銃』だ。少し無理を通してな。急遽《きゅうきょ》二門調達した。今回は塹壕《ざんごう》も長くなり、砲も使う。正面からの突進であれば、たとえ互角の数でも押し負けることはまず無い」

（機関銃！　ここ来てから読むようになった兵器関連の本に書いてあったたな）

毎分数百発の銃弾を発射する、帝国最新鋭の兵器だ。多量の弾薬消費、冷却の必要など運用に複数人員と手間を要するが、威力は小銃とは比べものにならない。

整備の問題さえクリアすれば、破壊力は砲に次ぎ、制圧力ならば大きく上回る兵器。

「中級魔族ですらまともに浴びれば一瞬で倒れるという話だ」「奴《やつ》らの木の盾なぞものともせん破壊力」「塹壕と組み合わせれば正面突撃に対する効果は計り知れんぞ」

千剣長たちの興奮した声を聞けば、カリアは期待せざるを得ない。まともな戦争で勝てるならばそれに越したことは無い。

（そんな考えしちゃう辺り、大分あたしも戦場に慣れちゃってるけども……）

「ですが――帝国軍上層部からは魔導書の使用を要請されておるのでは？」

そんな期待を遮るように、後方兵站部《へいたんぶ》の千剣長が言葉を挟んだ。

『地に這《は》う声』使用におけるリスクは、この場のみの極秘資料として全員確認済だが、

「確かに躊躇《ためら》われる効果ですが我々は軍人です。軍部を無視する訳にはいかんでしょう」

発動を直接見たタミー千剣長は沈黙。テルプシラは一呼吸置いた。カリアへ視線を向ける。

「――――魔導書の使用権限は魔導司書にある。アレクサンドル特務千剣長」

「『地に這う声』の平原における使用は認めません。絶対に」

即答だ。本物の千剣長三人――千～二千人を統括する上級士官――の視線を受けて、司書であるカリアはしかし、引かない。彼女の脳裏には、あの日の惨劇がある。

使う訳にはいかない魔導書。しかし仮に、使わずに負けてしまえばガルンタイ山脈の向こう、帝国中央部二千万の安全が脅《おびや》かされる。

それに対する答えがこうだ。

「魔導書を使うのはこの基地内においてです。それのみしか魔導司書としては認めない」

「「「「！」」」」

カリア以外の人間が驚愕《きょうがく》する。その中で、タミー千剣長の瞳には戦慄《せんりつ》の納得があり、

（そう来たか……全く）

テルプシラは浮かびそうになる笑みを隠して言った。

「つまりこの基地が魔王軍に占領された場合。最後まで残った君が――」

「そのとーり！　魔王軍ごと基地だけを呪詛《じゅそ》に沈めます。唯一の登山口にあるここが呪詛に覆われれば、魔王軍はガルンタイ山脈越えが困難になる」

敗北必至の状況に追い込まれた場合。それが、カリアが設定したラインだ。

「アレクサンドル殿。その場合、君は退却が難しい。言っている意味が分かっているのか」

魔導書使用を問うた千剣長が立ち上がり、カリアの正気を疑うように問う。

彼の言う通りだった。『地に這《は》う声』の射程はそこまで長くは無い。基地全体という範囲を狙った場合、相当の近距離での発動が必要だった。

「最初に基地の皆に命賭《か》けてもらうんですよ。当たり前です」

「っ……」絶句して、彼は腰を下ろす。

(うおお～言っちまった～！　そんなんやりたくない～！　どうにかならんかどうにか)

カリアの内心はこのような具合だが、それをおくびにも出さず真顔を貫く。

「方針は決まったな」ぱん、とテルプシラが手を叩《たた》く。「各位、決戦準備を進めておいてくれ」

彼女はカリアへと目を向ける。「そこまでやれと言った覚えはない」というような苦笑。

(悪いね司令。でもあたしは、もう前二回みたいな無様な後悔はしたくないんだ)

「アレクサンドル特務千剣長。君は『地に這う声』を万全に万全を重ねた状態に。そして、決戦の日まで滞《とどこお》りない図書館の運営を。兵の士気のためにもな」

「アイマム。了解致しました」

不安と期待。両方を内心に抱えながらも、カリアは不敵に頷《うなず》いた。

この女はまったく――とばかり、張り詰めた空気が緩む。今となっては、帝国第十一前線基地における図書館の効用を疑う者など――利用しない兵でも――誰もいない。酒保《しゅほ》と同じように、必須のものと捉《とら》えられていた。

そして戦いはやってくる。必然のタイミングで。


その日は、早くから森に多数の魔族が出撃準備を整えている、という報《しら》せが届けられた。

「魔王軍の総攻撃と判断。平原で迎え撃つ」

帝国軍も対応し、虎の子である砲台と機関銃を持ち出して、四千近い兵が待ち受ける。

「決戦かあ。どうなるかな……ってペイルマン、何読んでんの？　手紙？」

図書係であるペイルマンも、塹壕《ざんごう》内にいる一人だ。彼は待機しながら、便箋《びんせん》を広げている。

「前に司書さんにな、本の作者さんへ手紙を送ってもらったことがあってな」

「入院したメルギンスの奴《やつ》が言ってたな～そういえば。ファンレター作戦、だっけ？」

思い出したような兵に、ペイルマンはにやりと笑って便箋をひらひらと振る。

「これな、俺の手紙の返事。『名探偵シャルムズ』のガウナン先生からだぜ」

「えっ！」「シャルムズの作者!?」「マジかよすげえ！」

飛び出した単語に、周囲の兵も色めき立つ。

シャルムズシリーズは帝国で大人気の推理小説だ。ミステリー要素のみならず伝奇・冒険小説的側面も持つ同作は老若男女《ろうにやくなんによ》問わずファンが広く、帝国軍内も同様であった。

「司書さんの思い付きでよ。皇女殿下を通して作家先生方に送られたんだとさ」

「俺にも来てるぜー」「俺も俺も」他にも数人が手元の便箋から顔を上げる。

皇女――戦時図書委員会を通した事により、各作家は前線の兵士たちを思い、返事を即座に書いて戻した。その第一陣が、今朝間に合っていたのだった。

「俺にゃ文才なんてねえからよ。本が面白かったって事と、戦場で読めて助かるって礼を書いた。あと、穴倉で待機してんのは湿気がひでえって愚痴だな」

ふうん、と言いつつ、兵たちは近くにいる返事を貰った者の便箋を覗《のぞ》き込んでいる。

「んでペイルマン、ガウナン氏からは何て書いてあんだよ」

「へへ、じぶんの本を読んでくれたことと戦ってくれてる事に感謝するってよ。俺みてえな兵隊に、作家先生がだぜ？」ペイルマンは、染み入るような笑顔で手紙を見ている。「でもよ、一番思ったのは、だな」

ペイルマンが夏の日に便箋を透かす。

「俺、今までどっか、本書いてるよーなお偉い先生は別の世界にいると思ってたんだよな」

周囲の兵たちがそれに一瞬、黙る。それは彼等も同様だったからだ。

「でも手紙に返事なんて貰うとよ。あーこの人帝都にマジでいんだな！　ってなったわ」

背後──ガルンタイ山脈──否、その向こうを見るペイルマンに、他の兵も釣られる。

「そうか。そうなるわな」「んじゃ俺の方に返事くれた先生もいるわけだな」

ぐ、とペイルマンや周囲の者たちが、ペルタ四十式を掴《つか》む手に力を込める。

彼等の多くは、銃後には家族や友人──もしくは恋人、はたまた夜の店の蝶《ちょう》──がいるという実感しかなかった。天涯孤独の者もいる。だがそこへ、新たな人々が加わったのだ。

(そうか、シャルムズって来年新作出るって話だよなあ)

それも、ただの人ではない。恩義がある。

ペイルマンのみならず、帝国兵のポケットの大半には戦帝文庫が差し込まれている。

敵を待つ塹壕《ざんごう》内。時には雨でぬかるみ、時には地虫とともに息を潜め、時には風も無く蒸れる穴蔵の中で、彼等はそれで心を慰めた。ポケットの中の、ホチキス留めされた簡易な文庫本には、今や汚れも折れも随所にあるが、

(本《こいつ》だけは捨てられない)

それが彼等の偽《いつわ》らざる本心だ。

「行かせられねえな」「んだな」「前のようにはやらせねえ」「司書殿頼りも格好悪いや」

兵の半数近く──元からいた者たち──が思い出すのは、半年近く前の基地攻防戦だ。その時、この塹壕は圧倒的な魔王軍の数に突破された。

「前とはこっちの数も弾薬も比較にならねえ。それに今回は新兵器もある」

彼等は塹壕の中から、地上でその黒き威容を光らせる兵器を眺めた。そこに侍《はべ》る兵が笑う。

「おう。きっちり訓練は受けたからよ。任せとけ。無駄に乗り出して当たるなよ?」

機関銃小剣隊は、隊の規模こそ最小の小剣隊であるが、半分身を晒《さら》して機関銃を撃ち込むことから、塹壕で戦う兵からは英雄視されている。

機関銃は塹壕内からの使用も検討されたが、現時点では運用の複雑さに加え、塹壕内環境の砂と泥のために故障率が跳ね上がることにより、地上での運用が申し渡されていた。

「簡易の特火壕《トーチカ》は作ってもらったけどさあ」

「薄《う》っすいコンクリと木だもんな。蛇人《ナーガ》の大弓一発で貫通するぞコレ」

「無いよりマシだけど……お前らいざという時には盾になってね」

「ヤダ」「お前残して穴入る」

「お前らー!」

「オラ騒いでねえで前見ろ……来たぞ、ぞわぞわと」

苦笑したペイルマンの言葉通り、浸み出るように。風断ちの森から魔物たちが現れてくる。

「うはあ、余裕で二千いるなあれ」「まだ増えるだろ。予測だと四千だとさ」

塹壕内で、ペイルマンは拳と掌《てのひら》を打ち合わせる。決意表明した。

「生き残って帰ったら自伝書いて出版して、俺も作家になるんだ。絶対勝ってやる」

「じゃあ俺は書評家になるかな。誇張しまくったりしてやがったら酷評してやるぜ」

「ペイルマン先生の英雄計画が……」

塹壕《ざんごう》のあちこちで。そんな軽口を叩《たた》き合いながら、こちらも四千近い兵が自分の銃を握る。

恐怖はある。それでも、彼等は戦意を燃やしていた。

「中央の戦況は一進一退だ！　ここを叩けば、奴等《やつら》は戦力の補充もままならなくなる！」

現場指揮官を務めるタミー千剣長の檄《げき》が飛ぶ。

(前回の失敗は繰り返さん……あらゆる事態を想定してきたのだ)

魔王軍の兵が駆ける。彼我《ひが》の距離が縮まり、ペルタ四十式の射程に近付く。

小銃の斉射に先駆けて、後方から大砲、迫撃砲《はくげきほう》が撃ち放たれる。

「帝国軍は負けん！　連合国の盟主に相応《ふさわ》しい戦《いくさ》を見せよ！」

「未《いま》だに槍《やり》と弓持ち出して、脅《おど》して殺して世を思う通りに出来ると思っているような――」

地を渡り腹に響く砲声を受けながら、ペイルマンたちはそれに負けぬ雄叫《おたけ》びを上げた。

「「「「時代錯誤の獣《けもの》どもをブチ殺せ！」」」」


いくつもの火線が魔族たちを削っていく。

小銃の穿火《せんか》、砲撃の爆発、機関銃の引き裂く鉄の叫び。

分厚い盾を、発達した筋肉を、鎧《よろい》の如《ごと》き毛皮を、剣をも弾《はじ》き返す甲殻を。

人の作り出した自然ならぬ火焔《かえん》の線が貫く。

「グゥオァァオァアァッ！」

魔王軍とてやられてばかりではない。発砲するために僅《わず》かに身体《からだ》を出した帝国兵へ向けて正確に蛇人《ナーガ》の弓が飛ぶ。

「ぐっぉ……！」「そいつはもう戦えん！　後方下がらせろっ！」

「機関銃隊は絶対に狙わせるなよ！」

腕を射貫《いぬ》かれて塹壕内に転がり落ちた兵の隙間《すきま》を、新たな兵が埋める。今や塹壕内は相互に複雑に繋《つな》がり合い、どこからでも後方へと下がり、前に出ることが出来る。

「一番槍ィィィィっ！」

「させるか、ボケッ‼」

穴へと槍を下に構え有刺鉄線を飛び越えて来た蜥蜴人《リザードマン》を、塹壕内に寝た姿勢のペイルマンが真上に発砲。すんでのところで吹き飛ばす。起き上がりながら周囲に叫ぶ。

「弾幕薄くなってるぞっ！　近付けさせせんなァ！」

弓手以外の魔族には射程で圧倒的に勝っていながら、それでも人間側がやや優勢という程度なのは、敏捷性《びんしょうせい》に優れた魔族は銃弾を避ける、武器で弾くという芸当すら可能という事実だ。

「とにかく撃て！　撃ちまくれえっ！　抱えてても死んだら弾使えねえんだぞ！」

だから、帝国軍は弾で空間を飽和させる。千の銃火を同時に噴かし、個の力を否定する。

「く、くそっ、くそがっグァアァッ！」

二つの短剣で小銃弾を跳ね返し続ける練達の人狗兵《コボルト》が、ついに手が追い付かず被弾する。

「う、うおぉぉおっ！　け、削られ……っ！」

分厚い盾を構えた蜥蜴人《リザードマン》が、盾の破損に続いてその鱗《うろこ》を散らせて撃ち倒される。

さらに周期的に降り注ぐ榴弾《りゅうだん》と砲弾。密度・速度共に数十倍の弾丸を送り込む機関銃。

数の優位というものは、単純な足し算ではない。如何《いか》に魔族が人間の兵三人分の力を持つとされるとはいえ、火力の差は大きくなればなるほどに『手数の飽和』を作り出す。

「と……届かん、だと……これっぽっちの距離が！」

一度押し返されればそこまでだ。魔族ならば数秒で到達する、百メルほど先の塹壕《ざんごう》があまりに遠い。戦況が傾いていく。帝国軍は塹壕の縁に前のめりになって小銃を撃ち放つ。

「いける……これならやれ……んん？」

勝利を予感して笑うペイルマンの前に、ひらりと落ちるモノがある。

「なんだ？　これ、鳥の羽根？　やけにデケえ……っと、それより給弾せにゃ」

「お、おい！　上……！　上見ろ！　すぐ！」

「何だよ、こっちは弾込めるのに忙し――!?」

切迫した仲間の声に対し苛立《いらだ》たしげに振り仰いだペイルマンは、塹壕で細長く切り取られた天を横切る、百を超える影を見る。

「あ――――」

遙《はる》か空を飛ぶその影は、自然の鳥よりも更に大きく、戦場を睥睨《へいげい》していた。

ペイルマンの脳裏に、一瞬でかつて読んだ本の記憶が甦《よみがえ》る。それはレファレンス用として、カリアに叩《たた》き込まれた知識の中のひとつだった。

――この世界において、飛行機というモノは未《いま》だ戦場に現れていない。

人類社会で『動力により空を飛ぶ人工物』としては民間により実験が行われ、数時間の自力飛行が成功しているが、開発者であり搭乗者であった人物が飛行実験で死亡している。

あまりに高空を飛んだ場合、竜族に攻撃されるという事情も手伝って、航空力学は未だ連合各国において発展途上の学問である。飛行物体を戦争に用いる、という発想はあれど、実現には至っていない。

なお余談であるが。世界の始まりから現在まで、一貫して空の支配者と言える竜族は自分たち以外の全種族を平等に見下しており、種族としてはこの戦争に参加はしていない。

結果、現代において、航空攻撃が可能な部隊は両軍に存在しなかった。今までは。

有翼種『翼牙《よくが》』。

体の節々に鳥の羽毛を持ち、胴体としては小さめの人間サイズ。人間の手に当たる部位が丸々長大な翼となっている魔族である。顔は比較的人間に近く、独自言語も存在する。足の先には名前の由来ともなっている牙《きば》めいた鋭い鉤爪《かぎづめ》を備える。

部族ごとに深い谷に住み、部族それぞれに『主』と呼ばれる巨大飛行生物を飼育し、崇《あが》めて暮らす独自の生活様式を持つ。絶滅が危惧《きぐ》されている希少民（魔）族であり、魔族との戦争が始まるまでは人間国家からの援助も受け入れていた。

だが今。この第十一前線の空で翼牙《よくが》の羽が舞っている。

「………っ、あの鳥ども！　付いたのか魔王軍に！」

タミー千剣長が絶望的な心地で呪いを叫ぶ。腕部分が翼となっている翼牙は、武器を持つのに不向きだ。しかし、

「コオァ――――ッ！」

その鉤爪《かぎづめ》に摑《つか》んだ数キラムの石塊。それを、高空からの急降下と同時に眼下に投げ込む。それは上空数十メルから時速二百キルを超える速度で、帝国兵たちを襲った。

あちこちから悲鳴が上がる。肉体に当たれば肉がひしゃげ骨は砕け、ヘルメットを装着した頭部でも首が折れかねない威力だ。

「う、上からだっ！」「石、だとぉ!?」

戦慄《せんりつ》が走る。帝国兵の安全を確保していた塹壕《ざんごう》に、直接攻撃が加えられたのだ。

「ち、畜生《ちくしょう》っ！」

ペイルマン他数人の帝国兵が即座に上方へ銃を向け発砲。しかし対空射撃の命中率は、水平のそれと比べて著しく低下する。更に翼牙は常に空を移動しており、停止しない。

「くそっ、ぜんっぜん当たらねえ……」

さらに、上方へ向けられる意識はそのまま、地上攻撃の厚さを減じることに直結する。

「圧が減ったぞ。行け、行けーっ！」「穴蔵の人間どもを引き摺《ず》り出せ！」

押し戻されていた魔王軍が気勢を上げる。じわじわと、魔族の戦線が押し戻ってくる。

加えて。唐突に、上空から多数の矢が塹壕内に飛び込み、帝国兵を貫いた。

「おごぉっ！」「ごぼっ……」「ぐぅぅぅあっ！」

ペイルマンの側でも被弾があった。ある者は腕足を千切り飛ばされ、その貫通力はある者を穴の中で地に串刺《くしざ》しとする。まずい、と彼は思う。被害それ自体よりも。

「矢!?　嘘《うそ》だろ。こんな矢がなんで当たるっ!?」「どこから……っ！」

ペイルマンが地上へ視線を向け、ややあって見つけた。それはおよそ一キル近くほども向こう。蛇人《ナーガ》の弓部隊だ。

（あそこから？　塹壕の中を狙って曲射？　あり得ねぇ……っそうか！　空から！）

彼は上を見る。攻撃に参加していない翼牙がいる。それは、遠くの蛇人に向かって外れた矢の観測と修正の指示を送っているのだ。その二射めだか三射だかが、今命中したのだった。

「何が……っ、何が起きてやがるんだっ！」「どうなってんだ、クソッ！」

誰かが叫ぶ。突如《とつじょ》届き始める攻撃に、混乱と恐怖が塹壕の中に湧き上がり伝播《でんぱ》する。

正面制圧火力が更に低下する。有刺鉄線も越え、魔王軍の刃が塹壕へと到達しつつある。

「かっ、構うなっ！　今は前面を制圧しろっ！」

——最適解だけを言えば。タミー千剣長のこの指示は正しかった。

翼牙《よくが》を完全に無視し、地上の制圧に専念すれば、戦況は動かなかった。翼牙は数が二百ほどと少ない。蛇人《ナーガ》部隊による長距離狙撃も然《しか》りだ。

「おい、前に集中しろって！」「で、でもやられちまうっ……！」

だが兵器と違い兵は心を持たぬ機械では無い。いつ降るとも知れぬ致死の石塊と矢に、どうしても対応したくなる。空の相手にどんなに効果の薄いものであろうと。

いい、いい、いい、専念出来なくなる。それが、翼牙がもたらした効果の第一弾にして最大のものであった。

「アォォオアアアエエっ！」

帝国軍前線の混乱を見て取った数体の翼牙が、更に後方に狙いを定める。帝国軍火力の中核たる大砲と機関銃。地上に設置された兵器群だ。

「ま——まずいぞおいっ」

ペイルマンは飛び行く翼を見て顔を蒼《あお》くする。無論のこと、機関銃も大砲も、空を飛ぶ相手を狙うことなど出来ようはずもない。

（頼む護衛！　落としてくれ！　今の状態で潰《つぶ》されたら本気でやべえぞ……！）

守らなければならない。この平原を、基地を、山脈を越えさせてはならないのに。

彼の祈りに応えるように、機関銃と砲、それぞれに付く小剣隊が小銃を構える。

「く……そっ！」

一撃の奇跡すら、この時は起こらなかった。急降下する翼牙の周囲を弾丸が虚《むな》しく飛ぶ。そして。投げ放たれた岩石が、機関銃に直撃した。

「ちくしょぉおっ！」

悔し涙すら流して銃手を務めた兵が銃座から転げ落ちる。機関銃は機構が複雑な兵器だ。高速で硬く重く大きな石が衝突すれば、それは即座に部位の破損に繋《つな》がる。

もう一つの機関銃も同様に破壊されていく。大砲は鉄の塊である本体こそ破壊はされていないが、台座への直撃で設置台車が傾いでいた。これでは有効な射撃は望みようも無い。

「…………っ！」状況を悟ったタミー千剣長が歯噛《はが》みする。

後方大火力兵器の沈黙。散漫となる照準。帝国軍の圧力が一気に低下する。

「オォオォ#%$&DG&%――――――ッ!!」

魔族の雄叫《おたけ》びが銃声を圧《お》し始める。翼牙の投入ひとつで、天秤《てんびん》は一気に魔王軍へと傾いた。

◇

その戦場を見ているのは、基地外壁上で望遠鏡を構えるカリア、横に立つテルプシラだ。

「嘘《うそ》でしょ、翼牙――飛ぶ兵隊だなんて……機関銃も大砲もやられて、このままじゃ」

「厳しいな。戦力的にはまだ五分《ごぶ》近いが、前線が混乱している」

端的に司令官が呟《つぶや》いた。否定して欲しかったカリアは眼鏡の奥の眉をひん曲げる。

「ええ……」

「新しい攻め手が加わったことで、既存の戦術が有効に働かない。何をすれば良いか分からなくなった軍など、如何《いか》に数で勝っていても問題にならない。……魔王軍め、徹底的に翼牙《よくが》の参戦を隠していたな。それをここに送る。それだけ魔導書を警戒し、この戦場を重視しているということか……」

はっとして、カリアは再び戦場を見る。題の通り地面から生え、這《は》いずって犠牲者《ぎせいしゃ》を襲う『地を這う声』の対空能力は疑わしい。だが魔王軍には、『天雷の顕現』の記憶もあるはずだ。

「その上でこの総攻撃……使いたくないことを見透かされた……？」

「もしくは、使えないと思っているかだな。以前の発動から今まで、探っていたか」

舌を打って、テルプシラは森の中にいるはずの敵指揮官を思う。

(基地攻防戦で勇者が倒した幹部は、以前からここにいる指揮官とは違う。前から、そして今もいるそいつは、魔族にしては珍しく、自分の直接的な武功に拘《こだわ》らず慎重なタイプ)

そんな存在が、乾坤一擲《けんこんいってき》の攻撃を仕掛けてきた。魔導書の脅威が無いとすれば、

「必勝を期しているか――！」

◇

その異変に気付いた者は戦場指揮を執るタミー千剣長だった。

数キル先にある風断ちの森。その上部から、まずは無数の鳥が飛んだ。

「なん、だ?」

機関銃と大砲を破壊され、魔王軍の圧力が強まる中で、彼はそれに一瞬目を奪われる。

次いで、ざわめく木々だ。その波紋はほどなく広範囲へと伝播《でんぱ》する。

「GuruuuuuROOOOOoooooooooo!!」

怒声や重奏する発砲音、一切を圧《お》して声は響いた。戦場の全ての意識が、森へと向く。

巨大な翼が空を撃つ。遙《はる》か上空まで飛び上がったそれが、戦場へと高速で飛来する。

「あ、あれは……何だ、何なんだ!」

帝国兵の誰かが叫んだ言葉に答える者はない。それ自体が行動をもって応えた。

魔王軍の上空に。彼等を鼓舞するように滞空する、巨大な怪物。

本体長で二十メル、翼開長であれば五十メルを超える。

長大な翼と巨大な頭部、太い脚部に艶《つや》やかな羽毛を備え、それがない部位は鱗《うろこ》で覆われた外皮を備えている。その硬度は、小銃程度ではまず貫くことは不可能だ。仮に地上にいる時に機関銃を掃射したとしても、さした損傷は与えられまい。

爬虫類《はちゅうるい》じみた頭部は凶悪な牙《きば》をぎらつかせ、脚部の爪もまた翼牙とは比較にならぬ鋭さだ。

「嘘《うそ》、だろ」

唖然《あぜん》と、ペイルマンが呟《つぶや》く。帝国軍にとっては、塹壕《ざんごう》にいることもまた災いした。足場を除けば二メルの深さがある位置から見上げるそれは、尚更《なおさら》に怪物の威容を際立たせていた。

「ば、バケモ……」

「GoooooOOOGurrrrrrOOOOOOoooo!」

戦慄《せんりつ》をかき消す、もう一度の咆哮《ほうこう》。ウォークライに乗り、魔族が殺到する。

完全な追い打ちだった。その威容に、はっきりと銃火の勢いが減じる。

「…………退却準備。現時刻をもって塹壕《ざんごう》地帯を放棄《ほうき》。基地まで退《ひ》く」

タミーが静かに告げる。即座に、彼の持つ前装式拳銃から、塹壕を飛び越えるように戦場前方へと信号弾が放たれる。赤い煙を噴いて飛ぶ退却の合図。

(ちくしょう……チクショウッ!)

ペイルマンが歯を軋《きし》らせる。色と意図は空の怪物と彼等を遮って、帝国兵たちへと伝わる。

「想定Bケース、退却戦だ。殿《しんがり》は第五~七百剣隊。総指揮は私だ。置き土産《みやげ》も忘れるな」

タミー千剣長は端的に指示を出し、帝国兵が動き出す。

どれだけを無事に基地へ返せるか——という、新たな戦いが始まろうとしている。

◇

後方より戦場を見るグテンヴェルは、重い息をひとつ吐いた。

彼にとっては、帝国軍が魔導書を現在使えないという事情は推定に過ぎなかった。胃の痛い

賭《かけ》だった。だがそれさえ成立するならば、

「ふぅぅ――この状況で『魔法』使いの女が戦場に出る気配も無い……賭には勝ったか」

「そのようですな。……初手から翼牙《よくが》を出しても良かったのでは？」

副官人狗《コボルト》の言葉に、グテンヴェルは首を横に振る。

「それでは人間たちが野戦を避ける可能性があったし、こちらの兵どもが収まらん」

魔族には未《いま》だ、人類の戦場では廃《すた》れた個の武勇と勲《いさおし》が生きている。

「まァ、そうですな……一番槍《やり》の名誉を得る機会も無しでは」

「平原で釘付けにしておいての翼牙、そして『本尊』の投入で戦局は決した。後は潰《つぶ》すだけだ」

翼牙の『本尊』――彼等が部族ごとに独自に崇《あが》める巨大な魔物。

今、魔王軍に与《くみ》した翼牙部族のそれは、巨大な鳥竜だ。

純粋な竜族ではなく亜種だが、その巨体、単純な戦闘力は幼体の竜ならば上回る。それでいて、飼育――翼牙たちによれば奉仕――する翼牙の要請に応える程度の知能はある。

「兵器としてみれば中々都合の良いものですな。……餌《えさ》の用意は困りものですが」

「それを翼牙の前で言うなよ。面倒事になる」

翼牙にしても今回の戦闘では『本尊』の戦闘行為を許してはいない。単なる示威行為だ。

だがそれでも、今の帝国軍相手には十分すぎた。徐々に一列目の塹壕は攻め崩されていく。

「退却の判断が速い――が、全方面で崩してやったのだ。士気が保てまい」

帝国軍の後方が退却を開始している。そこへ翼牙《よくが》が石と爪で追撃を始める。

「後は鏖殺《おうさつ》だ。追撃の手を緩めるなと伝えろ。数を残して基地に籠《こ》もられれば面倒になる」

指示通りの角笛が吹かれる。ここからは手柄の取り合いだ。魔族たちの勢いはさらに増す。

だが、壊走し狩られるだけと思われていた帝国軍は。

ずしん、と腹に響く爆音。塹壕《ざんごう》を越え、追撃を仕掛けていた魔族が複数吹っ飛んでいた。

「何だ？」

「砲を奪取しようとした者たちがやられたようです。大砲の火薬を起爆させたものかと」

奪った砲は魔王軍も使う。その防止のために破壊する。

「全く……勝ち戦《いくさ》に逸《はや》ってお決まりの罠にも気付かんのか」

だがそれを、圧倒される戦場における退却時にタイミングを逃さずやってのける。

望遠鏡で見れば塹壕にも帝国兵は未《いま》だ残り、決死の攻撃で魔王軍の追撃を遅延させている。

「まだ持つのか……？　この場の勝敗は最早《もはや》覆《くつがえ》らんというのに」

グテンヴェルは驚嘆する。ここまでされて、帝国軍の退却行動に崩壊が見られない。

「一体どういう手品だ。何をすればそんな軍が出来上がる？」

彼も認めたくはないが、仮に魔王軍であったならば確実に士気は崩壊する。統率は千々に乱れ、手前勝手に逃げる者と特攻する者がてんでばらばらに現れることは想像に難《かた》くない。

「ちっ……士気、士気か。そちらも魔法のようなものだな」

◇

敗北。撤退。帝国軍の兵が退《ひ》きながら、魔王軍の追撃に抵抗している。

それを眺めるカリアは顔面蒼白《そうはく》といったところだ。

「…………………………」

「分かっていると思うが。君が言った魔導書のタイミングは今ではない。まだやれることはあるからな。……辛《つら》いとは思うが、見誤ってはいけない」

そう言って、テルプシラは救援部隊の指揮を執るため、既に外壁上にはいない。入れ替わりに下から撤退を支援するための人員が上がってきている。

このままであれば殿軍《でんぐん》を破った魔王軍三千数百が、退却する帝国軍を追って突っ込んでくる。『地を這《は》う声』を発動すれば一網打尽に出来る。帝国兵を巻き込む恐れもあるが――

（軍部の命令に一番都合が良い、戦術的効果だけを見れば最大戦果の、千載一遇の機会が来てしまう。）

（でも駄目だ。あたしが言ったことだ。ここで使っちゃ――）

ならない。それでも、カリアの脳裏には先日とは相反する考えが湧いて出る。

（仕方――無いんじゃないのか。使っても）

（土地の未来より、今生きている兵のみんなが重んじられるべきじゃないのか）

（それに、この兵隊を囮《おとり》に使う戦術。あいつだ。『地に這《は》う声』を使った時の戦い）

あの時にも、『天雷の顕現』の時にも見た、眼鏡をかけた魔族の男。奴《やつ》だ。

じっとりと、全身に彼女は汗をかいている。黒いものが、胃の底に再び湧いてくる。

（違う！　そんな心持ちでやるべきじゃない。これは――！）

思考の間にも、帝国軍は退却を続け、魔王軍は追撃し、基地へと近付いてきている。

（いっそのこと）

魔導書を見る。二度修復したそれ。渡された時点では破損し、機能停止していたものを。

破壊するか。

「…………っ！」

一瞬脳裏に浮かんだその考えを、カリアは思いきり頭を左右に振って吹き飛ばす。

出来ない。それだけは。彼女には。作戦どうこうでは無い。

（見ているしかない、のか。みんながここに逃げ込むまで。魔王軍にやられていくのを）

魔導書を使わなければ。眼下の魔王軍を皆殺しにして、平原を死の大地に変えなければ。

それを、カリアがしなければ。

「それは、どうでしょうね。司書さん」

声は、彼女には聞こえる筈《はず》も無いものだった。

だが、カリアの眼下に突如《とつじょ》現れたその人影は。その動きは。明らかに彼女へそう言っていた。

上から見れば、それは列車以上のスピードで土煙を巻き上げ疾走する黒い塊と見えた。だが
そんな速度を発揮する兵器は存在しない。

あまつさえ、魔王軍に突っ込んで、ものともせず食い破る存在など。

「あ、あいつ――――！」

人間であれば、一人しかいない。

「……間に合ってくれたか」

基地大門前で、重い安堵《あんど》の息と共に呟《つぶや》いたのはテルプシラだ。

彼女のいる位置からは、その姿は見えない。しかし、届く叫びが、衝撃が、魔王軍を端から
打ち倒す何かを示していた。

魔導書の使用中止も、新たな増援を送ることも敵《かな》わなかった皇女が、ガルンタイ山脈の戦略
的危険情報を他国に意図的に流してまで、剛柔合わせ表裏に働きかけて無理矢理通した一手。

それは結局の所、いち歩兵でしかない。

戦況そのものを動かす事は出来ない。

しかしそれでも、彼がいる場所だけは負けない。

連合軍全体から絶対視される唯一存在。

銃火と砲火で染められた人間の戦場の中で唯一、剣で最強を誇る御伽話《おとぎばなし》。

「アリ、オス……！」

カリアの声に応えるかの如《ごと》く刃風が唸《うな》り、十の魔族が二十の肉塊と化した辺りで、何が起こっていたか分かっていなかった魔族の声が響く。

「げ、ゲェエッ!!」「ゆっ……勇者だっ！」

魔王軍に囲まれていた帝国軍の殿《しんがり》もまた、彼に気付く。

「勇者殿!?」「来てくれたのか！　また!?」

「西へ破り抜けます。僕と入れ替えで退却を進めてください」

塹壕《ざんごう》を幾度も飛び越え渡り、魔族を斬り倒しながら勇者アリオスは告げる。

「さあ——駆けますよ！　貴方《あなた》がたの端から端まで食い破る！　止める者あらば出《い》でてみよ！」

勇者は止まらない。敵軍を切り裂くように駆け抜ける。

「勇者殿だっ！　彼が来た方へと退《ひ》けっ！」

殿軍《でんぐん》を指揮するタミー千剣長の声が響き、退却する帝国軍全体に伝播《でんぱ》する。

その反面、魔王軍へは。血と斬撃をまとった死の風が吹きつける。

「うおおぉっ……！」「き、来やがるかっ」

魔族ですら足を退きその風をやり過ごす。その間、帝国軍への追撃の手が止まる。

魔王軍の重層をアリオスは突き抜ける。急制動をかけて反転する。

「────────っ！」

その一瞬の減速に空より迫るものがあった。極限まで身を折ったアリオスの頭上を、高速で石塊が通過する。

（空。この重量、速度からして投げ落とし──）

上げた視界に翼牙《よくが》が映る。敵陣の中にあっては互いに手を出せないため、無視していた。

「ケァァ────ッ」「邪魔ですよ、鳥さん」

威嚇《いかく》の叫びに構うこと無く、アリオスは自身の剣を逆手に構えて投げ放つ。

音も無く、それは数十メルの空を飛ぶ一体の翼牙、その脇腹へと突き立った。落ちる。

（あのでかいのは攻撃して来ませんか）

更なる天空から──流石《さすが》にアリオスをして攻撃範囲外だ──戦場を睥睨《へいげい》する巨大な鳥竜を一瞥《いちべつ》。仲間を倒された翼牙たちは鳥竜の周囲に集まり、後退を開始していた。

一方、撃墜された翼牙を目《ま》の当たりにした両軍はどよめく。

「なんで当たるんだ、あれ」「知らねーよ！」「撃てっ！　勇者殿を援護だ！」

アリオスは魔族の持っていた槍《やり》二本を無造作に両手で摑《つか》み、軽く数度振る。

魔王軍はここまでの戦闘を経ても未《いま》だ三千以上が健在だ。急襲離脱の戦術では勇者の手の届かぬ魔王軍も多く、追撃は未だ続いている。

（少々危険だけれども二、三往復して────!?）

再び、アリオスの視線が上方へ向く。曲射。そして水平射。二つの軌道を持った数百の矢が勇者へと飛んできている。

「気付かれましたか——」

点で捉《とら》えられぬならば面で、と言わんばかり。勇者の周囲十数メルを覆う蛇人《ナーガ》部隊の射撃だ。塹壕《ざんごう》内を狙っていた遠距離の部隊も、今や彼に狙いを定めている。

(即座に僕に反応した。指揮が早い。あの脳筋幹部とはモノが違いますね)

◇

「アレならば勇者を倒せそうなものですが、口惜しいですな。単純な戦闘能力を見れば上級魔族を上回りましょう」

「『本尊』はもう下げたな。勇者の射程内に収めるわけにはいかん」

副官の言葉にグテンヴェルは冗談では無い、というように首を横に振る。

「『本尊』は翼牙《よくが》の心理的中核でもある。万一喪失《そうしつ》すれば部族ごと魔王軍から離れるぞ。おまけに他部族にも影響が出る」

魔王軍は畢竟《ひっきょう》、大小部族の寄せ集めだ。魔王の圧倒的実力とカリスマで強引にまとめてはいるが、現場レベルではその折衝《せっしょう》を常に気を遣う必要がある。

「蛇人部隊は全て勇者に当てて縫い付けろ。動くだけ損害が増える。矢は全て使って構わん。

後で回収出来る。もし殺せれば大殊勲だ。蛇人も文句は言うまい」

　正午の日差しを木陰で遮り、それにしても――とグテンヴェルは矢雨を手に持った魔族の槍《やり》で弾《はじ》き散らす勇者を望遠鏡越しに見る。

「無理だろうがな……。改めて見ても冗談じみた存在だな」

「奴《やつ》の派遣が、帝国軍が魔法を使わない理由ですかな」

「温存、という可能性もある。今はこの場での勝利を確定させる」

　勇者アリオスが加わるならば、籠城《ろうじょう》する相手との第二戦は避けられない。

「削れ。削れ。何よりもまず兵を削れ。基地を攻めるにしても今回は敵に砲が無い。ここで削るほど後が楽になる」

　魔族の彼からすれば、帝国軍は目を見張る士気の高さで退却戦も行っている。

（籠城戦もそれは同様だろう。だとしてもこちらの勝利は動くまい。勇者以上の救援はおそらく来ない。それならば決戦の前に来ているはずだ）

　帝国軍の損害は総数の一割以上が死亡。戦えなくなった負傷者も入れれば膨大《ぼうだい》だ。

　勇者のために殲滅《せんめつ》は狙いづらくなったが、負傷者が増えれば増えるだけ、補給も援軍も見込めない基地内で帝国軍の足を引っ張る。

「人間――特に王国と帝国は、兵士を大事にし過ぎる。そこを突く」

　一時的に勇者の乱入で足を鈍らされた魔王軍は再び侵攻を開始している。彼等の波は三列目の塹壕《ざんごう》に届きつつあり、ほどなくそこを越える。

単純な話。殿《しんがり》として残った五百ほどの兵数では、三千以上の魔族を止めきれないからだ。

◇

タミー千剣長は叫ぶ。勇者の急襲で出来た隙《すき》で、一人でも多くの帝国兵を基地に戻す。

「殿軍《でんぐん》の全体指揮は私が行う!」

叫んで、傍《かたわ》らの剣長に告げる。新任士官の時から、先任の部下として隊で面倒を見てくれた、戦場での師とも言える人物だった。

「私が戦死した場合は、順次若い番号の百剣長に指揮移行せよ。部下を頼む」

「…………はっ!」

次の戦いは基地になる。そこにはテルプシラ=ピタカ万剣長がいる。つまりは。

(この戦場に私が残り殿軍の士気を維持する)

命の賭《か》け所であった。故《ゆえ》にタミー千剣長はこう叫ぶ。

「殿軍、五番出口より三列塹壕を脱出! 基地から五百メルを最終防衛線として死守!」

その言葉を、殿軍を任じられた帝国兵たちは黙って聞いていた。

「指揮官失格の命令をする。死守だ。死兵になれと頼む」

殿軍として残る数では正面の敵兵、塹壕自体を回り込む敵兵、内部から浸透する敵兵、それら全てに対応は出来ない。

肉の盾になれと。そう命じられた兵から返るのはなおも沈黙だ。だが彼は続けた。

「我等の仲間を逃がせ」呟《つぶや》くように。「我等の家を守れ！」叫ぶ。腰の剣を抜く。

「登山など一生させてやるな！　帝都三百万の人々に魔族どもの姿を見せてなるか!!

此《これ》を以《もっ》て最後の命令とする！　後は各々《おのおの》──死ぬまで殺せ！」

だがその命令に戸惑いを返す帝国兵は、この場にいない。

「ようやっと穴蔵からおさらばか！」「勇者殿が翼牙《よくが》追い返して弓を抑えてくれてるから──」

「目の前だけぶっ殺せばいいんだな！」「見ろよ的しかいねえぜ！」

ついに来たかという諦念《ていねん》と、いっそ晴れ晴れしい爽快《そうかい》、そして空元気《から》がある。

戦力差は圧倒的だ。勝っているのは小銃による僅《わず》かな射程。障害となる塹壕が無い以上、身を晒《さら》した帝国兵たちは、圧倒的な速度と頑強さで殺到する魔族の前に残らず葬《ほうむ》り去られる。

しかし。死兵とは。その境地に達した兵とは。

その者が普段、無意識に考える『その後』の一切──大怪我《おおけが》をしたらどうしようだとか、帰ったらやろうとしていた事だとか、将来の夢だとか。

──死にたくないだとか。

そういった、生命であれば当然の物事を全て捨て去る。普通であれば『放っておけば危険な傷を得た時点で後方へ下がる兵が、本当に息の根が止まるまで攻撃を止めない。

殺到する。魔族を超える精神性と化した人類が。

「こいつ、もうほとんど死んでるくせに……っ！」

ある人狗《コボルト》は、跨《また》ごうとした腹が割かれた帝国兵に脚の腱《けん》を切り裂かれた。

「ぎっ……痛ウッ！」

ある蜥蜴人《リザードマン》は、胸を貫かれて尚そのまま前へと踏み込んだ帝国兵に眼球を抉《えぐ》り出された。

「お、おおおま、えっ！　死ねよぉぼぉぉぉぉおぉっっ⁉」

ある岩吐き獣《ロックボミット》は、半身が潰《つぶ》れた帝国兵が隠し持った爆弾を口中に詰め込まれ、諸共《もろとも》弾《はじ》けた。

――このような蛮行を可能にするものは『自分の生存を超える何か』だ。

それは、仲間のことかもしれないし、家族のことかもしれないし、故郷への愛着かもしれないし、もっと血みどろな、敵への恨みとか憎しみかもしれないし、
手紙の返事を貰った、好きな小説の作者のことかもしれなかった。

「死・ねオラァアアアッ！　お前らをガウナン先生のとこには行かせねえぞ！」

殿軍《でんぐん》の中に、ペイルマンの姿がある。次々斃《たお》れる味方と共に、魔王軍の先端を突き崩す。

「良いのかよペイルマン、本書くっつってたのに！　撤退組に紛れたってよかったんだぜ！」

「仕方ねーだろ！　俺らが頑張らねえと司書さんと同僚も困っちまうからな！」

片手に拾った剣、片手に小銃を構えて、流血しながら彼は叫ぶ。

（最初は無理矢理やらされた図書係だったけどよ……案外、面白かったたな）

兵科も違う同僚の顔を、彼は想う。フルクロスは撤退したはずだ。気合の入った男なので次も奮戦するだろう。シミラーは基地内で補給の実務をしている。皆の腹を空《す》かせるなよ。エルトラスは救援隊の中にその顔を見た。トロいんだから無理せず無事に退却してほしい。

（あと、司書さん。手が早えーしすぐキレるけど、優しくていい女だったな）

思考に、ペイルマンは己を嗤《わら》った。これでは遺言だ。血唾《ちつば》を飛ばして叫ぶ。

「俺は生き残って出版することも諦めてねーぞ！　魔族ども全員殺せば良いんだからなあ！」

「ひひひ、名案だぜペイルマン！」自分の腹から槍《やり》を抜いた剣長が同調するように笑った。

「だろォ!?　やっぱ本読むと頭良くなんだよな！」

ペイルマンは奔《はし》る。発砲し、突き刺し、殴りつけ、己の血液を吐き出しながら。生存に背を向けて。背中の向こうの仲間と、山の向こうの守るべきあれこれを思いながら。

――無論、全ての帝国兵が戦果を挙げた訳では無いが――少なくない兵が文字通りの死に物狂いで食らい付く。その光景の凄惨《せいさん》さ。魔族をしてその脚を鈍らせる。

「ええい、なんて真似《まね》をっ……」

展開する地獄に背後から迫る者がある。矢雨の切れ間を縫って脱した勇者アリオスだ。

速度が上がる。それは、魔王軍の右側を掠《かす》める軌道で駆けていく。途中で拾った幅広の剣を横に構えながら、そのまま駆ける。最初に触れた大猿人《ハヌーン》の胴を半ば両断しつつ、

「ら、あ、あ、あ、あ、あ、あ、あ――――！」

叫んで駆ける。帝国軍殿軍《でんぐん》に殺到する魔王軍の集団、その右端にいる者たちを、最後尾から。

「あ?」「ひぎっ」「なに?」「げあ」

何が起きているかも分からず首を、胴を裂かれ、通り過ぎる勇者に遙《はる》か遅れて崩れ落ちる。

十近い魔族を疾走で屠《ほふ》り、彼は魔王軍の最前列を越え、帝国殿軍の最後尾へと滑り込んだ。

「皆さ――――」

草を蹴散らして急ブレーキをかけたアリオスが、その表情を歪めた。

殿軍全てが、既に突撃している。決死の五百が、三千余りの鼻面に食らい付いていた。隊指揮を務めていたタミー千剣長すらも、既に小鬼《ゴブリン》数体を道連れに地に伏していた。

「ごうりゅうを」

地獄のような叫びの渦中から、勇者へ届いた声はそれだけだった。

ただその声を、勇者アリオスはあの基地の図書館で聞いたことがある気がした。

「了解しました。ご安心を。――――貴方《あなた》がたの、勝ちです」

退却する帝国軍本隊三千余は、救援隊と合流し基地へと収容されつつあった。

◇

そうして、死んでいく。殿軍となった帝国軍の百剣隊三個の人々が。

「ぐ……ぐぐぐ……」

彼等を押し流さんと、雲霞《うんか》の如《ごと》き魔王軍が押し寄せている。

（あいつだ。『地に這《は》う声』を使った時、森にいたあいつ。あの魔族が指揮を執ってるんだ）

カリアは震えながら、魔導書を握りしめてその光景を見下ろしている。

「次の一戦の猶予が出来た」

肩に置かれた手は、テルプシラのものだ。

「……っ」

「彼等の功績だ。勇者殿も最後に睨《にら》みを利かせてくれた。そのおかげで」

彼女の指が、基地の東を指した。基地近辺を終点とする鉄道から、人員を満載した列車が走り出すところだった。

「あれは…………兵士が乗ってる？」

「すぐに復帰出来ない重傷者と、商人等の民間協力者だ。籠城《ろうじょう》戦になる想定自体はしていたからな。野戦病院も患者と人員ごとカミルトンへ後送済だ」

ほどなく魔王軍に駅や線路も封じられるが、彼等が基地より東か南の施設を攻めようとしても既にそこには何も無い。線路の先のカミルトンはある程度の距離がある上、そこはそこで駐留軍が少数ながらいる。同時侵攻する余裕は無い。

「ぎりぎりの差で……」

「魔王軍は列車の尻尾《しっぽ》を見て舌打ちしている頃だろうよ。無傷と軽傷の兵千五百を残せた」

死亡は殿軍《でんぐん》含め千、すぐに復帰出来ない傷——骨折以上——で列車に乗せられた兵が千三百。

後方支援の兵がいるとはいえ、損害としては甚大《じんだい》もいいところで、壊滅に近い。

「だが、まだ戦える」

にい、とテルプシラは野の獣《けもの》めいた笑いを浮かべる。言葉と同時に、爆音が響き渡った。

「な、何が？」

慌てるカリアに、テルプシラは笑ったまま告げる。

「西門と東門を、余った砲弾用の火薬で山の岩壁砕いて塞《ふさ》いだ」

残るは北の正門と、南の山へと通じる門だけだ。

「さて半年ぶりにもう一度。守るか、死ぬかだ。楽しくなってきたな」

CHARACTERS
カリア＝
アレクサンドル
アリオス
NOW
OPEN
THE MAGIC
LIBRARY
The Imperial 11th
Frontline
Base

五章 図書館へようこそ

一時間後。百剣長以上を集めた会議が設けられた。

既にカリアを含めても十人余りとなったその席で、彼女の前に現れたのは、

「助けに来ましたよ、司書さん」

端整な顔にうさん臭い（カリア視点）笑顔を浮かべた勇者アリオスである。

「うげえ」

「反応酷《ひど》くないですか？」

がーん、と嘆く人類最強。カリアは嘆息ひとつしてから苦笑した。

「助かったは助かったよ。ありがと、アリオス。これから次第だけどさ……」

未《いま》だ魔導書の問題がついてまわるカリアにとっては、状況はとても楽観出来ない。

全員が席に着いたことを確認して、テルプシラが頷《うなず》いた。

「よし、始める。敵軍は」

「塹壕《ざんごう》付近に陣を張っています。向こうも戦闘の前半はかなり痛手を被っていましたから」

帝国軍としては警戒を怠《おこた》る訳にはいかないが、今夜は魔王軍も攻撃にかかる気配は無い。

「砲がもう無いからって調子こいてんなあいつら」毒づいた壮年の百剣長が、続けてテルプシラへ問う。「どうされますか」

「基本方針としては籠城《ろうじょう》を行う」

基地司令官の即答に、別の百剣長が挙手する。

「しかし——籠城の前提である、援軍が来る見込みが現状ありません」

「塹壕を取られた以上、会戦しても順当に負ける。勇者アリオス殿がいたとしてもだ」

アリオスは軽く肩をすくめる。

「射程一キルのビームでも出せたら良かったんですけどね」

彼が如何《いか》に強く速くとも、その攻撃範囲は武器の届く範囲でしかない。千人規模以上の戦いでは、そこだけ勝っていても仕方がない。また、多数の魔族に四方を囲まれれば当然危うい。

「会戦は不可能なのは理解出来ますが……砲も無ければ防衛にも限界があるでしょう」

「無論、並行して攻撃行動も——」

万剣長の返事に、勢い込む声が割り込んだ。

「魔導書ですな！」

それは、初期から基地にいる百剣長だった。当然『天雷の顕現』もその目で見た側だ。

う、と眉をへの字にするカリアを頼もしげに見て彼は続ける。

「今はもう味方もおりません。魔導司書殿の魔導書を用いれば一気に殲滅《せんめつ》出来る！」

おお、とか確かに、という声が数人分上がる。

（来たな……）

魔導書の詳細性能については、重大な軍事機密であるため千剣長以上に開示されたに過ぎない。今はその時の資料も廃棄済。タミー千剣長は昼に戦死しているため、この場で詳細を知るのは、残りの千剣長ふたりとカリア、そして万剣長のみである。

（機密情報抜きでどう説得したものか……いや、それにしたって）

それでも兵を説得出来るか、とカリアは思う。この追い詰まった状況で。

「あの雷級の破壊力ならば」「今回の魔王軍の規模といえどもほぼ全滅できましょう」

「…………………」

百剣長たちの声が次々上がる中、千剣長以上の顔ぶれも難しい顔で沈黙していた。

テルプシラは最悪の状況に陥った時の使用を考えている。

（カリアが提案したように、全ての策破れ基地陥落が確定となった場合。その際には基地諸共《もろとも》この土地を呪詛《じゅそ》に沈め、山自体を利用不可能にする）

だが司令官といえども、部下のほとんどが積極使用を訴えるならばそれを無視出来ない。

帝国軍の士官教育においては、基本的にこう教えられる。

『情報を兵士に与える努力を尽くせ。兵士が一番苛立《いらだ》つのは理由を教えてもらえない時だ』

魔導書を使えない理由を言えない状態で籠城《ろうじょう》命令を強要――しかも今は魔導書を『使わなければ死ぬかもしれない』状況だ――すれば、士気は落ちる。最悪反乱も有りうる。

（言うか？　機密言っちゃうか？　処罰は食らうかもだけど――それでも何もしないよりは）

カリアが憂鬱《ゆううつ》にそう考えた時だ。

「魔導書は止めといた方が無難だと思いますね」

軽い声が、魔導書を期待する声の中にするりと挟み込まれた。

声が止まり、その場の視線が声の主へと向く。それは、カリアもテルプシラも同様だ。

（アリオス――――!?　ちょ、何言い出してんのこいつ）

「今の魔導書、使うと土地そのものを駄目にしちゃう呪いの魔法が入ってるんですよ。魔力由来の強毒物ですね。残留した毒――呪詛に無防備に触れれば人も死にます」

「え……」「呪い!?」

「おいっ」

思わず制止の声をテルプシラが発するが、アリオスは知らぬ振りで再び口を開く。

「今の魔王軍は三千いくらでしょう。それを全滅させるような規模となると、平原に生物は暮らせなくなりますね。勿論《もちろん》、この基地も放棄《ほうき》しなきゃ駄目です。仮に風に乗りでもしたなら、他の地域も危ない。川にでも入ったら目も当てられないことになりますね。他の連合国家から滅茶苦茶《めちゃくちゃ》に言われますよ」

つらつら語る内容は多少の予測が混じっているが正しい。

（なんで王国出身の、連合軍から派遣される立場のこいつが機密を知って……あ！）

カリアは閃《ひらめ》く。今回の勇者派遣は皇女クレーオスターの豪腕で行われたものだ。

アリオスはいかにもわざとらしく口に手を当てた。

「あっこれ言っちゃ駄目なんでしたっけ？　すいません、どこかで小耳に挟んだんでつい」

（あ、あの人、仕込みやがったんだ……！　よりにもよってアリオス《このバカ》に！）

軍部へと意地の悪い笑みをして中指立てている皇女（イメージ）が脳裏に浮かぶ。

軍事機密の漏洩《ろうえい》も、来訪した客将による『どこかで耳に挟んだ』『機密とは知らなかった』情報であれば、帝国軍の規則で罰するのは難しい。

「む……いや……その通りだ。それ故《ゆえ》、此度《こたび》の魔導書は基地陥落の際の最終手段としている。

アリオス殿、機密ではあったがそういう次第であれば仕方ない」

同じ想像に行き着いたテルプシラの説明も流石《さすが》に苦々しい。

「ぬう、土壌汚染か」「魔導書にもハズレがあるか」「最終手段にするしかないとは……」

躊躇《ちゅうちょ》の色が場に広がった。

（む……むぐぐ……助かったと言えば助かった……けど）

アリオスは軽くウィンクすらカリアに寄越してくる。彼女は俯《うつむ》いてぷるぷると震えた。

（な、殴りてえ……！　やっぱ嫌いあいつ!!）

「しかし、ですよ」少し緩んだ空気の中、指関節で軽く机を叩《たた》いたのは魔導書使用を主張した百剣長だ。「現実的な話――司令の言う通り魔導書は最悪の場合の手段とするにしても。現状では籠城《ろうじょう》戦が厳しいことには変わりないでしょう」

「うむ。さっき言おうとした攻撃作戦だが――勇者殿が来てくれたことで、成功率も上がる」

テルプシラが副官へ視線を配れば、周辺地図と軍を表す駒が置かれる。

「結局の所、軍は食わねば動けん。それは魔物も同じだ」彼女が指し示したのは森だ。「籠城している内に、精兵の別働隊で兵站《へいたん》を――具体的には敵の食糧庫を潰《つぶ》す」

妥当――というよりも、それしかないと言った方が正しい。

「魔族は森に陣を構えております。食糧庫の破壊に成功したとして、しばらくであれば森の獣《けもの》や木の実で賄《まかな》えるのでは？」

「それは、まず無理」

挙がった質問に答えるのはカリアだ。テルプシラに頷《うなず》きを返されて、彼女は続ける。

「魔王軍は雑多な――今回我々が確認出来た連中だけでも七種族以上の混成軍。彼等はそれぞれ食性も違えば食う量も違う。種族的な食物過敏症も異なる」

流れるような説明に、やや圧倒されたように質問した百剣長が唸《うな》った。

「な、なるほど……確かに、食事の不備は士気を覿面《てきめん》に落としますからな」

「敵陣地の撃破占領ではなく、食糧のみの破棄……それならば目はあるか」

「魔王軍は森の中の守備兵も含めれば、戦闘を経た今でも推定四千。狩猟で賄《まかな》えるはずが無い」

頷《うなず》いてテルプシラが後を継いだ。

「我が軍は五千が食うはずだった食糧がある。今の我々はその半分以下だ。しばらくは持つ。

──別働隊の指揮は無論、アリオス殿にお任せしたいが」

「僕単独の方が良くないですかね？　平原にいる魔王軍に気付かれたらおしまいでしょう」

「前回……基地攻防戦の折に森に向かわせた程度の数ならば、どうにかなるはずだ」

検討するように地図をにらむテルプシラに、カリアがすっと手を挙げた。

「目くらましとして勇者に魔王軍へ嫌がらせをさせる、のはどう？」

「嫌がらせ……夜襲とかく乱か」「部隊自体は先行し、勇者殿はその後に合流ですか」

「その、アリオスには無茶をさせることになる、けど……」

出来るとはいえ人間離れした行動の要求には、カリアも気遣わしげになる。

「いいですね。流石《さすが》司書さんだ。僕を良く理解してくれてる」

しかし隣の本人は満面の笑みであった。視線から逃げるようにして、カリアは続ける。

「そっ……それと。結局翼牙《よくが》をどうにかしないと、あらゆる面で邪魔される」

これに、昼の戦場を思い出し百剣長たちは渋面になる。基地内で籠城《ろうじょう》したとして、屋外での行動を潰《つぶ》されることは想像に難《かた》くないし、昼間の作戦行動は筒抜けだ。

「勇者部隊には翼牙の『本尊』を叩《たた》いてもらわなきゃ。だから、人数は要る」

『本尊』。カリアの口から出たその言葉は、帝国軍の面々には馴染《なじ》みのないものだ。

「アレクサンドル特務千剣長。その『本尊』とは何だ？」

テルプシラの問いにカリアが記憶を探った。

「学生時代に帝立図書館で翼牙の記載がある『少数民族事典』を読んだことがあります。これ百年ほど前の稀覯本《きこうぼん》なんで、閲覧申請にアホほど苦労した覚えが……何であんな煩雑な……」

「うん、それで『本尊』とは何なんです？」

ぶちぶちと愚痴に入りかけたカリアを本題に戻すアリオスだ。

はっと正気に戻り、彼女は『本尊』――戦場に現れた鳥竜――について話す。それは、グテンヴェルが己の副官へ解説したこととほぼ同様の内容だ。

「あれが民族の精神的支柱、か……」

「信憑性《しんぴょうせい》の方は？」「本に書いてあった、で行動を決めるには躊躇《ためら》いがありますな……」

百剣長の面々が示した懸念に、即座にカリアは答える。

「『少数民族事典』の翼牙の項を担当したズェロサという人は、翼牙の居住地があったかつての帝国北方領で、彼等と交流のあった人物。そもそも帝国が当時、諸民族の統治目的で作らせた本なので、信憑性は高いと思います」

「確かに、あの鳥竜が積極的戦闘を行わなかったのは疑問だったが――」

「ああ……そうか、あの鳥竜、そういうことなんですね」アリオスが気付いた風に呟《つぶや》いた。「以前北方の戦線に行った時、翼牙《よくが》と交流のある村の人が同じようなことを言っていました」

「つまり、あの鳥竜を撃破すれば翼牙は退却すると？」

「少なくとも戦闘行動をしている場合では無くなるかと」

別方面、しかも世界中で戦う勇者からの保証に検討の色が深くなる。

「僕が世界の果てで聞いたことを帝都にいながら知れるんですから、本は偉大ですねえ」

にこやかに賞賛するが、勇者の読書スタイルを知るカリアは素直に喜べないものがある。

「……実際に見聞きするのも大事だよ」

「よし——勇者アリオス殿の参陣とアレクサンドル特務千剣長の案を加え大枠は固まった」

テルプシラが立ち上がる。

「基本方針は籠城《ろうじょう》。その隙《すき》に勇者アリオス殿率いる精兵部隊による敵輜重《しちょう》の破壊、そして翼牙の『本尊』撃破。これをもって敵軍を瓦解《がかい》せしめる」

「「「「「はっ！」」」」」

「門での攻防は一日保《も》たせろ。その間に準備を終える。——具体的には今、既に基地弾薬庫と工場内部を改装中だ。百剣隊ごとの担当は今伝える。作業に入って欲しい」

「工場というと、あれですか、外れにあるでかいの」

カリアが心当たりを呟《つぶや》く。帝国軍前線基地内には兵器や銃器、防具を整備修理するための工場が存在する。弾薬庫と合わせ、攻撃を受けた際には危険の高い施設のために建物自体も堅牢《けんろう》に作られており、用心のため基地の南東最奥《さいおう》に作られている。

「火薬は昼の戦闘で派手に使った上に砲は全損だからな。大分空きもある。窓の無い弾薬庫は地下含め、寝床と傷病兵用とする。前回の攻防戦以後、地下で繋《つな》げている」

場の百剣長たちの顔にやや苦めの納得が生まれた。

「……あえて敵軍を誘引。防衛範囲を狭《せば》める、ということですな」

「翼牙がいる限り、拠点は筒抜けだ。残存兵と、輜重隊・整備隊には既に通達急げ」

◇

帝国軍は忙《せわ》しなく動き出す——が、カリアには本分の仕事がある。

「おやカリアさん。兵舎に何の御用です？」

本を手押し台車に満載するカリアに声をかけたのは、図書係でもあるシミラーだ。

兵舎もまたどたばたと準備をする兵で騒がしい。

「戦死した人が借りてた本の回収。管理人さんにまとめてもらったから」

「ああ……なるほど。そうか。そうですね……」シミラーは気付いたように、ぺしりと自分の頬を軽く叩《たた》いた。「もしかしてそういった事は、今まで僕たちには」

「あんたらには振らないよそりゃ。もし友達とかだったらきついでしょ」

そう言うカリアに、シミラーは傷ましい視線を向ける。顔見知りの数で言うなら、この基地で彼女はトップクラスである。

「図書館も今日は終日開けるから。それが終わったら一時閉館だけども」

「――――なら、仕事終わったら手伝いに行きます」

再びばたばたと作業に戻るシミラーを見送り、カリアは台車の本の数々を見る。

外壁から見る戦場では、後から知らされる死傷者数では、死人の顔など見えはしない。

「これ借りたの、あの人だったか……この本は、あの兄ちゃん」

司書は、台車の上に置かれた小説を借りた青年が「これで九十九冊目」と自慢していたのを覚えている。

「そっか、死んだのか。君。百冊借りたら記念品でもあげようかと思ってたんだけど」

ぽつりと呟《つぶや》く。顔の見えなかった死者が、本を借りに来た時の記憶で鮮明となる。

(自分と彼等は、本で繋《つな》がっていたんだな)

図書館に戻れば、夕刻の人入りは凄《すさ》まじいものになった。

人員はほぼ半減したとはいえ、最後に本を返して身綺麗《みぎれい》にしようと思う者、末期の読書になるかもしれない本を選ぶ者、最後の休憩に居場所が無く現れる者。

それらをさばき終わった頃には、カリアも疲労の息を吐かざるを得ない状態であった。

「ふへえ……疲れた」彼女は顔を上げて、図書係の面々を見る。「ありがとね、みんなも。この半年世話になったよ」

いよいよもって、次の開館機会はあるかどうか分からない。彼女は頭を下げた。

「こっちこそですよ、カリアさん」「貴女《あなた》が来るまでは酷《ひど》い有様でありましたから、ここ」「置いてある本勝手に持っていくだけでしたもんね……」

シミラー、フルクロス、エルトラス。今は三人となった図書係。

「ペイルマンさん、は……」人数を認識したエルトラスが沈痛に目を閉じる。

「……殿軍《でんぐん》にいたと聞きました。遺品だけでも、後で回収できれば良いんですが」

「彼のおかげで、自分の部隊は逃げられたようなものであります」

男性ふたりも目を伏せる。それに、カリアにもその意味が染みて来る。

「そう、か…………ペイルマン、そうか……」

カリアが見つめていた、あの中にいたのだ、と思い知る。

(あたしが『地に這《は》う声』を平原で使わないと決めたから……そのために)

拳を握る。それを、過ちだと思ってはならない。そういう決断を自分はしたのだから。

図書係も各々《おのおの》、最後かもしれない本の貸出手続きを行う。

「彼の分も頑張らなければ。今借りたこれも返す必要があるであります」

「……ですね。魔王軍の奴《やつ》ら追い返して、また開けましょう」

逆に元気づけられ、カリアも釣られて笑う。

戦況は悪い。勝ち目もか細い。いよいよとなれば魔導書でこの基地ごと呪詛《じゅそ》の海だ。

「そうだね……本当に、そうだね」

だが笑う。いくら目が薄かろうが、ペイルマン、平原で倒れた兵たちがくれたチャンスだ。

(最後まで最善を狙う。それを諦めるな)

「――ん？　何か、表でやってません？」

エルトラスがそう言って、エントランス方面を見る。

なんだなんだと図書館組が広場を覗《のぞ》けば、現れたのは喧騒《けんそう》だ。

「なんだ、演説？」

大勢の兵が集まっている。彼等が囲むのは、広場の舞台に立っている――

「勇者殿ではありませんか？　あれ」フルクロスの言葉にカリアは渋面を作る。

(ろくな予感がしない)

アリオスは――必要ならば民衆へ理想的な勇者を演じることも、演説を打《ぶ》つこともする。

だが、少なからず彼と話したカリアからすれば、

(あいつはそれを好んでいるワケじゃない。本音としては『めんどくさいな』ってとこだ)

翻《ひるがえ》って広場の光景は事前の告知も無かった。アリオスが自分で勝手に始めたことだ。

(つまりこれは、あいつにとって『必要』なことか『やりたくなった』こと――――)

そして彼は――カリアにとっては何でか訳が分からないが――彼女を気に入っている。

「ですから、魔導書は最後の手段にならざるを得ないのです。しかし――」

アリオスの声に、カリアは意識を広場へ戻す。

（え、魔導書のことを話してるのか？）

先刻の会議で『地を這《は》う声』の性質を（意図的に）漏洩《ろうえい》されたため、出席していた各百剣長により、今作戦における魔導書運用は『敗北時の自爆』と伝えられているはずだった。

「皆さん、少し気が楽になっていませんか。最悪でも道連れだ、と」勇者の言葉に、後ろめたげな沈黙。彼は続ける。「少し、想像してみましょうか。僕らが負けた時のことを」

少しだけ間を取る。兵たちの脳裏で、カリアが『地を這う声』を発動する様が浮かぶまで。

「生き残りは退却、この基地は呪いに沈む。図書館も。司書さんの無事は保証出来ません」

狙い澄ましたかのような言葉選び。アリオスと視線がかち合う。

彼は明らかに、カリアを認めて口角を上げた。

（こういうの嫌いそうですけど、ちょっとやっちゃいますね♪）

「おい馬鹿よせ――しまっ、野郎！」

カリアが隠れようとするよりも早く。兵の多くが図書館を振り返った。

つまりは、彼女を見た。

「あ――」「司書殿」

ぐっ、と視線にカリアが息詰まる。帝国兵たちは、そのほとんどが彼女の顔を知っている。

何故《なぜ》なら、基地にある図書館という特異なロケーションは、普段読書を行わない兵にも足を向けさせるからだ。そこでむさ苦しい兵たちに勢いと胆力で負けること無く場を支配する、三白眼《さんぱくがん》でそばかすの背が高く威勢が良い眼鏡女は、否《いや》が応でも印象に残る。

「皆さん。司書さんにそんなことやらせるの、軍人としてどうかって思いませんか」

兵たちの視線は再びアリオスへと向く。完全に衆目の興味を摑《つか》んで、さらに続けた。

「本来非戦闘員の女性に何千も殺させてはいおしまい、を二度も？　僕は許せませんね、そんな自分は」

言外に『貴方《あなた》がたはどうですか』と付け加えるように、彼は兵を見回す。

「たとえ、ちょっと手が早くて、怒りっぽくて、少しばかり色気が足りない女神でも、ね」

ぱちり、と。完璧に造り上げられた、魅力的なウインクをしてみせる。

「そうだ……」「その通りだ！」「違えねえ！」

声が上がる。それは義憤めいた叫びだ。

「勇者殿の言う通りだ！」「おおよ！　司書殿にんな真似《まね》させられっか！」「考えてみたら敵殺すのは図書館の仕事じゃねえよ」「二丁あの暴力女のために働いてやろうじゃねえか！」「色気はちと無えけどな！」

彼等は、恩義を持っていたからだ。兵へ必死に本を届けようとした女に。

（こ、この超絶単純馬鹿ども……！　まんまと乗せられやがって!!）

歓声の中、アリオスへ送った呪詛《じゅそ》の視線も、返ってくるのは『僕、良い仕事したでしょ？』

と言わんばかりの微笑《ほほえ》みだ。

（死ね！　ボケ勇者!!）心の罵声《ばせい》は空《むな》しく響く。何故《なぜ》なら、
カリアには都合の悪いことに、結果だけ見れば帝国軍の士気はこの上なく上がっている。

「うぐぐぐぐぐ」

「これは〜……」「あはは、こりゃいいであります」「熱いラブコールですねぇ」

図書係も笑いを噛《か》み殺している。エルトラスたちとて、内心は兵たちと同様だった。

「……馬鹿ども。死んでも知らないわよマジで」

精一杯の憎まれ口も、赤面して視線を逸《そ》らして言っているのだから締まらない。

返ってくるのは兵たちの囃《はや》し立てるような歓声だ。勇者は壇上を降りながら軽く笑う。

「さて、外様《とざま》の僕がやれることはやりましたかね」

「……頭痛がする」

表の喧騒《けんそう》を離れて副官と眺めていたのは、当然の如《ごと》くテルプシラだ。

「処罰しますか？」

「出来る訳がないだろう。こうなってしまっては私の指示として追認するしか無い」文字通りに嘆息して彼女は言う。「要はあれも士気高揚だ。どのみち、作戦は変わらん」

最悪の事態を想定させ、カリアを一種の『守るべき』存在と化し、作戦への忠誠度を高める。

状況がここまで追い詰まっているからこそ、一種の情報暴露も行った。

「軍サーの姫、というやつですかな」

「私でも良くないかそれ。……おい。どうした、何故《なぜ》目を逸《そ》らす」

ともあれ。その後も夜を徹して籠城《ろうじょう》準備作業は急ピッチで行われた。翼牙《よくが》は夜に飛べない。偵察をさせないためにも、準備の大部分は夜に終わらせておく必要があったのである。


そして朝が来る。外壁上の兵が魔王軍の行動を確認した。

「動きました！　魔王軍三千、うち翼牙およそ二百！」

「防衛開始」テルプシラが横で出撃準備を終えたアリオスへ振り向く。「勇者殿、では頼む」

「了解。せいぜい嫌がらせをしますかね」

「実際無理せずに。貴方《あなた》の本領はこの後だ。負傷などせぬよう」

彼は頷《うなず》いて、軽い足取りで階段を駆け上り、瞬《また》く間に東外壁を越えていく。

テルプシラが外壁へ登れば、基地正面へと集まってくる魔王軍が目に入る。

「前と同じ構図……いや、あの時より悪いな。余裕さえあったなら正門も岩石で埋めたものを」

自嘲《じちょう》気味に笑う。以前は砲があったし、翼牙もいなかった。

「さて、どこまでここで粘れるか」

昔ながらの攻城兵器と盾を構えた魔族を前に、押し寄せる軍勢が射程に入る。

「引き付け――――――撃てっ！」

号令。数百のペルタ四十式による斉射が彼等を出迎え、数体を撃ち倒す。すぐにそれらを乗り越えるように魔族が押し寄せる。

門前にあるのは何重かの単純な柵《さく》と鉄条網だ。人間には中々の難物となるが、魔族に対してはあくまで足止め程度のものだ。

◇

グテンヴェルは基地で始まった戦いを塹壕《ざんごう》付近で見定める。

「会戦での敗北を経て、攻城戦が開始してなお魔法を使う様子は無い」

ここに至り、グテンヴェルは『帝国軍は現状魔法を使えない』と判断する。

彼にすれば慎重に検討を重ねて至った結論ではある。よって、行き着く命令は総攻撃だ。

「今の兵力であれば力押しで占拠《せんきょ》出来る。ガルンタイ山脈越えの橋頭堡《きょうとうほ》となる帝国軍基地を手に入れるのだ！　この作戦さえ成れば、褒賞は思いのままだぞ！」

基地門への距離が詰まり、魔王軍の攻撃が本格的に始まる。蛇人《ナーガ》部隊の曲射、岩吐き獣《ロックボミツト》の石投射が、外壁上の帝国兵へ投げかけられる。

下から上への投射の多くは射撃する兵の前面を隠す矢盾に阻まれるが、それを援護として、魔族は門を破らんと攻撃を重ねる。外壁へ梯子《はしご》をかけることを試み、壁へ取り付き登る。

「ぐがぁっ……!?」

その、魔王軍の後方で。数体の魔族が血しぶきを上げて倒れ伏す。

「勇者ダッ！　二時カラダゾ！」「最後列は背後を見張れっ！」

魔王軍としても予測していた行動である。即座に対応を始める。

「ちぇ。一旦仕切り直しますか」

離脱の際、アリオスは後方――平原の塹壕《ざんごう》を見る。

（あそこが指揮官陣地ですか。流石《さすが》に兵を揃《そろ》えてますね）

強襲すれば、という考えが一瞬浮かぶが、どう考えても罠と精兵数百が待っている。塹壕内に入っても、翼牙《よくが》によって丸見えだ。

「やはり計画通りに、と」

再び、彼は別方向から斬り込んで嫌がらせを続ける。

外壁上の指揮を執るテルプシラは、その様子含めて魔王軍を俯瞰《ふかん》する。

「勇者もよくやってくれている――が」

唸《うな》りを上げて落ちてくる石を、彼女はひょいと顔を傾けて避ける。射出元を睨《にら》む。

「やはり厄介《やっかい》なのは翼牙か」

単純な『空から石を投げ落とす』という攻撃行動。

それは、基地のほとんどの防御機能を無視して行われる。頭部に当たれば即死の可能性すらあり、末端に当たっても骨折すれば戦線離脱だ。

「出ろ！　盾！」故《ゆえ》に彼女は命じた。

「はっ！」「撃ち方は前見てろ！」

この攻撃に対し、帝国軍は盾兵という前時代的な兵科を魔王軍と同様に戦場へ復活させた。形状は円形に加工した木と金属で出来た本体に取っ手を付けた、やや広めの盾だ。工場の加工設備を用い、突貫で作った簡素なものだ。盾隊を任じられた者たちが、屈《かが》んで射撃する者の上方を覆うように構える。

がっ、がごっ！　物騒な音で石が衝突する。急場の盾はすぐに破損、凹みはするものの、

「良し、どーにか防げてる！」「上は気にすんな、撃て！」

翼牙はその身体構成上、極端な重量物を持って飛翔は出来ない。銃弾や蛇人《ナーガ》の大弓であれば楽に貫通される強度でも、加速度のみで投げ落とされる石ならば、辛《かろ》うじて防ぐ。

攻める側と守る側。それぞれがそれぞれに対応策を交わし、じりじりと時間が過ぎていく。

「第四班との交代時間だ！　順次交代を始めろ！」

外壁上に配置出来る人員には面積という限界がある。だがそれは、交代で休みながら常に戦えるということでもある。既に三度の交代が行われていた。

「交代した者はすぐに屋内へ！」

盾兵に攻めあぐねた翼牙《よくが》は、狙いを敷地《しきち》内で移動する者に変えて石を落として来る。盾は新しく外壁へ来た部隊に渡さねばならないため、このタイミングもまた危険だ。

「うおぉ！　あっぶねであります！　けど、このまま行けば夜までしのげるでありますか？」

屋内へ退《ひ》いたフルクロスが、渡された水を飲みひと息ついた時だ。

「まずい……っ！」

気付いたのは、戦闘を見守っていたカリアだった。

一部の翼牙が石を持つのでもなく、大きく左右に広がって飛んでいる。それが、複数組。

「ええと――いや、クソッタレ!!」

伝える手段を探して、彼女は結局これしか無いと飛び出す。

「カリアさんっ!?」「危険でありますっ！」

「伏せて――――――っ!!」

フルクロスに引き戻されながら彼女は叫ぶ。外壁上の兵へ向かって。

テルプシラはその声が届いた一人だった。即座に身を下げ、受けた忠告を繰り返す。

「っ伏せろっ！」

反応出来たのは、およそ半数だった。外壁上空を左右に大きく飛ぶ数体の翼牙。その鉤爪《かぎづめ》からは、細い紐《ひも》状のものが垂れ下がり、反対側の翼牙へと繋《つな》がっている。

それは、二体の翼牙の鉤爪を繋ぎ、Uの字に外壁上の高度に合わせてぶら下げられた、

「あれはっ」「俺たちが仕掛けた有刺鉄せ……！」

ぐあ、と。兵士たちに前面から引っかけられる。

「う……おぉぉぉっ⁉」

魔族が排除した鉄条網。人の手の力では破れぬ、棘《とげ》を有した鉄の線。

人が死ぬような威力ではない。だが、基地の外壁に兵がひしめく、今の状態では。

「ぶぁっ？」「おい、押すな……！」「うわぁっっ！」

ある者は顔面に。ある者は胴体に。ある者は首に。あちこちで、有刺鉄線により突如《とつじょ》引き倒される兵たちが、背後の別の兵を巻き込んで倒れる。

「…………ギ、イイイっ……！」

部隊を『引っかけた』翼牙が、加重に耐えながら背後で旋回し、ペアの相手と交差した。鉄線は輪を描き、そこで離される。あとに残るのは、崩れて倒れ、鉄線に巻かれるいくつもの部隊だ。中には、雪崩《なだ》れるように倒れて外壁から落下した兵もいる。

「うぐぁっ」「まー―まずいっ！　ペンチ持てっ」「抜けろっ、早く！」

交代直後を狙い澄ました、新手の戦術であった。そもそもが、塹壕《ざんごう》を奪ったグテンヴェルが今朝発案した手であるのだが。

「次から次へと……！」

身を起こしながら、テルプシラは忌々《いまいま》しげに吐き捨てる。彼女の耳に、鬨《とき》の声が響く。

「ウォォォ――――――――ッ！」「今だぁぁぁ!!」

外壁上に混乱が広がり、火線は減った。好機とみた魔王軍が、門に複数人持ちの杭《くい》や武器を打ちつけ、外壁を登りだす。

（火力は半減か。戦線復旧をするなら、一時的に白兵戦になりかねん）

出来ないことは無い。だが、ここで被害を出してまで粘る選択は、テルプシラは取らない。

瞬時に外壁全体を把握して彼女は舌打ちひとつ、沈みかける夕日を見る。

「一日保《も》たせたかったが……やむを得ん。門は放棄《ほうき》！　被害の無い部隊は射撃続けつつ撤退準備！　他は鉄線を切り脱せよ！」

「了解！」「ちっくしょお！」「盾で隙間《すきま》作って抜けろ！」

号令ひとつ、帝国軍は悔しがりつつも一斉に行動を始める。あらかじめ、定められていた行動であるからだ。しかし、それを魔王軍が大人しく見ている訳も無い。

「ヒャハァッ！　一番乗りだっ！」

外壁上へと躍り出る大猿人《ハヌーン》。攻城戦において、立体機動に優れた彼等は常に他種へ先んじる。

「はい、おめでとうございます」

――その首が飛ぶ。大猿人にも勝る速度と跳躍で外壁を駆け上り、疾風の如《ごと》く走り来た勇者アリオスの剣によって。

「落ち着いて！　登ってきた魔族は僕が処理します！」

鉄線と苦闘する兵へ向けて彼は呼びかける。テルプシラが傍《かたわ》らに立った。

「陽動に徹しろ……と言いたいが、正直助かった」

「いえ。僕も一度は基地内に戻った姿を魔王軍に見せないとですから」

後に効いてくる一手だ。テルプシラは頷《うなず》いて、もがく兵たちに顔を向けた。

「作戦を第二段階に移行する！　手はず通りに退《ひ》け！　自分たちで張った罠にかかるなよ！」

◇

夕暮の中外壁を眺めるグテンヴェルは、塹壕《ざんごう》の護衛部隊を移動させて基地へと向かう。

「門を明け渡す判断が早いですな……よもや、投降でしょうか？」

副官の言葉に、彼はあり得んと首を横に振る。

「私とここで一年以上根比べをしてきた基地の大将だぞ。そんな程度であれば苦労はない」

話しながら基地へと近付く。帝国軍は牽制《けんせい》射撃を行い、外壁上から消えつつあった。

「勇者も戻ったからには、まだある……つまりは」大変に嫌そうな口ぶりで、彼は己の想像をこぼした。「最終籠城《ろうじょう》か」

その予想通りに、グテンヴェルが辿《たど》り着いた基地内では、魔族の叫びが響いていた。

「敷地《しきち》内は罠だらけだ！　クソが」「足元、建物と建物の間に注意しろ！」「早く言え！　壁が倒れてきて一匹潰《つぶ》されたぞ……！」

彼は半年ぶりの基地内を眼鏡越しに眺める。視線の先にはいくつもの建造物が立ち並び、数千人が暮らす『居留地』としての機能を見せつけてくる。

「日が完全に落ちる前に一旦広場に兵を集めろ。ここからが本番だ」

「どういうことでしょうか。敵の狙いは」

「基地の中で潜伏して戦う、ということだ」副官へと説明しながら、推測を整理する。外壁からあっさりと退《ひ》いた意味。「最も堅牢《けんろう》な建物に籠《こ》もる。それが砲を失った奴《やつ》らの狙いだ」

その位置は翼牙《よくが》によって程なく知れる。あとはそこへ向かえばいいのだが、

「基地の建造物群には多数の罠、潜伏した敵の攻撃もあるか」

グテンヴェルの推測に、うんざりとした風の副官がノズルの先の鼻を鳴らした。

「魔王雷も一度撃ち込んだのです。いっそ、端から破壊してしまえば」

「それが防がれたのだから、命令は元に戻っている……つまりは、この基地の『奪取』にな。上はここをそのまま山脈越えの橋頭堡《きょうとうほ》にしたいのだろうよ」

うんざりとした様子の副官へ、同感の思いで返すグテンヴェル。とはいえ、魔族といえど基地の建造物ごと更地にするには多大な労力を要する。

しかしこの基地を制圧すれば、大陸中央への直接進軍ルートが構築できる。

戦争自体を決定づける可能性がある最上の戦功——実現すれば中央軍令幹部、いや一国の主に取り立てられることもあり得る。

「さっきも言ったように、ここからが本番なんだ。――今晩より、ここを拠点とする！」

◇

夜が来た。闇《やみ》の中。ひとつの人影が基地の片隅に立っている。土の地面をしばらく足で払えば、やがてそこには保護色の金属扉が現れる。重いそれを開ければ、階段が地下へと続いていた。基地外に繋《つな》がる地下道への扉であった。

そこへ降りりんとする人影に、カリアは短く告げた。

「行くの？」

気配は察していたようだった。動じず、人影は振り向く。月光がその顔を照らした。

「魔王軍はもう基地内の攻略にかかってます。ここまで来るのはまだかかるでしょうが、それでも万が一はある。外は危険ですよ」

アリオスだ。重い扉を片手で支えつつ、カリアを気遣ってみせる様が彼女は気に入らない。

「うるさい。あんたのせいでみんなの視線が生暖かいったら」

つかつかと、彼女はアリオスの方へ歩いていく。その心中は複雑だ。

（それしか無かったとはいえ、あたしの提案から出た作戦で、こいつと配下の兵隊は魔王軍の陣地に行く。…………ええいあーもう！）

思い切る。カリアは長い髪をひと房摑《つか》み、図書作業用鋏《ばさみ》でざくりと切った。

「司書さん⁉」

慌てるアリオスに構わず、彼女はそれをくるくると綴《と》じ紐《ひも》で束ね、彼へ放った。不思議そうに髪の束を受け取った勇者に、司書は横を向いたまま言う。

「本で読んだ東国の民間信仰。女の髪持ってたら敵の攻撃に当たらないんだとさ。持ってけ」

「…………………………………」

アリオスは。二度ほど髪束とカリアに視線を往復させ──口元に近付けて、嗅《か》いだ。

「気持ち悪いことすんな！　とっとと行けクソ馬鹿！」


そして──基地から西側へ少し行ったところで、地面に偽装されていた扉が開く。

アリオスだ。基地外壁を攻撃していた魔王軍後方を彼が脅《おびや》かしていた時、部隊は先行して同じく地下道から平原に出て、西へ大回りに森へ向かっている。

潜伏しつつの行軍であれば、勇者の足ならば後から追いつける。

「さて急がないと。籠城《ろうじょう》もいつまでもつか」

音も無く走り出せば、その速度はすぐさま蒸気車にも勝る速度となる。

塹壕《ざんごう》に作られた魔王軍の陣地跡──今は物資も基地内へ運び込まれている──を横目に、アリオスは作戦を反芻《はんすう》する。

（基地への誘引には成功。後は先行した部隊が魔王軍の補給を確認しているはず）

森から物資を持って行き来する魔王軍の輜重《しちょう》隊は、本隊が基地へと侵入した今となっては次々物資を搬入する、と推測されていた。

それを証明するかのように、勇者の進行先から、喧騒《けんそう》と金属音が聞こえてくる。

交戦である。平原の半ばで、先行していた帝国軍の部隊が輜重隊を襲撃しているのだ。

(夜中に輸送とは。基地を占拠《せんきょ》したことで強気に出ましたか)

荷台に荷物を満載した馬車が数台、十数体ほどの低級魔族に守られている。そこへ、先行した帝国軍の隠密《おんみつ》部隊三十が襲いかかっていた。

攻撃は剣で行われていた。発砲はしていない。静かな夜であれば、基地と平原で数キル離れていても、発砲音が魔族の可聴範囲に捉《とら》えられる可能性があるからだ。

(進行中に見つけたか。警護は手薄……ならば!)

勇者はぐるりと戦闘を北へ回り込む。

「いた」

小鬼《ゴブリン》だ。森の陣地へ襲撃を報《しら》せるために撤退していた。彼は恐怖の表情で背後を振り向く。

「貴方《あなた》を帰すとまずいので。申し訳ない」

声を発することすら出来ず、小鬼は喉を貫かれ倒れる。

「――さて。あとは殲滅《せんめつ》しましょうか」

数分後。十数体の魔族の死体に囲まれ、アリオスは隠密《おんみつ》部隊と合流していた。

「負傷者は」

「軽傷が五。作戦に問題はありません」「荷はどうしましょうか」

三台分——おそらくは数日分の食料他——を満載した荷馬車を見る。

「今は夜です。燃やせば基地にいる本隊に気付かれる」

「破壊するにも時間を取られますな……」

「勇者殿」

一人の兵から手が挙がる。包帯を巻いており、負傷した一人だと知れた。

「馬は生きています。負傷者で魔族の死体も乗せた荷馬車ごと西進。海へ投棄《とうき》するのは」

「よし。お願いします。投棄後は荷馬車組もあとから合流して、元の計画通りに」

「はっ！」

「さて——これから僕はまた皆さんとは別行動です」

アリオスは隊長として指示を出す。半ば予期されていた行動で、兵たちに動揺は無い。

「貴方《あなた》がたは西方面迂回路《うかいろ》に戻ってから森へ入り、潜伏しつつの食糧庫探索を行って下さい。僕はこのまま単身森に入り、魔族を見つけ次第暴れ回ります」

兵たちは黙って聞いている。言わんとしていることは明確だ。

「敵を森の中央から東側へ集めますので、その隙《すき》に食糧庫を発見、燃やして下さい。僕に対応する敵兵の移動から位置が多少は推測できるはず」

囮《おとり》である。襲撃は勇者一人であると思わせて、その隙に部隊が動く。そういう目論見《もくろみ》だ。

「食糧庫を一通り破壊後は翼牙《よくが》の『本尊』——鳥竜の捜索をお願いします。発見後、可能ならば爆破を。時間との戦いになります」

息を呑《の》んだ帝国兵が背嚢《はいのう》を見る。彼等は、基地の弾薬庫から爆薬を持ってきている。

鳥竜はその巨体ゆえ、小銃で打倒出来る存在では無い。大砲も森へ持っては来られない。飛ばれればそれも届かない。

故《ゆえ》に、取りうる手段は地上にいる間に爆殺、となる。

「了解しました。アリオス殿——お気を付けて」

魔王軍陣地を守っている魔族は総勢で千近くと予想されている。勇者が一人で千剣隊の戦力評価をされているとはいえ、無論千体の魔族と一度に戦えるということでは無い。

「分かっています。せいぜいあっちこっち走り回りますよ。派手にね」

部隊が頷《うなず》き、行動を開始する。彼等は隠密行動ゆえに足が遅い。森に着く頃には夜明けだ。

（そうなれば、基地で戦闘がまた始まる——）

アリオスの脳裏には、カリア＝アレクサンドルの姿がある。

◇

「翼牙《よくが》が飛んでいます」

空が白む中で、見張りの帝国兵が報告する。間もなく魔王軍も行動を開始すると思われた。

「我々がいる場所は知られたと見て良いな」

朝の軍議だ。集まった百剣長は五人。残りは、基地内での奇襲・妨害任務に出ている。

(背中いったいな〜)

カリアは中々寝付けなかった目を擦《こす》りつつ、周囲を見回す。

ここ——帝国軍第十一前線基地内工場ならび隣接の弾薬庫は、現在は機材が取り払われ、広い空間を擁《よう》する砦《とりで》と化していた。堅牢《けんろう》な作りはそのまま、外部からの攻撃にも耐える。

保管庫でもあった広い地下空間も存在し、現在は大部分の火薬弾薬が持ち出され、代わりに糧食や生活物資が持ち込まれ、千近い兵が寝起き可能なスペースとなっている。

(流石《さすが》に、快適とはいかないね……)

元々居住施設では無いため、個人用の仮眠室を除いて寝台などは当然無い。千剣長という立場に加え、女性であり魔導書を持つカリアは個室を与えられているが、多くの兵は士官であっても硬い床に毛布にくるまって雑魚寝《ざこね》だ。

(ここで、長ければ十数日戦うことになるわけか。シミラーが食料細か〜く配分してたな)

食料だけでなく、水も一日の使用量が制限される。地下は湿気もある。長引けば長引くだけ、士気は低下していく。

「中央広場から現地点までの間、基地内に展開している百剣隊五個による罠と待ち伏せでの遅滞戦闘が行われている。彼等への物資運搬は――」

テルプシラの説明が続いているが、先日の確認に近い。カリアは図書館に心を飛ばす。

（どーかなー。外れにあるから無事だといいが……魔族に荒らされるかな、今度こそ）

持ってきているのは簡単な補修道具と、魔導書『地に這《は》う声』のみだ。

この工場が陥落となれば、発動させて基地ごと魔王軍を殲滅《せんめつ》することになる――が、司書には、会議の時にも秘めていた、一種の決意がある。

（魔導書を『使わない』ための一手）

それが連合軍――否、魔王軍においてすら『正解』となるための案を、カリアは考えている。

◇

基地内制圧の開始から半日。魔王軍の被害は軽傷を含めれば二百を超えていた。

「人狗第四部隊、建造物を掃討中に罠を引っかけて半数が負傷したようです。撤退とのこと」

「またか……」

うんざりと、グテンヴェルは眼鏡を押さえた。口を酸っぱくして注意したというのに。

広場から建造物群を見れば、散発的な銃声、そしてさらに稀《まれ》に爆発音が響いている。

「奴等《やつら》、爆薬を好き放題使っていますね」

同族を恥じるように天を仰ぐのは副官だ。

「何せ陥落するかどうかの瀬戸際《せとぎわ》だ。奴等は弾薬庫にあるものを全て吐き出す勢いだろうな」

おまけに、基地施設の損壊を全く躊躇《ためら》わない。これはテルプシラの指示である。元から全てを守ることは不可能であるから、相手への邪魔に使い潰《つぶ》すという覚悟だ。

反面、魔王軍は基地を可能な限り無傷で占領しろという命令があるわけで、

「人間たちは基地を壊して、我々は壊さぬよう気を遣う。皮肉にもほどがある」

破壊を伴わぬ占領――これは、魔王軍にとって経験が少ない。侵攻上の基地や町は好き放題破壊し、略奪していたのが大半なのが魔王軍だ。

翼牙《よくが》による偵察で、本陣を構えている建造物は既に判明している。しかしそこは、基地の建造物群を抜けた先だ。

「目的地が分かっているのに遠い……燃やしてしまえれば早いのですがね」

「昨日も言ったぞ。出来んことを嘆いても仕方あるまい。ひとつひとつ確保する他無い」

建物ごとに伏兵がいないか、罠が無いかを確認する。それを繰り返す。安全な範囲を広げていく。建物を迂回すれば良いかといえばそうでもなく、潜んでいた帝国兵に背後から銃弾の雨を浴びせかけられたことも一度や二度では無い。

（全てに罠が仕掛けられている訳は無い——そんな時間も、物資も兵も敵には無い。だがそれでも、進軍路周辺の全てを調べざるを得ん）

そういう次第で、中々進まぬ侵攻にただでさえ我慢の利かない魔族たちは鬱憤《うっぷん》を募《つの》らせ、行動が雑になり罠や待ち伏せにかかる。その悪循環だ。

「伏兵もかなりの数です。押し通れば痛い目を見るというのに」

「どうにか士気を戻す必要があるな……野ざらしで寝起きするのも今日までだ」

魔王軍が陣地として使っているのは、中央広場と制圧した建造物だ。

「とにかく屋根だ。まずは全軍が太陽と雨風をしのげるだけの建物を確保しろ」

何せ現在、魔王軍と帝国軍、合わせて五千ほどが基地敷地《しきち》内にいる訳である。これは町レベルの人口だ。故《ゆえ》に、魔王軍は休息を取るための屋内を求めているのだが、それを見越したように兵舎には罠が満載だ。

「封鎖はしているのです。じりじりと追い詰めてやりましょう」

副官の励ましに頷《うなず》きながら、グテンヴェルにはひとつの疑念がある。

（輜重《しちょう》隊が到着していない。元から基地攻めを想定して持ち込んだ食料はまだあるが——）

◇

その疑念の源は、魔王軍輜重隊の荷馬車が来た道を辿《たど》って風断ちの森へと入り込んでいた。

「人間?」「何だテメエ!」

無人の野のごとく森を行くアリオス。哨戒《しょうかい》の魔族の誰何《すいか》に、彼はにこやかに答える。

「どうも、勇者と呼ばれている者です」

「は——ゆう——きょ?」

ぽかん、とした蜥蜴人《リザードマン》が返事を迷った途中で、彼の首は宙を舞った。

「今から、貴方《あなた》がたを鏖《みなごろし》にしますので」

「野郎っ! たった一人で」「いや、勇者——?」「勇者だあ?!」

魔族に一気に緊張が走る。更にアリオスは一体を斬り倒す。

魔族語に通じる勇者でも聞き取れぬ言語による叫びが入り交じり、次々と魔族が現れる。

(蜥蜴人と大猿人《ハヌーン》、次いで蛇人《ナーガ》。鬱憤《うつぷん》は溜《た》まっているし手柄への欲求もある。狙い目)

前線に出る事の多い魔族種でありながら、会戦に参加出来ず自陣の防衛を命じられた者たち。

好都合という笑みを隠しもせず、勇者アリオスは声を張り上げる。

「連合軍最大の手柄首が、君たちを殺しに来てあげましたよ! 意気のある者はおありか!」

嘲弄《ちょうろう》にも等しい物言いと表情に、功名の世界に生きる魔族たちが瞬時に沸騰《ふっとう》する。

「うおおおぉおっ!」「俺の手柄だッ!」

草木を乗り越えて、魔族がアリオスへと殺到する。

「来た来た」先頭の一体を二合で斬り捨て、彼はひらりと木々の合間へと駆けていく。

「さあ、追いかけっこをしましょうか！」

さらに一体を蹴り倒し、挑発してまた走る。

「逃げやがった⁉」「待ちやがれ！」

――前述の通り、アリオスは図抜けた最強であっても無敵では無い。

単純な力と速度で彼に伍《ご》する者は上級魔族に存在する。中級魔族十数体と同時に力比べして勝てる訳でも無い。

身体能力より、ひとえにその戦術眼、刹那《せつな》の判断、そして技量が彼の最強を支えている。

「くそっ、どこに隠れやがった！　口だけの臆病者《おくびょうもの》がよぉ」

「まあいいじゃないですか。もう貴方死にますし」

木々に隠れたアリオスが、探し回る蛇人の背後へずるりと現れる。

腰から両断。まだ意識のある蛇人の頭を掴《つか》み、片手で背後へと放り投げて、即座に彼は一本の大木を登る。

「はははははは！　はははははは！　はははははははははは！」

哄笑《こうしょう》は、蛇人の上半身を投げつけられて驚く追っ手たちの頭上に響き渡る。

「…………っ！」「イカレ野郎！」

弓と投げ槍《やり》が飛び、声は木々の間を飛び渡って彼等から離れていく。

「さあ、居残りの無能どもを殺しますよ！　嫌なら逆に狩ってごらんなさい！」

逃走、襲撃、混乱、殺戮《さつりく》。

勇者は現れては消え、消えては現れて魔王軍の兵を悪辣《あくらつ》に襲っていく。

誇りも何も無い不意討ちに、魔族たちの怒りは募《つの》る。我が先にと卑劣《ひれつ》な人間を追ってくる。

(まともな指揮官が残っていれば無理でしたね。きっちり統率されていればこうはいかない)

アリオスは煽《あお》り口上とは裏腹に、冷静に状況を分析する。

(森の西から来る部隊の皆さんが来て作戦を成功させるまで、二、三日は東側に引き付けたい。ここの魔族たちに僕を狂った殺戮者と思わせながら、新しい輸送部隊も出させない)

彼の体力とて無限では無い。潜伏と急襲を繰り返すとして、その辺りが限界だと見据える。

「引き付けられるのは五百かそこら……翻弄しつつ倒せるのは百がいいとこですかね」

過度に危険を感じさせる、もしくは狙いに気付かれれば魔王軍は陣地での防御を選択する。

それでは食糧庫を狙えない。作戦は失敗だ。

自分を狙わせながら、大戦果はあげず、煽り、逃げ、適度に殺す。補給無しで数日。

(中々に大変ですが——司書さんのためですから、ね)

懐《ふところ》に入れた髪の存在を意識しつつ、アリオスは嗤《わら》う。命へ明確に順位を付けながら。

◇

帝国軍第十一前線基地内部、中央兵舎。

「っ……撤退だ！」

帝国軍の第三百剣隊が、半数近い犠牲《ぎせい》を出してついに兵舎棟から退《ひ》いていく。

「追撃はしなくて良い。それより兵舎内の総点検を行え。残っている罠があるかもしれん。最後で被害を出すなよ」

罠と潜伏を駆使する帝国軍とて、当たり前だが無傷では無い。不意討ちをかけて戦闘を行う度に、魔王軍の反撃による被害が少しずつ溜《た》まっていく。

「よし……どうにか宿泊所は確保出来たか」

グテンヴェルは日が沈んだ基地を見回して、物資を兵舎へと入れる。

魔王軍が丸二日かけて制圧した範囲は、基地のおおよそ七割。

「籠城《ろうじょう》地《ち》への道筋も確保出来ました。明日からは」

「ああ。城攻めだ！　今夜は英気を養うように！」

力強く宣言して、彼は副官へと言い含める。

「備蓄から甘味も配ってやれ。食物過敏には注意してな。ビスケットに糖蜜《とうみつ》を使っても良い」

「はっ。兵らも喜びます」

副官が指示を伝えに走って行く。魔王軍において、このような種族に配慮した命令をする上官はそういない。直接戦闘能力が低いグテンヴェルが、配下の支持を得る理由のひとつだ。

勝利に魔族たちは沸いているが、彼は表情を緩めない。

（決戦は城――ならぬ工場か。最期の地には不名誉にも思うが、人間はこのような真似《まね》もする）

だからこそ厄介《やっかい》だ、と思う。

（おそらくはこれまでも、この兵舎の守りすらも本番では無い。工場が最難関のはずだ）

翼牙《よくが》を意識した行動だ、と判断する。必要物資を持ち込み、要塞化した建造物であれば翼牙は手を出せない。屋上からの偵察・破壊も指示はしたものの、扉は強固に溶接されている上、あの地点は未《いま》だ魔王軍の手が及んでいない。一体落とされている。

「勝算も無く籠城《ろうじょう》を選んで敗北を遅らせるという事はあるまい。援軍の目算があるということか。魔法使いの女を――奴《やつ》の救助ということなら、無理に寄越す事も十分にあり得る」

魔王軍の彼からの視点では、連合軍における『魔法使い』カリアの価値は計り知れない。

「大陸中央の主戦場から援軍を送る余裕は無いはず。後方都市の防衛隊か、皇都からか。どちらにせよ時間はかかる――が」

指揮者としては、この戦いの後、基地を拠点としてそれらと戦うことを考えざるを得ない。

「その前にここは落とす必要がある。結局力攻めしかないか」

帝国側の基地であることと元の人員を考えれば、兵糧《ひょうりょう》攻めは時間がかかる。嘆息を漏《も》らしてから、周囲に誰かいないか確認してしまうグテンヴェルだ。

「勇者は戻ってきていた。最重要対象である魔法使いの女を守るためか」

一度基地へ戻って存在を主張しておく、という勇者の行動はここで効いている。

「奴らの勝ち筋としてはいま一つ。我々の本陣食糧庫の急襲」前回の基地攻防戦の記憶は当然ある。「だがそのために森には千の兵を置いている。陥落までに突破は出来ん」

◇

翌日。魔王軍二千余りが工場を包囲する。

対して帝国軍は工場内に籠城兵が戦闘兵・後方兵合わせ八百。

「外部の隊は」

テルプシラが包囲前、最後にぎりぎり滑り込んできた伝令兵へ問う。

「二、三番百剣隊は壊滅。それぞれ残兵が一、四、五番百剣隊に合流して潜伏を続行中です」

大ざっぱには半減だ。だが彼等は潜伏している今も効いている。魔王軍は、占拠《せんきょ》した兵舎他を守備させるために五百以上を配置せざるを得ない。

「彼等に作戦は伝えたな?」

「はい。完全な殲滅《せんめつ》だけは避けるようにと」

ここから先は蟻《あり》一匹這《は》い出せない。工場、弾薬庫の背面と東側は外壁とほぼ密接しているため、二方を守ることとなる。

工場の二か所に存在する扉が狙われる。それが分かっている以上、扉を開く選択肢は無い。

「一階と上階の窓から射撃防衛を行う。交代して全窓から射撃を絶やすな」

一階の窓には急遽鉄柵《きゅうきょてっさく》が嵌《は》められ、銃身を出して撃てるようにしている。砲は残っていないため、数十セルを誇る強固な壁の破壊は中級魔族の膂力《りょりょく》といえど手間だ。

「見ろよ、破城槌《はじょうつい》とか持ってきてるぞ」「マジで数百年前の戦争してんな、あいつら……」

盾と同様に森の木から削り出したであろう丸太を使った、台車付の衝角《しょうかく》がいくつか見えた。

攻城兵器も直接攻撃も放置は出来ない。好き放題の攻撃を長々許せば壁を砕かれる。

「ペルタ四十式は本体も弾も山ほどある。爆薬もな。扉の補強も常に行え」

詰まるところ、ここからの戦いは地味な我慢比べだ。

(そして、あたしは仕事も無く食料を消費するだけ……)

カリアはむぐむぐと牛の東国風煮を乗せたパンを頬張る。立場上は千剣長であるので、基本的に日中はテルプシラと共にいる。しかしやれることは雑用程度のものだ。それもまた、彼女の特殊性——最終兵器のトリガー役——により、多くはさせてもらえない。

「司書さんは休んでたらいいんですよ、血生臭いのは僕らに任せてください」

とは、彼女がシミラー他、不特定多数の帝国兵に言われたことである。

「それで呑気《のんき》にしていられる性格なら良かったんだけどなあ……」

魔導書『地に這《は》う声』は肌身離さず持っている。修繕道具も持ってきていたので、この数日で再修復は万全。仮に放てば、この基地全体を覆う発動が出来る段階へ来ている。

『仮に扉が破られたら、その時点から魔導書の無制限使用を要請する』

というのが、テルプシラがカリアへと下した指令だ。

（無制限、ね。どう使ってもいいって受け取ればいいのか？）

暇は思考を遊ばせる。その時だ。

「魔王軍、動きました！」

カリアの位置からは外は見えない——窓は監視と射撃する者のみが見るものだ。

「放て！　建物に取り付かせるな！」

「破城槌には爆弾ぶち込め！　足りないなら衝角にロープ引っかけてひっくり返せ！」

「窓にも弓と翼牙《よくが》の直接攻撃は来るぞ！　気を付けろ！」

籠城《ろうじよう》戦が始まった。開けた窓から小銃を突き出し、銃弾が放たれる。

広い工場内が一気に慌ただしくなる。魔族の怒号、壁・扉への打撃による振動、休まず響く小銃の射撃音。小銃の効果が薄い魔族に使われる手製爆弾の爆発音に、交代・給弾に走り回る兵。ごく稀《まれ》に攻撃を受けた帝国兵の呻《うめ》き。工場内は一気に騒がしくなる。

（うおおおお！　す、すっごいな中にいると……！）

カリアは耳を押さえながら、喧騒《けんそう》に耐えて兵たちを見守る。

魔王軍二千以上が攻めかかるとはいえ、対象は建造物二つだ。一度に取り付ける数には限りがある。準備を固めていた帝国軍の反撃もあれば、一日でどうにかなるものでは無い。

途切れることの無い戦闘音は、日没でようやく終わった。

◇

夜、魔王軍は包囲を残し兵舎へと退《ひ》いた。

「流石《さすが》に一日では落とせんか。しかし敵の消耗もこちらの被害も想定内だ」

そう呟《つぶや》くグテンヴェルは、基地図書館にいた。彼はここを自分用の宿舎と定めていた。占領した基地内施設の中でも、兵がこの場所へ立ち入る事を彼は禁じていた。この場所がどういう施設なのか、調べる必要があるからだった。

書類仕事をするにも向いており、前に来た時も気になっていた施設だ。

「記録の類《たぐい》や専門知識の本もある。その役割は分かる。知識解放するというのは驚きだが」

それ自体は魔族領にもあるものだ。だが、職能関連はそれぞれ得意な種族の独占に近く、一般に読める本というものはまず無い。

しかも、本のほとんどは新しい。少なくとも数十年前、という本は見当たらない。これは魔族文化圏において驚異的だった。

「そして、大量の蔵書の大半を占めている架空の話が書かれた書物」

手記でも無い。あまりに荒唐無稽《こうとうむけい》が過ぎるし、軽く一冊開いただけでも、

「黒竜殺しだと？　そんな事をやった人間がいたなら、魔国にもその名が轟《とどろ》いているはずだ」

軽く鼻から息を吐いて『ドラゴンバスターＡＲ』と題された本を床に放り投げる。カリアが

見れば憤懣《ふんまん》ものの行為だが、今ここにはグテンヴェル一人だ。

ただ。恋愛、友情、不条理。様々な話がある中で、先の本は彼の感性に触れた。

「武勇武勲を達成する者の物語――コレが存在する理由は分かる」

魔族もこの手の話ならば楽しむ者はいると思われた。多種族で構成される魔族には、一致した感性・嗜好《しこう》というものが限定される。種族ごとに快不快も違えば価値観も異なる。

だが唯一、武功については相当数の種族が価値観の上位に置く。グテンヴェルは思考する。

「翻《ひるがえ》って、人間はほぼ単一種族――少数の亜人や魔族に地域差、人種で僅《わず》かな差異はあるが、魔族とは比較にならん。かなりが共通している」

しからば価値観も、と類推するのは、魔族とはいえ個体の強さを遠い昔に失った灰人族《グレイマン》であり、思考に長《た》けた彼だからこそ到達出来る筋道であった。

他者の考えを推察する。グテンヴェルは周囲を見回す。無数の物語を。

「つまり、これらは全て――人間ならば楽しめる本。つまりは『娯楽』のためにある？」

自分が発した言葉ながら、グテンヴェルはしばらく懐疑を抱かずにはいられなかった。

「戦場の基地に？　わざわざ？　何の意味が……」

この認識は、人間側の軍上層部にすら存在するものだ。無理は無かった。

謎は残る。だが今は戦争の真っ最中、しかもその大詰めだ。

「さっさと基地を落とし、ここの管理者に尋問でもしたいものだ」

グテンヴェルは立ち上がる。まさか彼も、その人物が『魔法使い』と目する女であるまでは想像が行き着かない。

◇

基地の攻撃が始まり、四日。基地から南東に位置する後方の街、カミルトン。

第十一前線基地と線路で繋《つな》がる町であるここは現状、臨時の後送地だ。基地の重傷者、また基地とカミルトンの間にある野戦病院の患者もここへと送られてきている。

「包囲攻撃がもう始まっているですって？」

即《すなわ》ち。三か月前の魔王雷にて重傷を負い、治療中の魔導技師隊長、ポリュムもここにいた。

「安静に？　もうほとんど治ってるわ。多少骨にヒビと神経が痛んでるだけじゃないの」

彼女は前線基地より送られた兵に状況を聞くと、即座にベッドから立ち上がった。追い縋《すが》る看護師を振り切り、次々と包帯や固定具を引き剝がし、部隊が詰める宿舎の扉を開ける。

「動かせる魔導具は何基あるか！」

数時間後には、ポリュムら魔導技師百剣隊は一部欠員がありつつも、列車に乗り込んでいた。

「どこまで行くんですか、隊長。基地駅は魔王軍が封鎖しているんですよ」

「基地の東三キル地点に停車させる。魔導具砲撃仕様の最長射程ギリギリまで」

ポリュムの即答に、ごくりと誰かが息を呑《の》む。

魔導具は、魔王雷に用いた防御仕様の他、拡張機を用いて魔力砲撃に使うことも出来る。ただこれは、現代の砲に比べ破壊力も射程も特別優れている訳ではない。隊員の温存含め、魔王雷への防御という第一義目的の前に、ほとんど使われぬ仕様である。

「基地内に曲射で撃ち込む」

「マジですか……観測射無しで？　籠城《ろうじょう》してるっていう工場に当たったら……」

「砲弾の魔力を弾《はじ》けやすいタイプにしておけば多少は耐えられる。一、二発は許す」

数少ない利点としては、風の影響を受けづらく、かつ射手である魔導技師の魔力調整で、ある程度の効果——弾の種類的なもの——と着弾調整が出来ることだ。

列車が止まる。即座に部隊を展開させる。後送兵が持ち出した基地内見取り図、それと距離計により、着弾位置を導き出す。

「魔導具設置！　敵には翼牙《よくが》がいるとの報告がある、察知される前に終えなさい！」

それでも、常識外れの作戦だ。繊細な調整を行いながら、ポリュムは数か月指揮下にいた女司令を思い出す。ついでに脳裏に浮かぶのはカリアの姿だ。

（カリア……まだ本返してないんだから。死んでたら承知しない）

「基地から魔王軍が襲ってきたらどうします。太刀《たち》打ちなんて無理ですよ」

「即撤収。どうせ一射しか撃てないし、来たならそれはそれで籠城への圧力が減るでしょう」

あんまりな返答に蒼《あお》くなる魔導技師兵だ。

「空間魔力充塡《じゅうてん》、準備——完了しました！　多分ですが……」

数分後、自信なさげな報告を受けたポリュムは最終チェックを終える。西方、基地上空には既に飛び立つ姿がある。魔導技師隊を見咎《みとが》めた翼牙《よくが》だ。

「良し、魔導具砲撃十基——起動！」

◇

連日繰り返される突撃、功に逸《はや》った魔族の夜襲、徐々に減っていく各食料と水。

工場では今日もまた、外からは怒号と振動、内からは発砲音が絶えず響いている。耳も流石《さすが》に慣れ——というより、麻痺《まひ》してきた。

（シミラーやエルトラスと一緒に、汚物上から魔族にぶっかけるのは楽しかったけどね……）

やけくそ気味の笑みを浮かべるカリアは、すえた臭いを発し始めた自らの身体《からだ》に苦い思いを得る。着替えは何枚か持ち込んだが、身体を拭く水も節約せねばならない状況だ。

（雨降らないかな……いや外出れないから意味ねー……）などと思った、その瞬間である。

どごお、という音と共に、物理的にカリアの尻が浮いた。

「三番扉だっ！　破られたぞ!!」「閉めて塞《ふさ》げェ！」「廃材に破損武器、ありったけだ！」

三番——北側の扉から、破城槌《はじょうつい》の先端が覗《のぞ》いていた。開いた空間から、一際大きくなった魔族の怒号が聞こえてくる。

「うぁぁあっ！」

悲鳴。扉を塞ぎに回ったシミラーが、隙間《すきま》から入り込む魔族の矢を受ける。扉の前に満載した廃材や機材を、大猿人《ハヌーン》がよじ登ってくる。

「上階層の火力を三番扉前に集中しろ！　追い返せ！」

テルプシラの即座の指示が飛び、中の兵が忙しく立ち回る。

（まずいっ）

カリアが駆ける。矢を受けたシミラーを後方へ引き摺《ず》って、医療箱を開ける。

「か、カリアさん、前に出たら危ないですって……貴女《あなた》は無傷でいなきゃ」

「黙ってて！　今止血する」

最早《もはや》慣れた手つきで、彼女は矢傷を洗浄、止血して地下の医療班へと引き渡しに行く。

交代兵の就寝場所と傷病兵の休憩所を兼ねた地下空間は、むっとした熱気と臭気の渦だ。

「カリアさっ……！　あわわ、シミラーさんが……！」

奥から出て来たエルトラスも、服のあちこちに血や何かの液体の汚れがある。

「怪我《けが》一人！　多分急所は外れてるけど、縫ってあげて！」

「ど、どうなってる上は？　俺も」

「大丈夫だから寝てて！　いいから！　エルトラス、シミラーお願いね！」

起き上がろうとする別の重傷兵を一喝《いっかつ》して、カリアはその光景を脳に刻む。

呻《うめ》き声、浅い息、虚《うつ》ろな瞳を。

(忘れるな。彼等はあたしの選択の結果、こうなってる)

『地に這《は》う声』を平原で放っていたなら、少なくとも彼等の苦しみは無かった。

共にいる兵たちの苦しみよりも、重く見たものがあったから、彼等はこうしているのだと。

半分は思い上がりの罪の意識としても、カリアはそう断じる。

その直後だ。直前よりもさらに激しい音と振動が、地下を揺らした。連続する激震、轟音《ごうおん》。

魔族の叫び声。

「うぉおい！　な、なんだ？　今度は何ぃ!?」

地下から這い出たカリアは、天井を見上げる。直接的に工場を揺らす一撃は、地下の者たちには無論あずかり知らない事だが、

「狼狽《うろた》えるな！　カミルトンの魔導技師隊による支援砲撃だ！　……見ろ！」

テルプシラが後送兵に託していた、その要請。

十発中、一発は外壁、二発は工場屋上、その他七発は工場の周辺へと着弾。

当然、そこへ密集していた魔王軍は数発の直撃を受けた。攻城兵器も粉々に砕けている。

「今が好機だ！　押し返せっ！　臨時第五短剣隊は被害確認！」

「おっしゃ鴨撃《かもう》ちだァ！」

素早く立ち直った帝国兵たちが、浮き足立つ魔王軍へ一斉に射撃を加える。

◇

「ちっ……人間たちの魔法もどき部隊か」

グテンヴェルは、砲撃の直後には前線基地外壁上にいた。

望遠鏡越しには翼牙《よくが》に追い立てられ、大慌てで撤収を始めている魔導技師隊が映っている。

「追撃はどうされますか」

「翼牙にもう命じている――が、大勢に影響は無いだろう」

副官へ苦々しく告げる。魔導具は、魔力を失った人類による必死の模倣《もほう》だ。

「道具も術者も消耗激しく、数か月は用いられん。あの部隊は三か月前の魔王雷で派遣された者たちだ。続く攻撃は無い。……ほぼ最大戦果を達成されたのだから笑えはせんが」

グテンヴェルは外壁上から工場周辺で攻撃を受けている魔王軍を見やる。威力を絞っていたとはいえ砲撃の複数直撃である。死傷者は百を超えていた。

(籠城《ろうじょう》する自陣への砲撃など……思いついても命じるか？　気が狂っている)

被害は大きい。攻城兵器も破壊されては一度退《ひ》くべきだ、と彼の冷静な部分が告げていた。

「あの手この手で長らえるものだ。が、明日はもう保《も》つまい」

今回破った扉以外にも、連日の魔王軍による攻勢により工場と弾薬庫の壁と扉は複数箇所で破損している。包囲を徹底しているため、中は塞《ふさ》げても外側の補修は不可能だ。

勝利は目前だったが、グテンヴェルには未《いま》だ懸念がある。

（あの時基地に戻っていた勇者――奴《やつ》はまだ出てこないのか）

◇

（あれから、何日経《た》った――？）

その勇者は。風断ちの森、東部。その中に潜んでほんの数分の気絶めいた睡眠から目覚めていた。連日連夜戦い続ける今の彼には、時が粘性の液体の如《ごと》く感じられる。

懐《ふところ》から取り出した髪束を鼻に近付ける。香りが、一瞬だけ彼の意識を覚醒《かくせい》させる。

ずるり、と木々の間から立ち上がるアリオスの姿は、幾つか刻まれた傷と洗う暇も無い魔族の体液に汚れ、幽鬼の如きものだ。

「あそこだ！」「いたぞ！」

その臭いを察知した嗅覚《きゆうかく》の鋭い魔族が、勇者を見つけ出して寄ってくる。数分しか取れない睡眠もこのためだ。

元が誰の物だったかも忘れた血濡れの湾曲刀《わんきよくとう》をぶら下げて、アリオスは近付く魔族を見る。

「二足牛《ミノタウラ》と蜥蜴人《リザードマン》か――丁度いいですね」

一瞬。魔族たちの優れた視覚をもってしても、僅《わず》かにブレたとしか思えなかった勇者の輪郭が、気付けば彼等の間にある。

「ごぉっ！」「ギィアッ！」

どさりと。胸と尻尾《しっぽ》を切断された蜥蜴人が崩れ落ち、辛《かろ》うじて二撃目を防いだ牛男が後方へ数メルも吹き飛ばされる。

「皆さんと別れていて良かった」

アリオスは――切り離された蜥蜴人の尻尾を摑《つか》み上げて口に持っていき、あろうことか切断面から食い千切る。

「水も食料も無ければ動けないのは、僕も同じですけれど」

流れる魔力により人間離れして強靱《きょうじん》な顎が、魔族の血肉をぐぢゅりと咀嚼《そしゃく》する。

「う、うおぉぉ……！」

二足牛がその光景に一歩退《ひ》く。魔族とて種によっては、他の魔族を捕食することもある。しかし勇者は、そんな彼等をして異様だ。炯々《けいけい》と光る瞳が、補給を得て一層禍々《まがまが》しく煌《きら》めく。

「流石《さすが》にこんな所を見られたら、怖がられてしまいますからね。司書さんの耳にも入りかねない。それは困る――」

勇者の身体《からだ》に流れる魔力は、単純な筋力神経の強化に留《とど》まらず、内臓にも作用する。人体に害を及ぼす菌すら殺してしまうのだ。

（殺す。殺す。何もかも殺す。僕の体は外も内も、殺すためだけに出来ているようだ）

アリオスと同じことが出来る者が、数百年前には万人に一人いたと本で読んだ。修練すれば修得が出来た、という説もある。今は、彼一人だ。

その力は当然のように戦争に使われた。アリオス自身は——勘違いされやすいが——戦いが好きでも嫌いでもない。出来るからやっているだけだ。

(それしか出来ない、の間違いだろうと思っていた。あの人に会うまでは)

友人である帝国皇女の願いで赴いた、帝国第十一前線基地。そこで出会った女性。

殺しの道具となるかもしれない魔導書を、葛藤しながらそれでも直していた、書を司る人。

(僕は殺すしか出来ない。だけどそれで、彼女が殺すことを防げるかもしれない)

自分の殺しが上等になる、などとは思わない。それでも、少しはマシだ。

「一度、しくじりましたからね。次は絶対に失敗しない——」

孤剣と化した勇者は、森の頂点捕食者になりつつある。


風断ちの森深部。多数の木が切り倒され、一種の広場を形成している。魔王軍は陣地と木製の兵舎を作り、拠点としていたのだった。

「広い……種族ごとの糧秣《りょうまつ》を揃《そろ》えなければならないからか」

「兵舎を離す必要もあるって司書さん言ってたな。種族ごとに食う食われるすらあるって」

そう話すのは森へ入った隠密《おんみつ》部隊の兵たちだ。ついに彼等は、そこへ到着した。

「おそらくはあそこが食糧庫だ」「流石《さすが》に敵兵がいるな……」

拠点の奥まった場所、円形に張り巡らされた柵《さく》の中に、複数の木で作られた物置がある。

（強襲……いや、警備を排除出来ても燃やしている間に囲まれるか）

偵察の兵は一旦戻り、森の中に潜伏している部隊と合流する。

千人近い守備隊がいる魔王軍陣地に彼等がここまで潜り込めたのは、無論アリオスによる昼夜を問わぬ連日の陽動があるからだ。

「とはいえ俺らは所詮《しょせん》三十人足らず――正面からやればまず負ける」

「じゃまあ、ついでにもう一つ陽動、だな」「おう、勇者殿にばっかキツい思いさせちゃ申し訳が立たねえ」

言葉を受けて。十人ほどが抜剣して立ち上がる。

「お前ら……!?」

仲間の驚愕《きょうがく》を受けて、彼等はにやりと笑う。

「俺たちは半年前に勇者殿と一緒に動いた生き残りでな。だから今回も選ばれたんだが」

「あの時仲間の半分以上は死んで、俺らは守って貰った。恩は返さにゃならんだろう――まあ心配するな。死ぬ気は無いさ。火付けた後に適当に誘《おび》き寄せて逃げる」

軽い調子で言うが、この森深い敵陣奥地で魔族に見つかること、それ自体がほぼ死と同義だ。彼等は勇者では無い。そうは言っても是非は無く、検討する暇も無かった。

「勇者殿も消耗しながら数百引き付けてくれてんだ。行くぞ」

彼等は進む。やがて起きる小火《ぼや》騒ぎを、残った者たちは歯を食い縛って聞いていた。

下手人が追われ、食糧庫の防衛が最も薄くなるまで。

払暁《ふつぎょう》の空に、にわかに空を照らす光源が地に現れる。そして森中に漂ってくる、木が、穀物が、肉が焦げた香り。

「火が……上がった。やってくれましたか」

これにより、動くものがある。間髪入れず、アリオスたちはそれを探さねばならない。

陽動は終わりだ。勇者が合流すべく動き出す。

◇

魔王軍はテントを張り五百ほどの兵を残して工場を包囲し、篝火《かがりび》を焚《た》いている。

基地内籠城《ろうじょう》、五日目の夜が明けようとしていた。

破られた扉は歪んだまま内から閉められ、機材廃材によるバリケードが高く積まれていた。

薄暗い工場内で、そっと窓から魔王軍を覗《のぞ》いているのはカリアだ。

「奴等《やつら》だって寝るなら、奪った宿舎でってやりたいでしょう。ただでさえ夏です」

答えるのは肩に包帯を巻き、魔王軍を見張るシミラーで、彼等は交代で常に監視している。

いつ攻撃再開があるかは分からないからだ。

「でも交代人員だけ移動させれば、まだ基地内に潜伏してる僕らの仲間にやられかねない。だから全員で退《ひ》くんですよ」

外に残る彼等は直接戦わずとも、いると知られているだけで効果を発揮している。

「フルクロスもそっちか。無事でいてくれたらいいけど。こっちのみんなも大丈夫かな……」

「今日は重軽傷五十五に死んだのが十六ですね。扉破られた時に結構被害が出ましたから」

昼間、帝国軍はひとつの窓から二人の兵が銃を撃つ。ひとりは眼下の魔族。もうひとりは、弓矢で窓を狙う蛇人《ナーガ》や空中から直接攻撃してくる翼牙《よくが》に対応するのだ。

「昼間も外にいる味方が後方から撃ってくれればいいんですが」

「んん。今は厳しいかも。あたしらが包囲されちゃってるから補給の手段が無いし……」

周囲の建物に潜んでいる帝国兵だが、攻撃に参加し、位置が割れた上で弾切れを知られれば掃討されてしまう。

「外のみんなが攻撃参加するなら、それは補給が届けられるような隙《すき》が出来た時か――」

「最後の時、ってわけね」

そちらは来てほしくない。互いに肩をすくめ合ったその時だ。

「ガァァァ――――ッ！」

響き渡る怪鳥音。基地外壁に配置されている翼牙によるものだった。

◇

「……なんだと？　風断ちの森で火が？」

その報告に、グテンヴェルは図書館で読んでいた本を置いて顔色を変えた。

補給部隊が来ないことは危惧《きぐ》していたため、工場を包囲した段階で調査の兵を送っていた。

（無論警戒はしていた。だから千の兵を残したのだ。その陣地の防御をどうやって）

と口に出したところで、彼は自分の迂闊《うかつ》に気付く。小部隊を指揮し、敵陣に潜入して千もの防御を突破。そんな真似《まね》が出来るのは帝国軍、いや人類全体でもひとりしかいない。

（基地外壁での攻防。勇者があそこで単身攻撃を繰り返し仕掛けていたのは、部隊の移動を悟らせんためか！　そして、勇者自身は基地に戻った姿を見せて――）

わざわざそんなことをした意味は。ち、と指揮官は舌打ちして、兵舎の壁を拳で打つ。

「いないのだ、勇者は！　ここには！」

勇者の突撃を警戒していたために、それに即応する部隊は常に控えさせていた。

「基地と魔法使いの守りに使わんとは。丸々無駄か。小賢しい真似を」

その小賢しい真似で、勝利が見えていた戦いが、時間との争いになっていた。

魔王軍三千の食料消費は当然ながら莫大だ。最初に持ち込んだ糧食は切れかけている。種によって共用出来る部分が少ない上、極端に不足すれば同軍内での捕食すら起きかねない。

「……まだだ。今日中に帝国軍が籠《こ》もる工場を落とせば何とでもなる」

とって返して主戦力をもって森の勇者隊を殲滅《せんめつ》、その上で帝国軍基地を保持していれば、魔王軍からも順次補給が届けられるはずである。

(この基地を獲ればその時点で、ここが最も重要な拠点となるわけだからな)

グテンヴェルは副官を呼んで命じる。これまでと正反対となる命令を。

「翼牙《よくが》を森へ向かわせろ。鳥竜をこちらに寄越せとな」

「ほ……『本尊』をですか」

「森に本当に勇者がいるならば、そちらの方が危険度は高かろう。翼牙たちにも危機感を持って貰う。今日で決めねばならんとな」

魔王軍食糧庫が燃やされたかもしれないという事は、命じた帝国軍には工場内に籠もっている以上、現状では知りようが無い。そうグテンヴェルは判断する。

「昨日に扉を一枚破っている。士気を挫《くじ》いて仕舞いだ」

それを口にしながら、彼の胸中には一抹《いちまつ》の不安がある。

(本来なら半年前に終わっていた戦いだ。それが今まで――ん?)

机に置いた本を見る。戦場暮らしが長い彼をして、連合軍の拠点で初めて見た施設。図書館。それが、特別士気の高い人間たちの基地にある。

「まさか………な」

◇

日が昇る。しかし風断ちの森は日光を待つこと無く光を得ていた。

燃えさかる食糧庫。そこへ、森の魔族、前線基地から飛び来たる翼牙が集まってくる。

「勇者殿、こちらです……！」

「良くやってくれました」

その炎を背にして、森の更に奥を目指す集団がある。食糧庫を燃やした隠密《おんみつ》部隊と、合流した勇者アリオスだ。お互いに数日の潜伏で、満遍《まんべん》なく薄汚れている。

「――――鳥竜は」

隊の人数が半減したことに、彼も気付いている。しかし呑《の》み込んで、必要なことを聞いた。

殺害した魔族の装備――木盾などで偽装した帝国兵が、走りつつ答える。

「未《いま》だ捜索中です。ですが、森が燃えてから奥の方で翼牙が数体飛び立ちました」

「そこですね」

ここからは速度の勝負だ。飛び立つ前に見つけ、爆殺する。

「飛び立たせてしまえば基地に行くでしょう。現状でそれは不味《まず》い」

「籠城《ろうじょう》組が総崩れになりかねませんな」

走る。アリオスの逸脱した嗅覚《きゅうかく》が、森奥の臭いを探る。亜種とはいえ竜。巨体を構成する魔力と獣臭《じゆうしゆう》が混ざった香りは一種独特のものがあり、それを世界で歴戦する彼は知っている。

「こちらです。もう少しで」

方向を修正し爆弾を持つ兵たちを臭いの根元へ導く。木々が徐々に減り、視界が開けてくる。

抜けた。それと同時。

「っ！」

大風がアリオスと隠密《おんみつ》部隊の顔を打つ。彼等が見たものは、朝の光の中、羽ばたきを撃つ翼竜と、その周囲で彼を導く翼牙《よくが》たちだ。

「間に合わなかった……」「ちっくしょお！　っここまで来て！」

帝国兵が、血を吐くような声を上げる。鳥竜の巨軀が、翼の風圧で木々をしならせながら飛び立つ。人間を嘲笑うように、朝の森に翼牙の鳴き声が響いていた。

「アレに行かれたら……基地が」

兵の絶望が声音に滲《にじ》む。最早《もはや》爆破は望みようも無い。

アリオスもそう判断する。彼はぐるり、と首を回した。鳥竜、翼牙、周囲、帝国兵の装備。

「爆弾を」

「え」「し、しかし、もうこれでは」

「いいから！　地面に爆弾をありったけ積んで下さい。その上に持ってる盾を重ねて、点火」

人類最強の剣幕に、兵たちは半信半疑ながら言う通りにする。

「え、まさか……」

作業を終え、点火して気付いた兵が、アリオスを振り返る。

彼は頷《うなず》いた。そして、盾の上に乗った。

「ちょちょちょちょおおお！」「正気ですかアンタ！」

「さっさと逃げる。破片で死にますよ。あ、僕のまた折れたのでそれ借りますね」

彼は兵から長剣を一本拝借する。——まるで、これから使うとでも言うように。

絶句しながら、兵たちが離れる。

地上から睨《にら》む視線が、鳥竜と交錯した。

直後、爆発。音を超えた衝撃が走る。そして、アリオスの聴覚を麻痺《まひ》させる轟音《ごうおん》。

「〜〜〜〜〜〜〜〜っ！」

魔力を込めた彼の足が、それでも尚びきりびきりと衝撃に悲鳴を上げる。

膨大《ぼうだい》な爆発力に森が震える。半円上に広がった衝撃は、盾を遥《はる》か上空へと撃ち上げる。

半ば砕けたそれを足場として、アリオスは空中へと浮き上がる。

回復した彼の五感が察知するは、上空で吹きすさぶ大気の音。そして、

「さあ——やりましょうか」

同じ高度で勇者を認識した、巨大な鳥竜と翼牙たちだ。

彼等はしかし、焦らない。当たり前の話だが、アリオスに翼牙のような羽は無い。放ってお

けば落ちるのだ。内心としては、

（狂った人間め。そのまま地に叩《たた》き付けられて死ね）

である。一体の翼牙《よくが》が、半ば侮蔑《ぶべつ》の視線を投げかけて――

そして、目が合った。

「！」

気付いた時には、アリオスは盾の上から消えていた。翼牙の肩に衝撃。

「わざわざ周囲に群れて、足場になってくれてありがとう」

（足場ぁ?!）

内心は言葉にならない。その時には、翼牙の頭部は宙を舞っていたからだ。

「目標まではあと二体くらい、ですかね」

血濡れの剣が横に振られる。

「ゴァアアアアアアアアアアアアアアアアア!!」

『敵』を認識した鳥竜が、魔族すら竦《すく》ませる咆哮《ほうこう》を発するが、その『敵』は怯《ひる》まない。

何故《なぜ》ならそれは、人中の魔。この場において、鳥竜と同位の存在である。

「すいませんが、死んでいただきます。僕の――大事な人のために」

再び、勇者アリオスは飛ぶ。次の足場へと。次の次の足場へと。

敵へと。

◇

帝国軍第十一前線基地、基地内工場・弾薬庫。

日が昇ると同時、工場は激しい攻撃に晒《さら》される。攻城兵器を先日失った魔王軍は、己が腕力にモノを言わせて工場を攻撃し続ける。

「第三番扉、おそらくあと数分で再び破られます！」

「第一と第二の間の壁！　限界が近いです！」

五日にわたって魔王軍の攻撃を防ぎ続けてきた分厚い壁と扉も、限界が訪れつつある。

「そろそろヤバそうですね……」

カリアが隣に立つテルプシラへ恐る恐る聞く。

とはいえ、帝国兵たちの抵抗は凄《すさ》まじいものだった。野戦で負け、基地を占拠《せんきょ》され、ここまで追い詰められながら、なお作戦行動を続けているのだ。

(今も、みんな出来ることを精一杯やってる。扉が破られそうでも、諦めずに銃を撃って)

「三番扉、再び破られました！」「西壁も貫通！　間もなく拡《ひろ》げられます！」

だが、決壊は容赦無く訪れる。破滅的な報告が続けて行われた。

「んー、駄目かもしれんなこれは」

「えええええええちょっとお!?」

思わずツッコんだカリアへ、テルプシラは微笑を返す。

「冗談だ」す、と彼女の形良いあごが上層階で銃を撃つ兵を示す。「気付いたか？　今はみんな下へ向けて銃を撃っている」

「あ、そういえば……」

これまでは、一人は空から接近する相手を警戒していた。グテンヴェルは工場に籠《こ》もる帝国軍が食糧庫の襲撃を知る術《すべ》は無いと言ったが——間接的に察する方法は、実はある。

「翼牙《よくが》が、いなくなってる？」

「どうやら勇者殿の部隊が上手《うま》くやった」

「！」言葉にカリアの心臓が跳ねる。

「食糧庫を焼いた。同時、鳥竜を倒した——までは行かずとも、脅《おびや》かした。翼牙がいないのはその守りに行ったからだ。その前提を予め伝えてあるから、彼等も連動する」

おおおおお、と。外から鬨《とき》の声が響く。

「ピタカ司令！　味方が敵側面から攻撃を仕掛けています！」

基地内に潜伏していた帝国兵たち。彼等は、補給を受けられないため自由に攻撃出来ない状態だった。カリアは思い出す。

（彼等がもう一度攻撃に出られる条件は次の二つ——）

補給を届けられる目途が立った時——これは現状、無理だ。ならば今は。

反対に、最終攻撃で、弾薬節約の必要が無くなる時！

ニヤリと獰猛《どうもう》に笑ったテルプシラが、すっと手を挙げる。

「諸君！　よくぞ堪え忍んだ……今、敵軍の補給は断たれた！　ここを追い返せば、奴等《やつら》に最早《もはや》再度の攻撃を仕掛ける体力は無い！」

焦りに支配されていた帝国兵が顔を上げる。彼女は工場内全てを圧するほどの声で続ける。

王者の声だ。原始的な戦場では、この才は文字通り戦局を左右する。

「奴らは倒されても倒されても、背後にいる兵を次々工場に取り付かせることで攻勢を仕掛けていた。だがその周囲から攻撃をかければ、中央にいる兵は丸ごと死に兵だ」

「………………！」

「総員銃を取れ――包囲戦だ！　逆に奴等を囲み殺してやれ！」

腕を振り下ろす。同時、帝国兵たちが――傷付いた地下の者も含め――立ち上がる。

「怪我《けが》してる奴は窓と屋上からだ！　もう翼牙はいない！」「元気な奴は討って出ろ！」「とにかく攻撃の数を増やせ！」「後の事は考えるな！　ここだけだ！　弾使い切っていい！」

「この一瞬だ！　この一瞬だけだ！　今だけ圧倒出来りゃいい！」

溜《た》まりきった鬱憤《うっぷん》を晴らすかの如《ごと》く、工場全てから怒号が湧き起こる。

◇

対し、魔王軍の反応は正反対だ。

「ほっ……包囲！　包囲されています！　帝国兵がどこからか！」

「ど、どれだけいるんだこいつらっ！」「援軍……援軍じゃ、な、い、のか!?　連、合、軍、のっ、！」

焦燥と焦りが、あっという間に魔王軍に伝播《でんぱ》する。特に最後の叫びが致命的だった。

「狼狽《うろた》えるな！　援軍は無いと再三言った！　基地内の潜伏兵だ！　数も大した事は無い！」

グテンヴェルの喝にも、混乱は収まる事が無い。

食料が少なくなり始めている事は、魔族たちが肌で感じていたことだった。

さらには先日の魔導技師隊による砲撃。如何《いか》に理屈を説いても、不安は澱《おり》のように兵卒の心に溜《た》まっている。翼牙《よくが》が戦場から消えた事も、それを後押ししていた。

「翼牙の奴等《やつら》も逃げちまったんだぁ！」

「あのデカブツが来るって言ってたのに来ねえじゃねえか！」

『崩れ』だ。士気の崩壊による逆進。それは後続の兵にぶつかり、軍全体を機能不全とする。

（ならんか……！　私の言う通り動けば勝てるというのに！　士気が崩壊し始めている！）

ぎり、とグテンヴェルは奥歯を噛《か》みしめる。彼に通常の魔族指揮官のように強力な武力があるならば、一点を突破し軍全体を鼓舞することも可能だが、それは不可能だ。

直衛の魔族すら逃げ始める。彼は、自分の手から戦場が完全にすり抜けたと認めざるを得なかった。およそ半年近く前、魔王軍幹部から指揮権を奪われたことを思い出す。

（おのれ……！　この私に武による屈辱《くつじょく》を再びもたらすか！　それも人間が！）

◇

翼牙が消えたことで攻撃陣地として使えるようになった屋上。テルプシラと共に戦況を見るカリアは、魔王軍の動きを見て、聞く。

工場は基地の東南端部に位置する。潜伏していた帝国兵たちは、西側から攻勢をかけている。

「……北側を開けているのはわざとですか？」

「無論だ。包囲しても、我々の戦力では魔王軍が戦力を集中すれば突破されるだから、士気の落ちた相手が『逃げやすい』隙間《すきま》を作ってやる。

帝国軍は、敵を全滅出来ずともこの場をしのげば勝ちだからだ。

「理想の動きをすれば勝てる、と相手の指揮官が分かっていても――これまでの指揮振りからすれば分かっているだろうが、関係ない。一旦士気が崩れた魔族の兵は思い通りに動かん」

テルプシラはカリアの方を見て笑う。

「魔王軍には本が無く――君もいないからな」

「……！」

カリアの心に、言いようのない感慨が浮かび上がり――一瞬後に彼女はそれを振り払った。

「後は、任せます」

「なに？　おい――」

聞かぬ振りをして、カリアは階段を降りる。機が来たのだ。

（あたしの選択に、みんなに命を差し出してもらった。次はあたしが命を賭《か》ける時だ……！）

兵たちが打って出た扉をすり抜け、駆ける。時折制止の声が耳に入るが、無視する。

（テルプシラやアリオスから聞いた敵の指揮官。魔族の士官には珍しい頭が回るタイプ）

駆けながら、カリアは考える。何度か戦場で見た、人間に近い外見をした魔族の男だ。

（最初に基地に侵入された時――明らかに敵が入り込んだはずの図書館は無事だった）

そして、机に残されていた言葉。

（『ここは何だ？』もし、そいつが図書館に興味を持っていたのなら――もしかする！）

基地を端から端、数百メルを全力で駆け抜ける。流石《さすが》に息が上がってくるが――

「はっ、ぜっ、はーっ、はぁっ、着いた……！」

基地図書館だ。およそ一週間空けていた、彼女の城。

裏口を解錠して入る。司書準備室を抜け、カリアはカウンターに出る。

「っ！」

そこには――館内には、ふたつの人影がある。焦ったようにカリアの方を振り向いた。

（賭けは……あたしの勝ち！）

凶悪な笑みが漏《も》れる。彼女はそのまま、言葉を発した。

「こんにちは、新規利用者さん——留守してて悪かったね」

一冊の本を持つグテンヴェルと、その副官らしき人狗《コボルト》が驚愕《きょうがく》の表情で見返していた。

先に反応したのはグテンヴェルだ。彼は、現れた司書の姿に覚えがある。

「お前は……人間の『魔法』使い……？」

「な、なんですと!?　ならばこいつを始末すれば」

副官の人狗が身構え、グテンヴェルを庇《かば》うように前に出た。

「おっと。それは駄目だ。襲って来るなら、こいつを使うよ」

す、とカリアは標準魔国語を用い『地に這《は》う声』を掲げてみせる。

「分かってるよね、威力は。まだ大勢生き残ってる魔族も全滅だ」

無論ハッタリだ。だが魔導書が内包する尋常ならざる魔力は本物で、魔族には感じ取れる。

「——それが種か。本の形をした『魔法』……魔導具などとは比較にならない、本物の」

ここでも、先に勘付くのはグテンヴェルだった。彼へとカリアは語りかける。

「偉いさんは——後ろだね。少し、話がしたい。あたしはカリア＝アレクサンドル。司書だ」

「……よかろう。我が名はグテンヴェル。魔王軍第十五連隊長だ」

「グテンヴェル殿！」

「貴様は退却の指揮を執れ。単なる腕力であれば私とて人間の女一人に遅れは取らん。それ以外で来るなら、他に何体いようが何も変わらん」

魔導書を睨《にら》みながら、グテンヴェルは答える。指示に従い、副官が外へと出て行く。

「こっちの言葉に戻して良いかな。連合共有語は？」

「構わん。用件は」

「グテンヴェルっつったね。貴方《あなた》を通した魔王との交渉」

「馬鹿を抜かせ。考慮にも入らん」

グテンヴェルが即答する。カリアにとっては予測の内だ。

「そっちにも利はある交渉だよ。それと、この施設ね、図書館っていうんだけど。それの意味と、何よりこいつ――魔導書について。その情報を出す」

「何………‼︎? 最重要の機密だろう。そんな真似《まね》が」

魔族で言えば魔王の秘儀だ。驚愕《きょうがく》と疑念を混ぜたような表情をグテンヴェルが返す。

「出来る。この魔法を発動する本――魔導書を扱う、魔導司書であるあたしには権限がある」

無論、危険はある。後で当然問題になる。死刑もあり得る。だが。

（あたしの間違い、あたしの決断。傷付いて、死んでった帝国兵のみんな。その全てに）

そこへ意味を持たせるためならば、構わなかった。それが、カリアがこの戦争において魔導書を使い、大量に殺し、死なせた現実に対して唯一、正気を保つよすがだった。

そのための行動が『敵軍指揮官と身一つで対面』なのだから、狂気という他は無いのだが。

「……カリアとやら。まず、聞かせろ。私たちは貴様が現在『魔法』を使えぬと判断し、総攻撃をかけた。事実、貴様等は『魔法』を使ってこなかった。しかし今貴様が持つ魔導書とやらは、明らかに魔力を発している。何故《なぜ》使わなかった」

「それは魔王への要求にも関係する。この戦場で使わないことがその第一段階だったから」

『地に這《は》う声』のリスクを隠しつつ、半分本当・半分嘘《うそ》の答えをカリアは返す。グテンヴェルは釈然とせぬ顔で、更に切り込む。

「では、その要求――交渉とはなんだ」

（来た）籠城《ろうじょう》中、何度も考えて、脳内で予行練習したことだが、これを口にすることに多大な重圧を感じる。（無理ないね――戦争全体に関わることだ。ヘタすりゃ縛り首だぜ）

だが関係無い。息を吸い、唾を飲み込む。勇気を絞り出す。口を開く。

「魔導書と魔王雷。両方の『魔法』の使用禁止」

沈黙が図書館を支配した。

すぐ外では戦争の騒乱が響いているのに、今この場で両者の間にあるものは静寂だった。

「何を、馬鹿な……事を」

やっとグテンヴェルが絞り出したものは、唖然《あぜん》の声だ。

「本気よ。分かっているだろうけど、魔導書は一冊じゃあない」

あの時『地に這《は》う声』を発動した過ちを、ここで利用する。彼は二種類の魔法を見ている。

「魔王雷は魔王軍の戦略の根幹のひとつだ。それを――」

そう言いながらも、グテンヴェルの脳内では無数の思索が繰り返されていた。

（魔王様の魔王雷には射程距離・威力共に遠く及ばぬといえ、『魔法』を即座に発動出来る魔導書。数千――発動の機を選べば万の魔族を消滅させられる威力）

「もちろん魔導書にもリスクはある。魔王が三か月ごとにしか魔王雷を使えないように」

これは『天雷の顕現』を再び使っていないことから、いずれ魔王軍も辿《たど》り着く結論だ。教えても問題ない。だがそこにカリアは、真実混じりの嘘《うそ》を加える。

「けれど当然、主体は魔導書だから、使う人間はあたしじゃなくてもいいんだ」

帝国側の実情としてはそうなっていない。だがグテンヴェルにそれは見えぬ情報だ。

（確かに、目の前のこの女自体からは、魔力は微弱にしか感じられない……。魔導書も使用者も複数存在する……。それを、各戦線で連続使用されれば）

グテンヴェルは戦慄《せんりつ》と共に想像する。戦略図は崩壊する。追加派兵が魔導書の数を上回れるかの泥仕合《どろじあい》だ。多数の種族で構成される魔族とて、無限にいる訳では無い。

対するカリアも、内心は不安だらけだ。これまでの情報で魔王軍の士官に、どれだけの考慮をさせられているのか。彼女にも見えない。

（さあ、どう出る……連合軍だって本当にぎりぎりなんだ、今は）

三か月ごとに軍を、基地を、町々を襲う破滅。それが魔王雷だ。

防ぐか、壊滅か。そんな博打《ばくち》を、連合軍は延々続けている。

ついこないだも王国の街がひとつ、防御に失敗した魔導技師隊と共に半分吹っ飛んだ。それにより、連合国の魔王雷対策は一層厳しくなると目されている。

（このまま魔王雷を撃ち続けられたら、近い内連合は間違いなく破綻《はたん》する。だが魔王も、魔導書への報復にここへ魔王雷を撃ってきた。脅威とは思っているはずだ）

カリアは焦る。グテンヴェルも焦る。外の戦況を考えれば、時間が無い。

「戦術的範囲でしか使えぬ魔導書が、魔王雷に伍《ご》すると本気で思っているのか？」

「稼働出来るものは十か二十か。正確な数は帝立文書館に聞いてみないとね。でも考えてみなさい。帝国でそれ。もっと歴史の古い王国は？　法亜国は？」

カリアは半ば確信している。過去の遺産が、帝国にあって他の国に無い訳は無い。

沈黙が落ちた。永遠にも思える数秒の後――口を開いたのは、グテンヴェルだ。

「ここを我々が占拠《せんきよ》し山を越え、帝国を陥《お》とす――それが最も早く戦争の終結に繋《つな》がる。結果的に死者も、魔族、人類共に双方最小になる。それを考えたことはあるか」

（！　そんな事を考えてる魔族がいるのか……）

カリアにとっては意外な問いだった。……だが、直後に彼女は首を左右に振る。

「──連合軍ってね、一の国が集まってできてる十なんだよ。その十が一を守るって約束があるから回ってる。仮にあんたの皮算用が正しかろうが、納得する奴《やつ》はいないね」

他国をも守る誇り高い魔導技師の顔をカリアは思い浮かべ、グテンヴェルに手を向ける。

「魔王軍だって色んな魔族の集合でしょ。生態も文化も何もかも違う種族が、無理矢理固まってる。そうすれば戦争が終わるからあんたのとこの種族だけ滅びてって言われて滅びる？」

グテンヴェルの眉間に筋が出来る。魔王軍の内情を理解する人間がいることは彼の意外だ。

「ま、それでなくても」カリアは差し出した手を翻《ひるがえ》して新刊コーナーを示し、にやりと笑った。「帝都陥落したら、好きな作家の新刊が読めなくなりそうだしやっぱダメだね」

「────フン。我々には未知のソレを持ち出されては議論にならん」

鼻を鳴らす音が少しだけ笑んでいる、とカリアは感じた。

「貴様の情報は持ち帰ってやる──だが、要求に応じるかどうかなど確約は出来んぞ」

「それでいい。今の話を魔王サマにしっかり聞かせてさえくれれば」

深く、長い息をグテンヴェルは吐いた。

「良かろう。では最後に──」

しかし言葉は、窓の破砕音で途切れる。二人共に音の方向を向く。

破片と共に館内に着地して現れたのは、

「勇者!?」「アリオス!?」

彼はカリアとグテンヴェルを視界に納める。即座に行動に移った。剣を抜く。踏み込む。

「司書さん！　今助け「**止めろ馬鹿！**」

そして、カリアのどでかい一喝《いっかつ》で止まった。アリオスは戸惑った顔で、

「え、ええ？　でもあれ、魔王軍の——」

「いいんだよ今は。大仕事してきた後でしょ。大人しくしてて」

全く納得が行っていない表情ながら、剣を下ろす勇者。これは、カリアに有利に働いた。

(人間の王族にすら意見するとされる勇者を言葉ひとつで制するだと……！　そこまでの力、いや権限？　を持っているのか、この女——魔導司書という存在は)

グテンヴェルが戦慄《せんりつ》する。彼の中で、カリアという存在が『魔法使い』より更に得体の知れぬものへと変貌《へんぼう》する。

(そこまでの存在からの提案——全くの虚偽だと無視する線は消えるか)

「で、最後に何だって？」

「む？」

「いや聞こうとしてたでしょ、今」

一瞬、彼は呆気に取られたように眼鏡をずらす。直しつつ、

「うむ、そのだな……教えると言っただろう。この施設の意味だ。図書館、というのか」

「お題目としては兵員の精神安定と士気の維持」

カリアは即答する。薄々そうでは無いか、と思っていた返答に、グテンヴェルは勢い込んだ。

「やはりか……！　この架空の物語が大半を占める施設！　それが、人間の軍の士気をあそこまで高めるのか!?」

「さあ。他にも理由あると思うけど」カリアは軽く肩をすくめた。続ける。「それに――軍の狙いなんか知ったこっちゃないね。あたしは来る奴《やつ》に本読ませるだけ」

言って。彼女はつかつかと歩く。カウンターを回り込み、グテンヴェルの方へ。

「ちょっ、司書さん!?」

慌てて呼び止めるアリオスの声を、カリアは無視する。グテンヴェルの目前に立ち、彼女は彼が机に置いた本を手に取り――ふと笑ってしまった。何の因果か。

見覚えのある、大魔導師の伝記だった。かつて魔法が普通にあった時代。それは、灰人族《グレイマン》であるグテンヴェルにとって興味が惹《ひ》かれる題材だ。

「そもそもだ。貴方がここに興味を持ったと思ったから、あたしはここに来た」

本を、彼の胸に押し付ける。魔族の男は、戸惑うように受け取った。

「私にこの施設内の標本を提供する……と？」

「馬鹿抜かさないで。貸出。汚さないでよ。書き込みも駄目」カリアは疲労と隈《くま》が濃い顔で、にっと笑う。「本を読みたい奴《やつ》に貸すのが図書館だ。休戦したら返しに来い」

無言で。疑問符の浮いた顔でグテンヴェルは本を持つ。

「殺し合いをしている相手だぞ、私は」

「悪いけど、そういう辺りのアレでやらかす間違いに関しては、あたしはもう終わってる」

眼鏡の向こうの瞳を寂しく陰らせて、カリアは笑った。

思い出すのは、ウラッニ。夢を抱いた少年の顔。

「…………なるほど。魔導司書とやらは複数いる。が、貴様はまた別の意味で特殊だな」グテンヴェルは背を向ける。「覚えておこう。貴様とはもう一度話してみたい」

「おー。そんなら感想聞かせてよ、次会ったら」

返事のように本を振り、走り去っていく。姿が消えるまで見送って、ようやく息を吐いた。

「ふはぁ……なんとか、最低限……」

「良かったんですか、逃がして。あれ、向こうの頭でしょう」

未《いま》だに不満げなアリオスに、カリアは鼻を鳴らして眼鏡を直す。

「いーの。あれが戻って、魔王とやらに話をするのが大事なんだ」どこか遠くを見るように、顔を上げた。「それでやっと、あたしのやらかしにも、みんなの死にも、少しはマシな意味が出る。とても埋め合わせになるようなものでは、無いけど……」

理解出来ない、というように血塗《ちまみ》れの男は肩をすくめる。

「ところで、敵なのに僕より対応柔らかくありませんでした？　納得いかないんですが」

「あいつ一応本に興味ありそうだったし。あんたと違って」

「やっぱり斬っておけば良かったかな……」

止めろ馬鹿、と軽く頭を叩《たた》く。そのまま、カリアは乾いた汗やら返り血やら何やらでごわついたアリオスの髪を指でかき回し、片腕に抱えた。

「…………アリオス。こんなになるまで、ありがと」

少し悩んで、彼女は真横にある汚れた勇者の頬に、自分の汚れた頬をぴたりとつけた。

「――――はい。お守りのおかげ、ですかね」

そうこうしている内、基地内から聞こえてくる音は、怒号から快哉《かいさい》へと変わりつつあった。

帝国第十一前線基地籠城《ろうじょう》戦。兵員の半数近くを失う被害を受けながらも魔王軍を押し返したこの戦いは、連合国家にガルンタイ山脈越えの危険性が認識されると共に、長く奇跡と讃《たた》えられることになる。

エピローグ

本は読むためにあるもんだ

魔王軍から連合軍へと申し入れられた協定の内容は、帝国以外の度肝を抜くことになった。

「魔導書を『使わない』ことで魔王雷を封じてみせるとは……考えましたわね」

王国に撃ち込まれた魔王雷から三か月が経《た》ったが、魔王軍の申し出通りに魔王雷の発動は無かった。これに連合国家は大至急の協議を行い、魔王雷と魔導書、双方における使用制限の協定が取り付けられることとなった。

これは、連合軍と魔王軍間の、初めての戦争協定でもあった。

「軍部に魔導協会に公文書会に貴族院に連合に、査問の連続で死ぬかと思った……」

帝都、奏麗殿《そうれいでん》。ぐったりと軍服姿のカリアがソファで溶けている。それを呆《あき》れたように見ているのは皇女クレーオスターだ。

「軍法議まで行かなかっただけ有難《ありがた》く思いなさいな。あちこち証言に出向いて一苦労でしたわ」

「感謝してますよ。そもそもの魔導書運用権限のことも」

魔導司書。彼女にとってはありがたくないその役職には、魔導書の運用に関わる決断が一任されるという、原案者であるクレーオスターが事前にねじ込んだ特権がある。

その一文が無ければ、どう足掻《あが》いても今頃カリアの首は絞首台の露に消えている。

「だから今回のような現場でのぶっつけ交渉も可能……貴女《あなた》のようなとんでもないお馬鹿みたいに拡大解釈すれば、ですけれどね！」

叱責《しっせき》交じりの追認をしながら、クレーオスターが叱責する。カリアは耳に指を突っ込んで、眼鏡の向こうの目を閉じる。

「何度もお礼言ったじゃないですか〜……大体そっちもあたしに無茶振りし過ぎなんですよ」

「貴女ならこなすと思っていたからですわ。まあ、予想は裏切り期待は裏切られなかった、という具合ですけれど」

息を落ち着け、紅茶をぐいと飲む皇族だ。

「王国には貴女、借りが出来ましたわよ。今回の協定、魔導技師隊を損耗したばかりの王国が随分と乗り気でしたから。指導教官として要請されるかも」

「うげぇ……でも、魔導書研究はこれから連合国中でやる必要がありますからね」

うんざりとしつつも、カリアは想定内というように語る。

「そうですわね。抑止力がハリボテでは意味がありません。これから各国は、貴女のはったりを現実にするために、魔導書を見つけ出してそれを整備・運用出来る魔導司書を育成する必要がありますわ」

面倒すぎる未来に、カリアは天を仰いで瞳を閉じたくなる。しかし、

「せいぜい頑張りますよ……魔導書は使うもんじゃないですからね」

疑問の視線が向けられて、彼女は顔を戻した。不敵に笑う。

「読むモンです」

◇

第十一前線基地後方、野戦病院。

今は基地にもここにも、人が戻ってきている。それは傷病兵も然《しか》りだ。

カリアもまた、再び慰問移動図書館としてやってきている。

「そんな訳だから。もう少しゆっくりしてていいよ」

彼女を無言で見上げるその人物は、魔導技師隊長・ポリュム＝ホルトライだ。

「やーその、何というか貴女《あなた》の仕事を一部奪っちゃった形になったのは悪かったけど……」

気まずげに弁解するカリアに、ポリュムは嘆息する。

「別に魔王雷が来なくなっても、私たちの仕事が無くなる訳じゃないわよ。備えは当然要るし、今回みたいな精密砲撃に、兵による侵攻そのものに対する防壁に」

そう語る彼女には、未《いま》だに包帯が複数箇所に巻かれている。基地へと砲撃した後、翼牙《よくが》部隊の襲撃を凌《しの》いで退却した時のものだ。一時は出血で危険な状態にまで陥った。

「あの時のこと、礼を言いそびれてたから。ありがとう」

「別に。任務だから」ポリュムは顔を背ける。「本も返さないまま死なれたら、困るし」

そっぽを向いたまま差し出されたものは、入院前に貸し出した分の『緋色《ひいろ》の胸元』だ。

「長期延滞になってしまったけれど。新刊の方、貸してもらえるのかしら」

「！　ふふっ——臨時休館だったしね。特別延長ってことで」

カリアは台車の書架から『緋色の胸元』の最新刊を取り出した。そっぽをむいたままのポリュムの瞳だけが、煌《きら》めいてそれを見た。

「貴女たちが基地を守った成果だ。ゆっくり楽しんで。……貸出期限の範囲内で、ね」

◇

帝国第十一前線基地から遠く離れた、王国東端の戦場。

「勇者殿。補給部隊到着しました。届け物です」

「はい、ありがとうございます。そこに置いていただいて構いません」

勇者アリオスに与えられたテントにやって来た兵が、木箱を置きながらこの場の主を見た。ランプの灯りで照らされる彼は、手元に視線を落としている。

「読書ですか」

「ここには図書館がありませんからね。その中身にも本を頼んでいるんです」

「図書館、ですか。確かに、あると嬉しいですなあ。我々前線にいる兵は文字が恋しいですから。新聞でも入った日には取り合いですよ」

笑って出て行く兵を横目で見送って、アリオスは持っていた本を閉じる。

「ん～やっぱり物語って、僕には面白さが分からないですね……」

彼にとって本とは、情報を入手するためのものだ。その世界に浸り、楽しむという事が出来ない。それは持って生まれた性質であり、そうそう変わるものではない――のだが。

「司書さんや兵のみんなが好きなものですから。守らないといけませんよね。他の基地にも図書館が出来そう、という話ですし」

そういったことを、勇者と呼ばれる彼は行うようになっている。

「僕も少しは人間らしくなった気がしますね」

その契機になった戦場を思う。そこにいた、本を愛し、しかし相反する自分の行いに泣いていた女性を想う。懐《ふところ》のロケットに入れた髪束を意識する。

(捨てろと言われましたけど、こっそり持っておきましょう)

「勇者殿！　お休み中申し訳ない、夜襲です！」

物思いを中断させる闖入者《ちんにゅうしゃ》に、アリオスはひとつ息を吐く。

本を置き、剣を取る。まだまだ、彼にはこちらの方が手に馴染《なじ》む。

筆は剣より強し、という異国の諺《ことわざ》があるという。

「なら『剣は本を守る』なんてのもあって良さそうですね」

微笑して勇者は戦場に出る。自分がいる戦場が負けて、余計な敵軍をあの図書館へ向かわせるなど、間違っても起こさせないために。

◇

そして、今日も帝国第十一前線基地内図書館は開館する。

「うわあ、今日も山ほど来るなこれは……」

開館前のエントランスから覗《のぞ》く人混みを見て、カリアは眼鏡を曇らせる。

基地は外壁や内部の修復を終え、新たな兵員も迎え入れてその活気を取り戻している。

図書係の兵も、新しく増えていた。先任のエルトラスたちが、既に指導を始めている。

「新人！　図書館の作業は下手な訓練より過酷です！」「この場の支配者はカリアさんです！」

「彼女に逆らう者には容赦無し！　そして絶対服従であります！」

「えっ!?　りょ、了解しました！」

ガルンタイ山脈が魔族の進軍路なり得ると認識されたため、基地の防御は厚くなっている。

つまり、人が多い。よって、

（また一から図書館の作法を教え込まないとならない兵隊が山のように来る……）

ということだ。ふつふつと、カリアに闘志が湧いてくる。

「新人さん」

「は、はいっ！」

何を聞かされたのか、やたら緊張気味に敬礼する兵。彼の緊張をほぐそうと、カリアはにこやかに告げる。

「規約を守らない兵隊は、館内で人権は無いものと思っていいから。百剣長以下は二度の警告以降は殴って良い」

「……せ、千剣長以上は？」

「あたしが殴る」

笑顔で言ったというのに、新任の兵は尚更《なおさら》硬くなった。解せない。

昼の大休息の時間が来る。エントランスの看板が開館を示し、兵たちが殺到する。

「来るよ！　迎撃!!」

「了解！」


——図書館の喧騒《けんそう》の背後。カウンターの禁帯出棚には二冊の本が差されている。

綺麗《きれい》に補修を終えたその本たちは、今は読まれるためだけに。

図書館の中で、背にある自らの名を晒《さら》していた。

まるで普通の本のように。

了

参考文献

『〔戦略・戦術・兵器詳解〕図説　第一次世界大戦〈上〉1914-16　開戦と塹壕戦』（瀬戸利春・山崎雅弘・片岡徹也・田村尚也 著／2008年／Gakken 歴史群像シリーズ）
『攻撃される知識の歴史　なぜ図書館とアーカイブは破壊され続けるのか』（リチャード・オヴェンデン 著／五十嵐加奈子 訳／2022年／柏書房）
『図書館の興亡―古代アレクサンドリアから現代まで』（マシュー・バトルズ 著／白須英子 訳／2021年／草思社文庫）
『戦地の図書館　海を越えた一億四千万冊』（モリー・グプティル・マニング 著／2020年／東京創元社）
『写本の文化誌　ヨーロッパ中世の文学とメディア』（クラウディア・ブリンカー・フォン・デア・ハイデ 著／2017年／白水社）
『中世実在職業解説本 十三世紀のハローワーク』（グレゴリウス山田 著／2017年／一迅社）
『兵士たちがみた日露戦争―従軍日記の新資料が語る坂の上の雲―』（横山篤夫・西川寿勝 編著／2012年／雄山閣）
『日露戦争兵器・人物事典』（歴史群像編集部 編／2011年／Gakken）
『日本の戦争解剖図鑑』（拳骨拓史 著／2016年／エクスナレッジ）
『図書館員のための図書補修マニュアル』（小原由美子 著／2000年／教育史料出版会）

ほかつまみ読み参考文献たくさん。図書館さいこう

あとがき

ガガガ文庫におかれましては初めまして、佐伯庸介《さえきようすけ》（ガガガのすがた）です。

この度、ガガガ文庫さんに移った担当Kと「ちょっとこっちで一本やりますか」という話になり、各方面へ仁義通した形でお目見えさせていただきました。

というのも、今回のネタが「ＷＷ１くらいの近代戦＆ファンタジー」「戦場で図書館」「女主人公」「眼鏡だ」「そばかすだ」「ヒャア我慢できねぇ長身もだ！」と、まあガガガさんでしか出せなかっただろうなあ、という企画だったからですが。

そんな訳で戦場の図書館です。現代の先進国においては福利厚生の一環として、軍事基地にも当たり前に存在する施設なのだそうです。

その意味、効果については本文を読んでいただくこととして、戦記物を書いてみて思ったことなんですが。際限なく厚くなりますねこれ。今回も結構な厚さで……その……ごめんね（価格的にも）。

これでも短くなったんです。両陣営の事情、現場描写、兵器の種類、書こうと思えばなんぼでも書けてしまうところを、読み味と重要さで秤にかけてズバズバ斬りました。頑張って砲種とか勉強したんです……。

ともあれ、丸一年以上ぶりの小説新刊をお送り出来て安心したところもあり。あちこちで色んな仕事している内に「俺……何の仕事する人だっけ……？」となりかけていたので助かりました。ライトノベル作家！　ライトノベル作家の佐伯庸介です！

イラストはきんし先生です。こんな特殊属性山盛りのヒロインを、見事に格好いい女に描いていただきました。男キャラもね、いいんですよこれが。特に設定が固まっていなかった小物デザインも、逐一ビシッ！　としたのを送っていただきすげーすげーと鳴いてました。

帯文を担当いただいたのは『七つの魔剣が支配する』の宇野朴人《うのぼくと》先生！　ライトノベル戦記物としての大先輩でもあります。彼に読んでもらって、「良いじゃん！　グテンヴェルだいすき！」と言って貰えたので、初ジャンル挑戦での不安が大分消えたようなもんです。サンキュー宇野っち。

そういった訳でお送りした本作、お楽しみいただければ幸いです。とっつき辛《づら》そうに見えるかもしれませんが大丈夫です、痛快エンタメファンタジーですから。

次もガガガ文庫さんでお会いできるかは未定ですが、是非またやりたいなー！　佐伯庸介でした。

夏の終わりのコワーキングスペースにて

GAGAGA

ガガガ文庫

帝国第11前線基地魔導図書館、ただいま開館中

佐伯庸介

発行　2023年10月23日　初版第1刷発行

発行人　鳥光 裕

編集人　星野博規

編集　清瀬貴央

発行所　株式会社小学館
〒101-8001 東京都千代田区一ツ橋2-3-1
[編集]03-3230-9343　[販売]03-5281-3556

カバー印刷　株式会社美松堂

印刷・製本　図書印刷株式会社

Printed in Japan　ISBN978-4-09-453155-8